海之妖

典藏版

步非烟 作品

青岛出版社
QINGDAO PUBLISHING HOUSE

目录

第一章

青鸾衔花上春山

一春桃花已残。

漫天嫣红随了晨露，飘坠到岸边的几艘画船上。此时方是四月末，湖中却已开满了新莲。万枝睡莲似乎怨恨自己被人力强行催开，索性含了春露，慵倦地卧在水面上。水面倒映出云霞斑斓，一道道横卧着，看上去仿佛湖上叠了数重青山。朝阳的影子零零落落地从这些云彩中透出来，把莫支湖照得美丽而萧索。

莲花深处渐渐有水声响起，一叶青舟无声无息地向湖心小岛荡去。

那青舟并不是很大，通体隐罩在微青的光泽下，由一整块云英雕成，与水光交相荡漾，看去就如由湖水聚成一般。青舟来势轻巧无比，才一晃眼，已从湖的那头来到了小岛上，直似云中羽舟一般轻捷。

如果在别处，有人大清早的看见这样一艘石船在湖面航行，一定会以为自己活见鬼了。然而在这里却没有人敢这样想。

因为这里是华音阁。

而那青云英雕成的船，正是华音阁阁主的坐船。

这座小岛坐落在华音阁第二大湖莫支湖的中心，名曰“青鸟”。其得名似是取自“青鸟海上仙山传信”的典故，然已遥不可考。华音阁地广千里，又以水域为主，这样的小岛如繁星夜璨，遍布其中，看上去直如蓬莱仙境一般。

青鸟岛位于湖水中央，群岛环拱，真如北天上的极星。岛虽小，然钟灵毓秀，莫支湖仿佛一只千里阔的老蚌，将它轻轻含在口中。

神岛雾敛，却如深闺美人，隔帘照影。八十年来，造访者不过十一人，风物清峻如彼，又怎会不含怨带嗔？但名列华音阁八大禁地之最、江湖上最神秘的十六洞天之一的青鸟岛，又有谁敢莽撞闯来？

然而，这岛上的秘密似乎一眼就可以看透——奇花异卉虽多，却都只生长到三尺有余，并无可碍目者。放眼望去，小岛几乎一览无余，更衬得岛心那座藏青石垒成的凉亭醒目至极。

凉亭无顶，只有四根极粗极高的石柱，柱上密密麻麻地刻满了一种古怪的文字，中央拱卫着一尊两丈余高的西王母石像。

神像宝相庄严，一手持剑，一手指向眉心，虽然双目微合，神情安详，然而无论是谁仰视法相，都会不寒而栗，因为一种难以言传的杀意正从神像眉心间迫人而来。

两道青黑色的石阶如同一双巨大的手臂，从神像前直插入湖波。奇怪的是，水中并没有石像或石阶的倒影，只有一圈比别处深了许多的湖水，在阳光下静得发黑。

那艘船就停靠在两道石阶、一圈黑水的中间。

雾气蒸腾而来，小舟与整个青鸟岛都显得有些缥缈。船上缓缓走下了一行人。他们下船的时候，船底的水波纹丝不动，连石阶上厚厚的尘埃也一片不起。江湖上的高手虽然众多，但能做到这一点的，却实在不多。

走在最前方那人看上去还很年轻，一身青衣完全笼罩在朝阳的光芒之下。他姿态随意，看不出有多高的武功，然而其他的人对他极为恭敬，仿佛他走在他们前面是天经地义的事情。

他们的神情不仅没有丝毫不自然，反而很甘心、很得意，仿佛他们所追随的已经不是一个人，而是神。

这个人在江湖的传说中就算不是神，也已相去不远。虽然江湖上见过他的人并不多，那是因为很少有人有这个福气，但绝少人没有听说过他的名字。

他的名字也很平凡，卓王孙。但倘若加上华音阁主人这个名衔，那就一点都不平凡了。不但不平凡，而且让人肃然起敬，闻而生畏。

现在这个传说中的人物已走到了凉亭上，对身后的人淡淡道："可以开始了。"

众人躬身答了声是，两个灰衣人迅速跪行上前，将凉亭的门栏打开，叩头祷祝了片刻，然后起身走到神像两旁，双足交叉，双手在眉心处做了个奇怪的合十动作，嘴唇不断颤动，似在低声祷告着什么。另外两个人也赶紧上前，四人围绕着西王母石像排成一个菱形，用同样的姿势，不住地祷告。

又过了片刻，其中一人突然仰天大喝了一声。一句古怪的咒语雷鸣般爆出，四人八臂同时伸出，竟然将西王母像紧紧抱住。

西王母像微微震动了一下，又稳稳站住。四人合力上抬，却再难撼动分毫。四人的脸色逐渐变红，额头上青筋暴出，汗珠从眉际直滚到胸前，似乎十分吃力。足下巨石砌成的地面缓缓下沉，竟被踩出寸许深的足印来。

卓王孙叹了口气，抬头望向远处淡淡的白云。他身后的一位红衣女子却显得有些兴奋，似乎这西王母石像下边有着她期待已久的秘密。

突然，一阵碎裂的声音响起，四人足下的巨石地板同时爆裂。西王母像缓缓向左边挪动开去，四人一喜，加紧用力，将石像整个搬开。

这时，一道七彩的光晕自西王母足下升腾而出。西王母像下边居然是一条通道，水光潋滟，直通湖底。

那四人跪伏在地上，似乎疲惫不堪，嘴唇旁都有淡淡的血痕。

要托起两丈高的石像，对于四个武林高手来说也许并不是很难。但如果那个石像是由东海底玄英谷的石头制成，就完全不同了。

卓王孙向四人微一挥手，四人立刻从地上爬起来，躬身行礼。红衣女子向四人轻声说了句："四位辛苦了，请回吧。"几人叩头告辞后，齐齐往后一跳，上了来船后边拖着的一叶小艇。

小艇很小，这四人上船后，每个人都几乎只有一只脚的立足之地。然而，四人却站得比方才西王母的石像还要稳。一人挥掌拍出，凌空击在水面上，小艇箭般飙出。那人掌影飘飘，片刻之间，小艇已不见踪迹。

红衣女子微笑着目送四人离去，只听卓王孙道："进去吧。"

湖面下到湖底的通道曲曲折折，四壁俱由透明的水晶石砌成，石与石之间毫无拼合的痕迹——那些接缝处全被镶嵌在壁内的无数夜明珠掩盖了。水底虽无阳光，长廊却仍笼罩在一层柔和的彩光里。透过这些光晕，抬眼可见这条走廊外各种五色水族正悠闲游戏。

红衣女子正饶有兴趣地四处打量，突然一群碧蓝色的金鱼飞快地自两人的足底、头顶游过。那些金鱼头上顶着淡蓝的翼，宛如张开一蓬巨莲，花瓣上点缀着几颗金色的牙状亮点，在水晶光影的映衬下妖艳非常。

红衣女子脸上流露出几许惊讶。

这种金鱼名叫龙牙花，是《吠陀圣典》中孔雀明王爱妃的眼泪所化，一直住在天界那伽池中，千万年来从不曾降世。然而刚才，至少上百只的龙牙花就这样从她眼前游过去，在透明水晶的幻影下，还有一只似乎就要扎进她的怀中。女子在惊讶中缓缓前行，不住将自己记忆中的水下奇珍与眼前的对比。无数传说中的生灵缓缓张开美丽的鳍翼，从眼前飘然而过，如可触摸，让这位久谙传说典籍的女子也不禁叹为观止。

卓王孙却无心看这些水底奇景，因为他来这里是为了一件更重要的事。

他加快了步伐，一个转弯之后，眼前柔和的光华突然变得耀眼起来，两人已到了一个水晶石垒成的小型宫殿中。殿里四处陈列着六尺多高的珊瑚，枝条扶疏，华光耀眼。半球形的穹顶外，几只号称南海圣王的凤鸳鱼曳着修长的尾翼，向两人纷扬而来。

然而红衣女子再也没有瞥那些游鱼一眼，只是怔怔地瞪着前方，过了好久才费力地眨了一下。

她见到了一生中永远难忘的一幕。

穹顶的正下方是一方用整块玄英石雕成的莲池，足有半人多高，池中浸着一种淡蓝色的液体——也许是一种极细的颗粒——正在像流沙一样缓缓流动，不时闪出点点幽艳的光泽。

蓝色流沙中沉睡着一只人鱼。

美人鱼。

她足有一丈长的黑发水藻般漂浮在她身旁，碧绿色的睫毛轻轻覆盖上她嫣红的双颊，脸上却笼着一层蓝色的幽光。她修长的手臂交叉在胸前，有意无意地半掩着赤裸的肌肤，如同所有沉睡的美少女一样，恬静的姿态中藏着诱人的妩媚。然而那纤细的腰肢之下，少了一双修长美丽的腿，只有一条蓝色的尾鳍，一直伸展到池底。

她半个身子沉入淡蓝色的液体中，脸上带着微笑，似乎亘古以来就已沉睡在那里，而且还要如此沉睡下去。就算星河变异、岁月流转，她梦中甜美的笑容都将永存于此。

卓王孙轻唤道："星涟。"

只听水波温柔地一响，环在池底的尾鳍微微动了动。人鱼轻轻地发出一声叹息，竟睁开眼睛，坐了起来。

她似乎还没有完全睡醒，微微偏着头，有些惊惧又有些娇嗔地望着唤醒她的人。她投来的眼波是如此的蓝，只要化开一滴，就是整个大海。

她突然开口道："主人，你终于来了。"

声音有些生涩，像是很久没有说过话了。

红衣女子禁不住讶然失声，似乎没想到人鱼竟能说话。她伸手握住卓王孙的衣袖："先生！"

那条人鱼似乎也没想到还有第二个人在此，猛地受惊，整个身子往池底一沉。那片蓝色的尾鳍在水面拍开一朵浪花，就沉入了水底。

卓王孙道："你不用害怕。她名相思，司职本阁上弦月主。"

那叫星涟的人鱼在水下笑了一声，一仰头破水而出，一头长发散开如花。她笑道："是，主人，星涟刚才失礼了……我自己长成这个丑怪的样子，也难怪别人害怕。"

她凝视着相思，脸上的笑容一点点消散，深蓝的眼睛中突然暴出一股凶光，又立刻消失了。

相思惊得退了一步，有些尴尬地道："不，不是，是我一时失态……"

卓王孙打断她，对星涟道：“你叫我主人，但是你应该没有见过我。”

星涟已经恢复了微笑，回头道：“是的，上次我被人唤醒，已经是十年前了，那时您还不在这里。不过如今您能进入这里，就意味着您已经是我的新主人了。”

卓王孙道：“那你应该知道我找你做什么。”

星涟向前游了一点，轻轻趴在池壁上，对卓王孙点头道：“我知道。主人，可以开始了吗？”

卓王孙轻一抬手，示意她可以开始。

只见星涟嫣然一笑，猛地往后一仰，借助划水之力在水中立直了身体。水光澹荡摇曳，她猝然合眼，双手往身前一拨，倏地在胸前合拢，竟然做了一个和刚才那四个人同样的合十的姿势。一刹那间，她指尖划出的蓝光在水中绕着她的十指旋转起来。

相思的脸色顿时变得苍白。她终于想起，这条人鱼原来就是传说中青鸟族仅存的三位传人之一，星涟。

也是华音阁——或者全天下最后的预言者。

第二章

春在昆仑第几泉

青鸟族的传说流传甚广，却又莫衷一是。无数的记载浩如烟海，却又最终都语焉不详。比较一致的说法是，青鸟族是昆仑山下一个部族，信奉女神西王母，自称始祖为西王母的使者青鸟。其族中无男丁，只有女子。每到一定时候，她们就会发动战争，在昆仑山中掠夺各部族最优秀的男子，强行交合繁殖。青鸟族族长一生足不出户，藏身在血池中，向族人预言天下大事。传说其预言有洞悉天地变化、令山河改易的威力。

千万年来，青鸟族族长的预言从未失准过。几次天灾地劫后，附近的部族都荡然无存，唯有青鸟族势力越来越大，附近的不少部族都信奉其为神，使得青鸟族最后居然发展成昆仑神山第一大妖族。其极盛之时，族人称霸西昆仑山，声势波及中原。

虽然青鸟族与中原武林井水不犯河水，但华夏各路英雄都视其为邪魔外道。原因除了她们凶残好战之外，更在于其族长怪异的继承方式。

传说，那是一种古怪的血祭。青鸟族的力量来自她们的血液，因为她们的血液不是人的血液，而是西王母独自在昆仑之巅修炼时，用月光割开手腕——三滴血，化作三只青鸟，到人世间传播西王母的恩泽。

因此青鸟族的力量来自神。

然而，传说由于太久没有找到西王母的踪迹，青鸟族无法回归天界，其血液中的力量正在缓缓消失。为了保存力量，每任族长死前都会进行一项神秘的仪式。仪式在一个巨大的血池中举行，结束时将选出新的族长，而上一任族长将在巨大的痛苦中死去。

事实上，每一任族长都死得心甘情愿。她们不认为自己是受尽折磨而死，相反，她们坚信自己将在血池中浴血重生，之后的灵魂将注入继承者的血脉之内，而达于不朽。

于是各种传说甚嚣尘上，甚至谣传青鸟一族都是噬血妖魔，她们要召唤的西王母其实是万魔之主。

而青鸟族最终也没能保存力量，召回西王母，她们全族覆灭在大隋国师宇文恕三十万大军之下。① 一场神人大战之后，昆仑之山半壁染血。不过，宇文恕付出的代价也极为惨重，他自己连同三十万大军丧身荒野，连尸骨都没有找到。

传说青鸟族族长在此战中自知必死，于是将全身的血液迸散，逼入池底藏着的三个女婴体内。青鸟族血脉因此保存一线，但那些血池女婴远未发育完全，力量大大减弱，却更加暴戾噬血。她们的皮肤在空气中会如遭火燎，必须将全身浸入血中才能暂时缓和。然而，浴血又会让她们丧心病狂，做出吃人或者自残的疯狂举动。因此，代代青鸟族人或不堪痛苦自杀身亡，或被他人杀死，都没有活过二十岁。

受血咒折磨，青鸟族族人有美如天仙的面孔，身体却都是可怕的畸形。甚至有人说那位族长死前和魔鬼达成了一笔交易——为了保存预言的能力，她们把身体卖给了魔鬼，而她们那畸形的身体正是诅咒的印记。

星涟那宛如人鱼的身体，无疑正是这种诅咒的结果。

后来她们就如同从人世间消失了一般，再也没有了踪迹。

再后来的事情只有华音阁内的人知道了。

青鸟族三脉继承人中的一支，几百年来就一直生活在华音阁中。已经没有人能知道当时的华音阁阁主为什么要收留这些不祥的畸形女子。或许是为了利用她们的力量，也许仅仅是同情她们的处境，又或许二者兼有。

华音阁在水底造了一座无比美丽的地狱，让她们世世代代生活在里面，不许任何人打扰。

---

① 详见《昆仑劫灰》。

而这个水晶宫殿中便是魔女沉睡的血池。

对华音阁而言，为了让她们活下去，就算真的每天用人血充满血池也是轻而易举。然而鲜血会让她们丧失最后一点理智，变成完全嗜血的妖魔。因此，华音阁的医师们绞尽脑汁，找出了一种珍贵的替代品，让她们能没有痛苦地沉睡其中。

那就是参血。

人参的血。

每枝参都是老参客从深山老林中采摘下来的，重量均在二两以上。参脖上系着红线，因为据说它们已经修炼成精，一落地就能化成人形钻地逃走，不得不用红线系住。这些老参被压榨成汁，再经过医师们苦心炼制，最终成为一滴滴淡蓝的汁液。

因此，这一池幽波中的每一滴都比黄金还要贵重，而且每七天就必须全部更换一次。

如果说，华音阁收留青鸟族人是为了利用她们的预言，那无疑也是代价不菲。天下希望得到青鸟族预言的人不可胜数，但除了华音阁阁主，再无人能数百年如一日地为她们付出这样的代价。所以青鸟族人虽然喜怒无常、孤僻怪异，但对华音阁阁主有求必应。

不过她们也并不经常帮助华音阁阁主预言天下大事。因为远离了西王母居处，她们的力量已经越来越弱，每次预言都会消耗掉她们近十年的力量。所以，除非万不得已的大事，华音阁阁主决不会来唤醒她们。每任阁主到此处问卜也不会超过三次。

上一任阁主刚好来了三次。三次问卜，三件惊天动地的大事。

卓王孙却还一次都没有来过。

此次他来是因为收到了杨逸之的战帖。两人早在一年前的武林大会上就已交过手，但那一次是打着共商天下大计的幌子，只分胜负，未决生死。

百年来，虽然有武林盟主帖约华音阁阁主生死一战之先例，但是多数都发生在两人的垂暮之年。一为正道领袖，一为邪派魁首，一生仇怨纠结无可排解，只得相约深山大泽中，一战了断恩怨。

卓王孙和杨逸之却不同。两人少年得志，弱冠之年便已手握江湖重权，正是大展宏图之时，不知为何要在此时定下这等生死之约。

更何况，他们既是敌人，又曾经是朋友。两人曾在嵩山之巅联手击败号称武中圣皇的武当三老，也曾在御宿山头持杯相邀，他日共饮花前。

每一个见过他们的人都不由感慨，虽然正邪不同，但这两个少年就如双生的日月，同时照临在这个苍茫的世界上。茫茫红尘，他们是唯一的知己，也只有他们，才能匹配对方的光芒。

他们本不该这么早对决的。

只因白银之城一战，一切都已改变。

那一刻，卓王孙手持传说中破坏神的弓箭，要将这座邪恶的城池化为废墟。而杨逸之却为了守护牢笼中还未逃走的百姓，以重伤之体，与之久久对峙。

炫目的朝阳下，杨逸之的白衣尽染鲜血，却依旧不肯退让。最后一枚羽箭出手的那一刻，卓王孙冷冷定下战约，若两人不死，当决战于岗仁波吉之峰。①

谁也不明白，那一战中，两个人到底发生了什么，是什么让这知己之情，转而化为决战之恨。

或许，这只是宿命的安排。正如垂照天际的日月，终究不可长久并存于世间。

江湖耆老们听到这个消息，却满心欢喜，积极促成此事，因为他们愿意看到这一战提早到来。近年来卓王孙飞扬跋扈，已超出他们容忍的极限，而杨逸之，正是他们心目中除去卓王孙的唯一希望。

在这些耆老的力主之下，杨逸之虽有些无奈，还是传帖华音阁，定下决战之日。既因为他与卓王孙的约定，也因为他肩负着武林盟主的职责，不可逃避，不可退缩。

按照惯例，卓王孙赴约之前，必须来到青鸟岛向星涟占问吉凶。虽然他并不相信星涟的预言能对他有什么作用，不过这是华音阁几百年的规矩。

而他是华音阁的主人。

---

① 详见《华音流韶·彼岸天都》。

星涟指间的蓝光越来越盛，无数晶莹的光点不住自她身下的蓝色液体中跳跃而出，流沙一般向她手上汇集，渐成一个巨大的晶球。

她口中念念有词，脸色变得铁青，海藻一般的长发轰然而起，盘布满整个莲池。池中的蓝色液体也飞速旋转着，在她身下形成一个旋涡，将她托在半空。

相思觉得空气中弥漫着一种森寒的感觉，不由自主地又往后退了两步。

突然，星涟手中的晶球中渐渐透出一些模糊的影像，星涟凝视着那些影像，神情变得无比敬畏。

一声砰然脆响，晶球中心迸出猩红的颜色，血晕一般扩散，将渐渐清晰的影像全部淹没。星涟的眼睛中充满了不可置信的恐惧，身体剧烈震颤着。那团血红的晶球也在她指间不住跃动，似乎随时都会脱手而出。

刹那之间，小小的莲池竟变成了咆哮的大海，无数浪花愤怒地扑向池壁，将自己撞得粉碎。星涟美丽的面孔已经扭曲，她嘴唇乌黑，脖子努力往后仰，喉咙间偶尔发出一两声诡异的咒语，似乎在召唤着什么。

穹顶外，各种水族四散奔逃，有的急切间撞在了水晶壁上。一蓬蓬鲜血立刻染红了宫殿外的整个水域，殿内红影重重，照得殿中之人仿佛置身血海。几股水流无声无息地向穹顶压来，越来越低，仿佛随时都要坍塌而下——难道真有可怕的恶魔受了咒语的召唤，正在破水而来？

砰的一声巨响，宫殿内的夜明珠瞬时全部粉碎！相思再也忍不住，发出一声惊呼，她的眼睛被扑面而来的黑暗掩盖了。

浓黑的、深渊的颜色。

不知过了多久，轻微的破空之声响起，一道光从对面透来。

卓王孙隔空一指，已点亮了备用的蜡烛。

相思第一眼就看到了满池的血。

一种瑰丽的、桃花的颜色。

星涟若沉若浮，仰面躺在血泊中，长发无力地堆在水底，就仿佛一个斜倚桃树酣睡、梦中已落花满身的美人。

只是少了呼吸。

她水中的身体僵硬挺直，双颊的红晕也在渐渐消失。

“先生，怎会这样？”相思的声音都已经变调。

卓王孙微皱起双眉，摇了摇头。

昏暗中，蓝光一闪，星涟的眼睛竟猛然睁开！

她脸上腾起一层妖异的嫣红，表情说不出地狰狞，尾鳍猛地一翻，竟然从池底跃出，舞动如钩的十指，飞一般向相思扑来。

相思本来也可以算作江湖上一流的高手，但星涟身上似乎有种秘魔力量，将她的全身定住。就听星涟嘴中涌出一串怪咒，十指尖尖，就要插入相思的咽喉。

卓王孙脸色一沉，袍袖微动，一道柔和的劲力发出，如墙般挡在两人之间，将星涟轻轻震开。

星涟疯狂的双眼中突然掠过一丝难以察觉的惶恐，她双手猛地折回，噗的一声，竟然插入了自己的胸膛。

相思一声尖叫，桃红色的鲜血带着刺鼻的腥气，顿时溅满她的双眼。一种刺骨的幽寒从眼底潜入全身！

这种感觉诡异至极，相思完全怔住，任温热的血液顺着下颌一点点滴到地上。

卓王孙的掌力笼罩而下，如秋潮怒发，瞬时已融入星涟全身血脉，将她胸前伤口处的穴道完全封住。她僵直的身体也仿佛被一朵无形的云彩托住，缓缓飞回莲池，无声无息地沉入水中。

相思渐渐定下心神，伸出衣袖轻拭着脸上的血迹，犹有余悸地看着卓王孙，道：“先生，她……”

卓王孙摇头，道：“她已死了。”

相思惊道：“死了？青鸟一族的人在诞育后代之前是不会死的！”

卓王孙叹息道："她已把自己的心脏挖了出来。"

相思突然一怔，就在她脚下，赫然躺着一枚桃红色的心脏！它比常人的心脏略小，看上去无比精致，上边罗列着九个美丽的孔窍，还在轻微地搏动着。

青鸟族已经在华音阁内生活了六百多年。每一代青鸟族的传人从出生之日起，就知道自己的一生将在黑暗与痛苦中度过，但是她们还是顽强地代代延续下来了。

据说，她们活着，就是为了实现一个使命，一个远古时就在族中流传的神圣使命。为了这个使命，她们已等候了几千年。只要它一天不完成，她们就不会死。

然而，星涟却将自己的心脏生生挖了出来。

相思喃喃道："不可能的，她难道是疯了？"

青鸟族的传人一闻到血就会发狂，本族人的血尤为厉害。这次正是满池青鸟族传人的鲜血——星涟自己的血。

卓王孙摇头道："她见血疯狂并不奇怪，但这满池的血都是她自己割出来的。"

相思怔怔地望着嫣红的血池，喃喃道："难道她自己想要疯狂？"

卓王孙道："她是想死。"

相思看着他，似乎明白了什么，道："难道……难道是这次占卜的结果太凶险？"

卓王孙淡然一笑，道："也许。"

相思摇了摇头，道："然而她还没有告诉我们占卜的结果，如今……"她猝然住口，悲悯地望着血池中仰面浮沉的星涟。

失去了血，她一丈长的头发全变成了灰白色，全身的皮肤迅速布满了皱纹，松弛地堆在尸体上。仿佛刚才那一刹那就已过去了好几百年，她惊人的芳华也随着那枚九窍之心的离体，瞬间零落成泥。

卓王孙叹息了一声，道："她死之前已将结果告诉我们了。"

相思讶然道："结果？"

卓王孙道："你还记得她撕开胸口时，嘴里说着什么吗？"

相思一怔，沉吟片刻，突然眼中亮光一闪，道："她说'六支天祭'！但这又是什么意思？”

卓王孙看着她：“这就要问你了。”

相思这才想起她此行的任务是什么，脸上不禁一红。她慢慢定下心神，在脑海中搜索起来。片刻之后，她抬头道：“我不敢确定它是什么，但是我一定在某部印度经文中看到过这个词。”

卓王孙淡淡道：“你去找侍书仙子月写意，叫她查出来再来见我。”

相思答了声是，抬手按住眉心。星涟留下的血迹已经干涸，但一股沉沉的寒意仿佛透过肌肤，直浸入心底。她感到有些晕眩，而卓王孙已经离去了。

两个时辰之后，虚生白月宫。

月写意跪伏在地，道：“阁主，属下已经查出了六支天祭的来历。”

卓王孙并没有抬头，声音隔空传下：“讲。”

“是。”月写意毕恭毕敬地回答。她丝毫不提起自己如何在两个时辰之内翻遍了所有可以找到的印度经卷，甚至包括梵文原典，才找到这寥寥几句，因为她知道，阁主并不关心她如何找到这些结果，他只需要结果本身。

月写意深深吸了口气，道：“六支天祭的说法并不见于传世经典，而是在前朝一个叫刘俞泰的文人笔记中提到的。他说自己少年时很爱收集异国传说，曾经从一个商人手中重金购得一部印度古卷。那古卷非常破旧，而且最后一篇已经残了。这卷经文乏善可陈，倒是残存的注文里记载了一个印度教的传说。

“这个传说云，千万年前，世界充满了贪婪、邪恶、情欲……灭世大神湿婆[①]决定用额上天眼中的烈焰毁灭一切，再让一个洁净的世界重生。”

卓王孙似乎略略感兴趣起来，道：“湿婆？”

① 湿婆，印度神话中三大主神之一，是司职毁灭的神祇，有诸多化身，分别掌控舞蹈、兽主、苦行等力量。他的妻子为帕凡提女神。

月写意道："是。当时，六界天主为了平息大神的愤怒，同时献上血祭，愿意用自己肉身的支离破碎和灵魂的永受折磨来抵消六界的罪孽。于是，他们在海天交接的地方搭起了六根高耸入云的天祭柱，将自己的灵魂钉在了上边，永远受风浪、闪电、雷鸟、海龙的吞噬撕扯。千万年之后，每当暴风雨来临，生死两界的通道就会被雷电撕开，海上的船只还会隐约听到海天深处传来的哀号……"

月写意猝然住口，嘴唇竟微微发颤。她顿了顿道："而且，属下夜观天象推算，现在距传说中天祭柱坍塌、六界天主重现世间寻找替身的日子已经不远。六支天祭就要重现于世。"

月写意的声音似乎也颤抖起来："重现于世……"她不知不觉中又重复了一次这四个字，眼中忍不住透露出一丝惶恐。

卓王孙抬起头，淡淡道："这样的传说，古书中有很多。你号称天下博学第一的才女，怎会相信这种东西？"

月写意摇摇头："可是为了这四个字，星涟这样号称有半神之躯的人居然会自杀。"

卓王孙释然一笑道："好了，这件事到此为止。行驾准备得如何？"

月写意捧出一个纸袋："韩青主派人回禀，说路上行驿已经安排妥当，这个纸袋里边有先生此去用于改变身份的一切物什。"

"你把它打开，念一遍。"

"是。苏州郁家三公子名青阳，字子曦，庶出，年二十三，嘉靖二十四到二十七年三试不第，弃文从商，与人交往甚少，前日从海外归来。属下已经在郁家做下安排，郁三公子将到华音阁中小住三月，此间，先生可用他的身份任意行动。后边附有郁青阳的所有资历。"

"知道了。"卓王孙淡淡道，"你把这些交给相思，让她熟记后烧掉。你回去的时候顺便叫她带小鸾过来。"

第三章

海上仙人遥相语

刘家港位于江苏太仓，是明朝第一大海港，当年郑和七下西洋俱是从此起航。明成祖之后，海寇活动日益猖獗，朝廷的海禁也就越来越严。到了嘉靖年间，刘家港已成为南方唯一获官方许可的出海港口，虽然也是随着海防状况开闭不定，但整个南方的商船都不得不集散于此。

昨夜一场风暴，将港口搅得污秽不堪。木材、货物、鱼尸，还有小渔船的残骸，都凌乱地散落在周围的海面上，在阳光下渐渐腐败。

整个港口的空气中都弥散着一种说不清的血腥味。

就在那场大风暴之中，刘家港附近又出了一件劫财抛尸的血案。那是一艘从广州归来的丝绸货船，船上珠宝玉帛被一扫而空，船主、水手、伙夫连同船主专门从河南霍家拳聘来的武师，一共九十八条人命，都被抛入大海，尸骨无存。

然而刘家港的居民似乎已见惯不惊，对追查凶手也毫无兴趣，因为手段如此凶残，又敢在巨浪中作案的海盗只有那一伙。

居民和商旅们对他们咬牙切齿，呼之为“倭寇”。

倭，当然是指日本人。而不可否认，里边的日本人并不多，大多数还是流浪在海上的强盗。他们与日本浪人狼狈为奸，纵横海上，势力越来越大，朝廷几次派兵围剿，戚继光与俞大猷两位将军转战沿海十余年，却始终如刀割韭，去而复生。

刘家港附近的这一支倭寇，无疑又是整个沿海倭寇中势力最大的一支。他们不是一个帮派，但自从他们出没在附近海域后，原来的海上帮派都被他们赶走，不愿意走的下场就是手脚被缚再扔入大海。能在几个月内将附近大小七十八个帮派全部扫清，那些倭寇的势力可想而知。

这样的大案反复发生，刘家港地方官早已无力过问，唯一的办法就是禁港。两天来刘家港长长的海岸上连一艘货船都看不到，只有一些焦急的商人在四处打探着天气和朝廷解禁的消息。

海禁令一下就是两个月也是常有的事。耽搁两个月，很多商旅怕是要血本无归，又怎能不急？

然而，目前刘家港里最有钱的客人并不急着出海，他就是江南郁家三公子郁青阳。他正带着相思和步小鸾，在临海的一家酒楼上悠闲地喝茶。

小鸾是十六年来第一次出门，对一切事物都无比好奇。她将彩袖垫在腮下，倚着栏杆，兴致勃勃地看着楼下来往的小贩，似乎他们手中那些形形色色的零碎货物是天底下最有趣的东西。

她马上看到了一件更有趣的东西。

那是一个一手握着短笛、一手提着竹篓的老人。

那人佝偻的身上围着一块麻布，已经脏得看不出底色，脸上的皱纹层层叠叠，似乎有一百岁了。他漫不经心地踱上楼来，找些衣冠整齐的客人攀谈两句，还不时举起短笛和竹篓比画比画，似乎想表演什么，碰了几次钉子后就径直向步小鸾走来。

他到步小鸾跟前，一手举起竹篓，一手握住短笛在上面敲了敲，哑着嗓子道："小姑娘，给你看些好玩的东西，只要一两银子。"

步小鸾笑着点了点头，又摇了摇头。

那老人有些惊讶："难道你不想看？"

步小鸾道："想，可是我不知道什么是一两银子。"说完看着老头的表情，又忍不住拉着袖子，笑出声来。

那老头本以为她是在消遣自己，后来看她一直哧哧笑个不停，大概明白过来，原来这个漂亮的小姑娘是个白痴，于是道："你不知道，不过你身边的这位公子一定知道。”然后用眼角余光扫了一下卓王孙。

步小鸾抬头道：“哥哥，你知道？”

卓王孙道：“你想看就让他给你看好了，至于银子什么的，你本来就不需要知道。”

步小鸾乖乖地点点头：“我哥哥叫你拿给我看。”

老头嘿嘿一笑：“既然令兄发了话，小姑娘，保证让你看得高兴。”

“令兄是什么？”步小鸾怔了怔，又笑起来，“老爷爷，你说话好奇怪，我都听不懂。哥哥说这次出来会遇到很多外国人，难道老爷爷你就是？”

那老头也不答话，一盘腿坐在地上，将竹篓平摆到双腿间，然后将短笛贴在嘴唇上，一阵古怪低沉的笛声立刻从他唇间盘旋而上。

步小鸾看得屏气凝神，连眼睛都不眨一下，只见突然间，竹篓动了动，里边缓缓爬出一颗青色的三角脑袋来。

那是一条剧毒的眼镜蛇。它睁开眼睛，吐出猩红的芯子，全身泛着磷光，一见了太阳，身子便蠕动几下，徐徐从竹篓里爬了出来。

相思眉头一皱，卓王孙暗中拉了一下她的手，示意她不必有所举动。倒是步小鸾全然不知害怕，饶有兴趣地向前挪了挪身子。

那条蛇随着音乐爬到老人身边，用蛇尾将老人双足缠住，蛇身像一根拉直的绳子，一点点往他胸前攀去。老人满是皱纹的脸笑得极为古怪，身子也轻轻摇摆起来。又过了一会儿，笛声转为高亢尖厉，老人的身体也摇晃得越来越厉害。他双手捧住短笛，头顶上如同系着一根无形的绳子，缓缓立起又坐下，身体和蛇一起扭曲舞蹈，双足却始终和蛇尾保持在同样的位置上。

步小鸾不知不觉中将身子又向前倾了倾。

那条眼镜蛇的身体突然往后一缩，蛇尾猛一拍地，箭一般向步小鸾面门飙来。

步小鸾惊叫了一声。众人只见白光一闪，她的身形已在三丈开外，洁白的裙裾像一片惊云一般摇摆不定，落地却是出奇地稳。

尽管如此，步小鸾还是吓得脸色苍白，胸口不停起伏，似乎随时可能昏倒。

这时，一粒乌黑的弹珠正好追到她眉心处。

她漆黑的双眼死死地瞪着前方，似乎连躲闪都忘了。

右边一抹红光无声无息地滑过步小鸾眼前，那枚弹珠已经被稳稳笼在一段锦袖中。

相思一手将步小鸾拉到身后，一手托着衣袖，让那粒弹珠在上面飞旋，道：“江南铁棘堂的乾天霹雳珠，上边淬炼的却是南海道遥宫的迷仙引，看来你不是普通人。”

那人目瞪口呆。那柔弱少女在仓促之间居然能凭空退到三丈开外，这种轻功已经是匪夷所思，而自己打出的乾天霹雳珠竟然也被人随手接下，连引爆的力度都被轻易化解殆尽。

他讶然向卓王孙望去，只见他也不看自己，伸手轻轻摸了摸步小鸾的额头，道：“以后不可以这样大意。如果让那粒珠子在你眉头炸开，不仅你会立即双目失明，连整个楼上的人都要被迷倒七个时辰。”

步小鸾睁大了眼睛：“难道那位老爷爷想杀我？”

卓王孙笑道：“只怕天下还没有身手如此敏捷的老爷爷。你想看他真正的样子吗？”

步小鸾摇头道：“不……他既然是坏人，一定长得很可怕。”

卓王孙笑道：“那倒不一定。”

步小鸾还是摇摇头，她皱着眉想了一会儿，突然道：“不如……哥哥，你帮我杀了他吧？”

卓王孙笑道：“这却没什么难的。”

那人一脸惊惧，道：“你……你居然要我死？”

步小鸾偏了偏头，疑惑地道：“为什么你可以想杀我，我却不能要你死呢？”她的神情中一片纯真，仿佛在说着一件再自然不过的事情。

那人被这一问噎得说不出话来。他努力咽了口唾沫，道：“慢，难道……难道你们都不问是谁派我来的？”

卓王孙随手端起桌上的茶盏，道：“小鸾要你死，你还有什么好说的？反正你死后他们自己会找上门来。”

那人鼻尖已浸满了汗珠，道：“你们究竟是什么人？”

卓王孙淡然道：“生意人。”

那人死死盯住相思那条笼着霹雳珠的衣袖，似乎想起了什么，望着相思道：“原来你是唐门的大小姐唐岫儿……”

卓王孙轻叹一声，道：“原来你只认识唐门的暗器。”

那人垂下头，道：“铁棘堂前任堂主在临终的时候一共留下六十九颗乾天霹雳珠，掷出之后，锱铢之力俱可引爆，普天之下能躲过去的不过十数人，而能在这样的距离内伸手接下来的，只怕不超过五个。这些人中，还在行走江湖的少年女子就只有唐门大小姐了。唐大小姐年纪轻轻，在暗器上的手段已经不在唐掌门之下。今天既然有眼不识泰山，犯到大小姐手上，也只好认栽。”

卓王孙淡然一笑，道：“想不到当年独行九州，号称劫富济贫、越货不害命的大盗裘鲲，如今也成了倭寇的走狗。”

那人愣了愣，脸色微微发红，随即冷笑道：“当年，当年那些虚名，就只当被海狗吃掉了！”

卓王孙将茶盏放下，摇头道：“你的记性倒像是被海狗吃了，看来只有等她把这枚霹雳珠还给你，你才能想起她是谁了。”话音一落，就见相思轻轻答了声是，垂下的锦袖也不见丝毫动作，那枚霹雳珠已经当面扫来。

那枚珠子的来势也不算特别快，不带半点风声，缓缓旋转。裘鲲只觉得这粒珠子在眼中飞旋不定，渐渐化身千亿，如漫天花雨。裘鲲自知无处可避，索性闭上眼睛，双掌全力挥出，向花雨最盛处击了过去。

突然，这满天的花雨都消失了。

门口不知什么时候闪进来了一位绿衣少女，正挡在两人中间，满脸怒容地瞪着相思——手中正握着那粒乾天霹雳珠。

相思脸色微变。刚才这一击她虽然只用了三四成功力，但华音阁上弦月主号称暗器独步，这三四成功力也绝不是普通人能接得住的。

那少女睫长眼大，若不是火气太盛，眼角吊起，倒是难得的美人。她冷冷地对相思道：“连话也不问就出手，难道是想杀人灭口？”

相思微笑道：“这位姑娘问得好生奇怪，我好好的为什么要杀他灭口？”

绿衣少女突然跺了一下脚，高声道：“因为你敢冒充唐门大小姐唐岫儿！”

相思笑道：“我从未讲过自己是唐岫儿。”

绿衣少女狠狠瞪了她一眼，突然转身操起桌上的一只大银盘向袭鲲头顶砸去：“你想趁机逃跑？”

袭鲲的武功本来不弱，这一击居然没能避开，被砸了个头破血流。那少女得势不让，拽住袭鲲的衣领又是一盘猛砸下去：“快说，你到这里来是不是为倭狗打探消息？你们下一笔买卖是向谁下手？”

袭鲲捂住脸，似乎鼻梁已经被打断，鲜血流了满脸，整个身体都痛得扭曲起来。

这两下连卓王孙都感到意外，因为那少女年纪虽小，却出身名门世家，在江湖上也是后辈中有名的人物，却有这般野蛮的手段。只是如果再让她敲两下，袭鲲倒真要被灭口了。

这时，旁边有人道：“表妹，住手！”说话间一只手伸出，去挡那正往袭鲲面门砸去的银盘。

旁边不知什么时候多了一位少年。他一身蓝色长衫，显得非常整洁得体，面貌也称得上清秀儒雅。奇怪的是，这少年居然一手拎着一口巨大的木箱。箱子足有半人高，看上去极沉，他虽丝毫不见吃力，总是显得有些不伦不类。

那少女没有住手，不仅没有住手，反而顺势一盘砸在他手上，大怒道：“你少管！”

那少年似乎想躲，又不敢躲闪，犹豫之间，被狠狠砸了个正着，手背立刻红肿起来。那少女愣了一下，火气似乎退了些，皱眉道：“表哥，都喊你不要管了。”

袭鲲乘机挣扎着从地上爬起来，嘶声道：“我袭鲲当年也是成名的英雄，怎能容你们这些乳臭未干的小辈如此折辱！”他猛地一咬牙！

“坏了！”少女一声惊呼，转身伸手向袭鲲下颌捏去。只听袭鲲惨叫一声，下颌骨已被捏脱，两粒带血的药丸吐到少女的手掌上。那少女俯身查看了片刻，道：“他昏过去了，还不来帮忙？”

那少年皱了下眉头，也只好俯下身，抓住衮鲲的下巴，掏出一粒药丸塞进衮鲲嘴里。

没想到，那药入喉不久，衮鲲便醒转过来，就连脸色也渐渐变得红润，丝毫没有刚才那种重伤不支的样子。

少女对他扬了扬手中的银盘：“你到底说还是不说？”

衮鲲吐出口中的一颗碎牙：“呸！”

少女立即大怒，扬起银盘又是一盘挥下。

卓王孙瞥了衮鲲一眼，叹道：“以这位小姐的脾气……她问你什么，你还是老实回答的好，否则想死都不太容易。何况就你这种毒药，就算再吃个一斤两斤进去，这位公子也能把你救活。”

少年看了卓王孙一眼，手上却没有丝毫松懈，几下拨弄，已经把衮鲲的颚骨接上了。

衮鲲强忍着痛，打量眼前几人，眼中渐渐透出惊恐来。他哆嗦了良久，终于开口道：“好，我就算讲了，你们也逃不过个死字……我来这儿，是为了打探海南巡抚方天随的消息。”

少女道：“就是本朝第二大贪官方天随？”

衮鲲道：“他本来是大学士严嵩的义子，任顺天府丞那八年，搜刮财宝无数。严嵩事败后，他委曲求全，多方经营，竟逃过一劫。最近却因被杨继盛弹劾，暂时外放为海南巡抚。其实此人根基甚深，所谓外放，也不过暂时避避风头。他聚敛多年，此番带走的财宝起码有三十余箱，足足抵得上海南省一年的贡赋。”

少女冷笑道：“倒是好肥一条大鱼，难怪你们见财起意。那你来这里是为了什么？”

衮鲲道：“是为了这家酒楼的老板。”

少女道：“难道你们还想打劫酒楼？或者这家酒楼就是你们的秘密哨口？”

衮鲲摇头道：“都不是，这家酒楼的老板名叫敖广。敖广这个名字是附近的客商送给他的，也就是海龙王的意思。”

少女眼中闪过一丝兴奋："海龙王？难道他武功很高？难道他是附近海上的黑道头子？"

裘鲲摇摇头："他是个不会武功的人。大家叫他海龙王，是因为他是个手眼通天的老海客。虽然方圆几百里的人都讨海为生，论海上经验，却没人能赶上他的一半。黑白两道的消息，也数他最为灵通。连他手下的伙计也个个是往来海上的好手。这几年光靠雇佣伙计和卖出消息，他就已富甲一方。"

然而敖广的财富大半并非来自此，而是买卖出海用具。他店里卖出的用具，有一些是别处买不到的，更多的是你根本想不到要买的。这些东西看上去都很普通，但如果你不准备的话，保证在海上待不过十天。所以这里的东西虽说比别处贵上十倍，可来往客商出行前都会不惜血本，在这家酒楼里一掷千金。

所以如果方天随要出海，也一定会派人到这里打探消息。裘鲲正好守株待兔。只可惜利令智昏，他竟把卓王孙一行看作方天随的前驱了。

少女却听得不耐烦，手上又加了一把力，喝道："少废话！快说你们劫船的时间、地点、有多少人马！"

裘鲲痛得嘴角抽搐了一下，眼睛却突然直直地往外一突，张开的嘴再也没能合上。

诸人均是一惊，裘鲲的脸色瞬间已变成乌黑，那蓝衫少年赶忙俯身去试他的脉搏，却摇了摇头。

少女大怒，抓起银盘对着裘鲲头上就是一阵猛砸，那尸体却连抽搐都无，只有乌黑的血汩汩流出，却又迅速凝结成块。那少女也知道就算她把手下这具尸体大卸八块，它也不会再吭一声了，但满心怒火让她收不住手。

酒楼上血肉飞溅，四处弥漫着浓重的腥臭。不少客人吓得瘫软在地，连逃跑的力气都没有了。

第四章

十二层楼载古船

这时，一个苍老的声音从楼梯口传来："连谢公子都摇头了，我看唐大小姐你也不必瞎忙活了。"

原来，这对少年男女正是唐门大小姐唐岫儿和她的表兄谢杉。

说起唐大小姐，江湖上可谓尽人皆知，而谢杉这个名字，听过的人就很少了。不过提起云南谢家的医术，没有人不肃然起敬。医术一道上，虽不时能出现些名噪一时的名医，然而要做医学世家就不那么容易了。因为你能保证家族里某个人的医术一时冠绝天下，却很难保证众多子弟在用药时都不出一点小小的事故。而有时一点小小的事故，就足以让一个医学名家声誉扫地。

近两百年来招牌不倒的行医世家只有两家——人称"北步南谢"的山西步氏和云南谢氏。两家医德医术本是不分伯仲，而山西步氏在武功上更胜一筹。但四十年前，步家人丁渐稀，独子步剑尘少时喜好云游，不问世事，步家医道渐衰。后来，步剑尘更为了救治妻女的性命投靠了华音阁，虽然传说后来其武功和医术都已进益到了不可思议的境地，但舍救天下之心而为乎一人，终究为正道中人不齿。

云南谢氏的武功略逊，然而几百年间，谢氏子孙一直于瘴疠蛮荒之地悬壶济世，救助贫病。朝廷几次赐宅京城，太医院首席数度虚席以待，谢家都婉言拒绝了。因而谢氏也更加深得民心，仅云贵一带，百姓们为谢氏子弟所立生祠就有上百座。

在江湖中，就算是谢氏旁系远亲，都会被人奉为神医。事实上，只要敢报出谢氏招牌的人，也就能配得上这两个字，因为谢氏治家之严天下皆知。

谢杉正是谢氏长房嫡传。只要是他摇了头的人，神仙也救不活。

唐岫儿虽然刁蛮，也还明白这个道理。她索性丢开银盘，站起身来，怒视着来人道："关你什么事？莫非是你搞的鬼？"她猝然住口，眼睛中渐渐透出惊惧来——她长这么大，从来没见过这样的怪人。

那个人有着一张五十岁的脸和一个五岁孩子的身子。

只有侏儒才能长成这样。

如果仅仅是侏儒，倒也没什么可怕，然而那身子上居然还少了一只手、一条腿。且那身子胖得如同一只冬瓜，完全靠腋下架着的那条闪闪发光的金拐支撑着，似乎无论谁上前轻轻一推，他都会倒下去。

不过这只冬瓜摇摇晃晃，走得倒是极快，丝毫没有要倒的意思，身上还发出一阵叮叮咚咚的脆响。那是因为他披着一件极其华贵的衣服，华贵得简直诡异之至——透明的天蚕丝披风里边赫然是一件金缕玉衣。

只有死人才穿的金缕玉衣。

这件金缕玉衣已又脏又旧，还泛着油光，似乎真是从古墓里挖出来的。唐岫儿目瞪口呆地看着他，既想笑，又想哭，喉咙里却觉得一阵阵恶心。

那侏儒似乎毫不在意唐岫儿的表情，笑道："老朽怎么敢在大小姐面前搞鬼？但我是这里的老板，这里出了人命，我总要管一管。"

唐岫儿愣了半天，脸上挤出个古怪的表情："老板？莫非你就是敖广？"

侏儒居然点了点头。

"你，你就是海龙王？"唐岫儿忍不住笑出声来。

敖广那张古怪的脸上依旧挂着和善的微笑，道："江湖匪号，恐怕污了大小姐的耳朵。"

唐岫儿哼了一声，道："既然你是老板，人是在这里死的，我就要向你讨个说法。"

敖广道："不知道大小姐要讨什么样的说法？"

唐岫儿又看了一眼手上的尸体，转了转眼珠，道："我只问你人是怎么死的。"

敖广笑道："连唐大小姐都看不出来，这样的说法只怕多少有些贵重。"

唐岫儿怔了一下，突然明白过来："莫非你想要钱？"

敖广叹道："老朽是个生意人，不免指望它换点柴米油盐，如果有剩余，还能买些皂角胰子，把大小姐弄脏的地方擦一擦，免得吓跑了客人。"

唐岫儿看了看狼藉的四周，面上也有些愧色。她缓和了语气，问道："那你要多少？"

敖广的笑意丝毫未减："一口价，每句一千两。"

唐岫儿怒道："你讹诈我？"

敖广笑道："不敢，唐大小姐若觉得这个价格不公道，这笔生意就算吹了。"

唐岫儿的脸色越来越难看，眼珠不住往敖广头上看，似乎又想操起个银盘把他再砸矮几寸。她突然一咬牙道："好，我买了。你讲！但不知道你有没有命花！"

敖广拱手向四面一揖，笑眯眯地道："这个倒不劳大小姐挂念。既然这笔生意算是成了，还劳各位做个见证……大小姐手上抱着的这位朋友，只怕是中毒死的。"言罢望着唐岫儿，缓缓竖起一个指头。

唐岫儿撇嘴道："这连傻瓜也看得出来，你也有脸向我收钱？"

敖广道："大小姐既然看出来了，为何不早说？唉，不知不觉又说了一句。"然后伸出两根手指在眼前摇了摇。

唐岫儿双拳紧握，似乎随时都要向敖广那张恶心的笑脸上挥去。一旁的谢杉赶忙挡在他们之间，道："这句话算我买的——他全身没有其他的伤痕，到底是怎么中的毒？"

敖广道："就在大小姐用来砸人的那个银盘上。"

众人的目光齐向扔在一旁的银盘看去。银盘倒扣在桌腿旁，盘底已经乌黑发亮。

敖广道："这种毒药由一种九色海星混合血鳍鲸的尾鳍骨制成，是这帮倭寇最常用的毒药之一，见血后随血攻心，本来不过半盏茶的工夫就可毙命，不过谢公子喂给他一颗谢家独门的续命金丹，让他还多讲了那么多……唉，如果这些话留给老朽来说，多少也能挣出几个月的马料钱来。"而后连续竖起了两根手指。

谢杉道："这帮倭寇为什么要下毒？"

敖广没有答话，伸出另一只残臂，叹息一声道："可惜老朽二十岁的时候被一条白鲨咬断了这只手，谢公子如果多问两句，老朽的手指就不够用了，所以谢公子还是赶紧先清账的好。”

谢杉怔道：“我怎么可能随身带着那么多银子？”

敖广笑道：“谢公子也可以先打个欠条，云南谢家的名声，老朽还是信得过的。”

谢杉正不知道如何是好，唐岫儿已经怒喝道：“你敢向他要欠条？”

敖广淡然道：“唐大小姐要是愿意打这个欠条，老朽当然也是不敢不信的。”

这时，卓王孙在一旁笑道：“敖老板，五千两银子就算我借给那两位，只是怕你也不知道那些倭寇是怎样在银盘底上下毒的吧？”

敖广的脸上立刻又堆起那种谄媚的笑容：“嘿嘿，郁公子果然是明眼人。老朽只知道这帮倭寇最近在海上打探，是为了做方天随这笔大买卖，毒死裘鲲大概不外乎杀人灭口。至于毒为什么偏偏那么巧下在银盘底上，又恰好被唐大小姐拿出来砸人，就确实不知道了。郁公子的钱是万万不敢收的，只是要禀告郁公子，您船上的水手、用具都已备好，马上就可以出海。”

唐岫儿道：“慢，朝廷明明下令海禁，为什么他的船可以出海？”

敖广道：“若是唐大小姐的船上也挂了张大人特许的通行旗，那也一样可以出海。这个可不是老朽能够说了算的。”

众人听敖广这么一说，目光都往窗外投去。

然而窗外不是一艘船，是两艘。

卓王孙的那艘船当然十分宽敞、结实，船身刚刚刷过漆，就像准备好要出门的年轻人，意气风发。只需看敖广那羡慕至极的眼神，就知道这绝对是一艘花钱也买不来的好船。

然而大家的目光还是都被旁边那艘船给吸引去了。

那实在是一艘古怪的船。大得古怪，旧得也古怪。

船长四十四丈，高十六丈，比一般的海船大了十倍不止。船身和甲板上的木头看上去已饱历沧桑，腐痕斑驳，似乎是不久前才从水底捞上来的。只有主桅上扯开的一面十余丈的巨帆是崭新的，雪白耀眼。另外一支副桅挺立昂扬，一张略小的白帆前面，居然也挂着一面通行旗。桅杆上几个工匠身吊绳索，正在那面白帆上画着什么，甲板上一个挽着双髻的小姑娘抬头指挥着。

敖广凑到卓王孙身旁，身上的金缕玉衣发出一阵脆响。他小心地问："那些倭寇绝不是易与之辈，还是尽早出海的好，要不然老朽替郁公子安排立刻上船？"

卓王孙颇有兴致地望着那个小姑娘，道："不必了，叫他们回去。"

敖广脸上的笑容顿时冻住，惊道："回去？怎么回去？"

卓王孙淡淡道："怎么来的，就怎么原路开回去。"

敖广还是不相信自己的耳朵："为什么要开回去？难道郁公子有什么不满意的？"

卓王孙笑道："不是，只是我们现在想上另一艘船罢了。"

卓王孙几人刚一踏上那艘大船的甲板，那小姑娘就跑过来，怒气冲冲地道："你们是什么人，怎么招呼都不打一个，就跑到人家的船上来？"

卓王孙笑道："我们是想租船出海的人。"

小姑娘哼了一声，仰头看天，道："晚了。"

卓王孙道："怎么晚了？"

"晚了的意思就是已经租出去了。"那小姑娘很有些得意，"半个时辰前，这艘船已经被一位公子包下了。"

一旁的唐岫儿抢白道："他一个人租这么大艘船？"

小姑娘朝她翻了翻眼珠，道："人家有钱，不可以吗？"

唐岫儿哼了一声："我们也要出海，他给你多少钱，我们加倍给你。"

小姑娘皱了皱鼻子，道："我怕。"

唐岫儿道："你怕什么？怕我们没他有钱？"

小姑娘摇头道："我怕你们打不过他。"

唐岫儿笑了起来，回头道："表哥，这个小姑娘倒真是有意思。她居然怕我们这么多人打不过他。”

小姑娘道：“这有什么好奇怪的？只怕天底下已经没有人能打过他。”

唐岫儿撇了撇嘴：“好大的口气，难不成你这船还是武林盟主的？”

小姑娘道：“不是。”

唐岫儿又冷笑道：“不是他的，难道是卓王孙的？我是说华音阁阁主卓王孙。”

小姑娘白了她一眼道：“我说你怎么这么笨呢，这船是杨盟主租的，却不是杨盟主的，它是我家主人刚刚买的古董。”

唐岫儿一惊。她刁蛮任性，不将天下英雄放在眼里，但对武林盟主杨逸之不由得不存着一分敬重。听说是杨盟主租的船，她不好再发作，只得悻悻然地追问了句：“什么古董？”

小姑娘道：“这艘船是一百年前三保太监七下西洋时所乘，不是古董是什么？不过瞧你一脸的精明相，只怕也不知道它古董在哪里。这船自最后一次从安息回来就一直由司礼监保管，最近有人提议要把它改为客船，依古航程从刘家港直驶往安息，重现国威云云。当今万岁爷一时兴起就下旨将此船从司礼监调出来，一路运到江苏，途中却发现这船废弃太久，已经千疮百孔，到达刘家港时已经比一堆朽木好不到哪里去。若要修复，司礼监和刘家港县衙谁也不愿意出这笔钱。正好又有人上折子说此举华而不实，劳民伤财，如果皇上非要坚持的话，十几位文臣就要抬棺尸谏，于是这场盛举不了了之。司礼监和刘家港县衙两边都为这块烫手山芋没法交卸而发愁时，我家主人就花重金将这艘船买了下来，又花了十倍的钱，才修复到可以出海的地步。”

这时敖广也撑着拐从舷梯上踱了上来，道：“这艘船当年叫作‘大威天朝号’，曾经布国威于四海，带回珍宝无数，虽说如今已是无用的东西，但如果有人要买，司礼监和县衙也会狠敲一笔。这位姑娘的主人居然说买就买下了，还出钱修复出海……嘿嘿，看样子最近有钱人是越来越多了。”

那小姑娘道：“知道就好，实话告诉诸位，这艘船我家主人爱租给谁就租给谁，若有乡下人以为拿着几个钱就可以到处显摆，可实在是找错了地方。”

唐岫儿怒道："我看你是故意找碴，租给谁不是租，难道杨盟主的银子就比咱们的要亮眼些？"

那小姑娘笑道："那倒也不是，只是我家主人偏偏喜欢把船租给武功盖世的高手，却又找谁的碴了？如果诸位不服，完全可以找杨盟主比画比画，不说能胜个一招半式，就算能与杨盟主见个伊吕，我家主人一定也欢迎得很。"

唐岫儿喝道："什么饮驴骑驴，你们主人真是婆婆妈妈得紧。"

那小姑娘拍手笑道："我就知道有人会上当，果然这位有钱的大姑娘就拽着小辫子蹿了上来……伯仲之间见伊吕，当然就是说跟杨盟主功夫差不多高低了。什么饮驴骑驴，还是留给姑娘吧。"

唐岫儿气得脸都白了，却说不出话来，一转头看着谢杉，大喝道："你在我身边做什么？还不赶紧站开些！"

谢杉倒也司空见惯，讷讷地站到一边去。唐岫儿恶狠狠地瞪着那小姑娘。

卓王孙笑道："在下倒一直希望能有这个机会，只是现在还早了些。"

小姑娘哼了一声，道："没钱的人又来装过期的英雄了。"又指着卓王孙道，"真是不明白，明明这位公子有船，你们不去找他，却非要来找我。"

卓王孙笑道："我那艘船却是坐不得。"

小姑娘道："怎么坐不得？"

卓王孙道："因为它很快就要沉了。"

小姑娘惊讶地望了望旁边的那艘船，道："好好的怎么会沉？"

卓王孙淡淡道："因为我说它要沉。"

话音未落，那艘船突然猛地一震，真的开始往下沉了。

仔细看去，船上的水手居然有些拿着凿子，有些拿着斧子，正在卖力地拆船。只见四周水沫汩汩而上，向船身聚拢，不一会儿，船身的一大半已斜浸在水中。

小姑娘惊得说不出话来，喃喃道："疯子，你们都是疯子。"

卓王孙道："不知道疯子可不可以租船？"

小姑娘向后退了一步，跺脚道：“只有疯子才愿意和你这个疯子同行呢！”

这时，一声叹息从水面传来：“若能与这位公子同游海上，天下不知道多少人宁愿疯了好。”

众人循声望去，只见一人白衣胜雪，足下一叶扁舟来势正急，面上的神情却十分闲淡，赫然正是当今武林盟主杨逸之。

卓王孙笑道：“原来是杨盟主。郁某商贾末流，江海之上得晤名贤，自当退避三舍。”他自称郁某，丝毫不提相约决战之事，显然是不愿说破身份。

杨逸之淡淡笑道：“再退三舍，只怕就到海龙王那里了。”

此话一语双关，两人相视而笑。

这一笑，默契至极，竟似相知多年的朋友。

唐岫儿、小姑娘惊讶地看着两人，想从中猜测出卓王孙的身份，以及他和这位杨盟主的关系。然而，在两人对视的目光中，似乎又泛起了别的东西，笑容在不知不觉中冷却。周围的空气也随之一起冷了下来。

杨逸之注视着卓王孙，轻轻叹息道：“没想到多日不见，郁兄却多了这些虚礼。”

这句话充满了莫名的伤感，似包含了很多无法提及的往事。

卓王孙也沉默了片刻。

终于，他嘴角挑起一抹自嘲的笑意：“盟主何出此言？你我今日之前并未相见，又何谈不见？”

杨逸之注视着他，两人目光再度相撞，却已只剩冷漠。

杨逸之缓缓点头：“不错，是我记错了。”

卓王孙不再看他，脸色已恢复了从容，向不远处招手：“你们过来。”

相思带着小鸾在拐角处吹海风，此时牵着手走了过来。

卓王孙淡淡道：“拜会一下杨盟主。这位杨盟主弱冠之年已统领武林，是旷古绝今的人才。剑术上的修为更是匪夷所思，传说竟能以光风霁月为剑，出入千军万马，取上将首级。摧城灭寨，血不沾衣。”

小鸾惊讶地道："真的？还从未听哥哥这样夸奖过一个人呢。"

卓王孙微笑："当然是真的。"

小鸾上前两步，跑到杨逸之身边，上下打量，似乎在寻找风月剑气："这么厉害，不知你和哥哥比一场的话，谁能赢呢？"

杨逸之只是微笑，并不回答。

相思上前拉住小鸾，敛衽为礼："杨盟主，小鸾年幼无知，请不要介意。"

她的语气得体而陌生，仿佛之前真的从未与他见过。

杨逸之没有回答。在旁人看不到的瞬间，他眼中似乎有光芒跃动了一下。

卓王孙漫不经心地招手，示意小鸾回来，道："这是舍妹。"又指向相思，"而这一位，是郁某的夫人。"

杨逸之衣袖下的手微微握紧，瞬间又已放开。他躬身还礼，语气平静无波："郁夫人。"

相思微微一笑，已退回卓王孙身边。

杨逸之回过头，向卓王孙拱手："时日不早了，诸位请登船吧。"

卓王孙微笑回礼，两人一起向船里走去，其他人赶忙跟进。

那小姑娘气得差点儿说不出话来，道："慢！杨盟主，就算这些人是你的朋友，让不让他们上船，多少也得问过我家主人！"

杨逸之止步，道："三日来，尊主人一直避而不见，倒也不是杨某有心无礼。"

小姑娘直视着杨逸之，一字一顿地道："不是避而不见，而是不能见。"

杨逸之道："难道尊主人有什么难言之处？无论此事是否因我而起，杨某既然遇上了，就当尽力相助。"

唐岫儿点头暗许。久闻此届武林盟主武功虽高，却行止孤僻，难以亲人，然而方才见他路遇不平仗义相助，言行中还是颇有侠道盟主的风仪，不由对他多了几分好感。

正在这时，一声极轻的叹息仿佛是从海面上浮了上来。就是这轻轻的一声，让人感到连天地万物都和它一起叹息起来。

第五章

船中佳客颜如玉

众人耳中顿时沉寂下来，仿佛一切力量都被用去捕捉那声音的余韵。而它却又立即无迹可寻，好似本身只是风声、雨声、浪花声偶然邂逅的余烬。就只这一瞬间，已足以让所有人相信，自己一生中不曾有、也不再会听到这样美好的声音了。

正在这时，船中的楼梯上响起细碎的金铃声。

一道耀眼的红光缓缓投照到甲板上。一个红衣女子扶着舷梯，缓步从楼上走了出来。檀香四散，海风扬起她黑得发蓝的长发，像一蓬妖艳的莲花，自在绽放于海天之际。飞扬的青丝和她身上缠着的一匹大红丽纱彼此映衬，华丽得令人头晕目眩。

她的肤色略深，眼睛比中原人更大更黑，迎着阳光半张半合之间，透出一种野性未泯的机智。更让人难忘的是，她宽阔的前额上，不是照例点着一颗吉祥痣，而是嵌着半轮鲜红欲滴的月牙。光华轮转的宝石深深嵌入骨骼之中，这种奇异的装饰深深透出一种邪恶的诱惑来，让她看上去仿佛是从天竺壁画中走出来的散花天魔女。

她古潭一样澄净的目光从杨逸之身上一扫而过，又投向大海深处，轻声道："我还以为是杨盟主不肯见我呢。"

杨逸之注视着她，眼中的神色渐渐有些异样。

那女子没有看他，嘴角却轻轻漾起一丝微笑，似乎在提醒他什么。

甲板上的人都希望她能继续说下去，因为能多听一会儿她的声音，实在不失为天下最为享受的事。何况甲板上那帮人本身就是天下最懂得享受的人。

她却不再开口，和杨逸之就这样在甲板上默默地对峙着。

过了好久，唐岫儿终于忍不住，道："原来你就是这艘船的主人？"

那女子微笑道："是，姑娘莫非就是那位非要租船的朋友？"

卓王孙回答道："是我。"

她缓缓回头，目光从众人面前一一扫过，最后停伫在卓王孙脸上。

她深黑的眼睛立刻起了变化。森寒的深光如春水一般化开，眸子深处渐渐跃出两团浮动的火焰。这团火似乎本身就有着生命，照耀着她，烧灼着她，促使她丢开众人，一步一步向卓王孙走来。长长的裙裾拖在潮湿的地板上，在寂静的空气中发出沙沙的响声。

旁边的相思和步小鸾都吓了一跳。相思上前一步，道："这位姑娘，莫非你认得我家公子？"

她并没有答话，在卓王孙面前停住脚步，眼睛一刻也没离开过他。

很多年都没有人敢如此正视卓王孙了，卓王孙面容沉静，亦冷冷看着她。

那女子脸上的神色急遽变化着，仿佛仰望的不是人，而是高山，是青天，是无法企及的幻梦。

她的脸色最终归于虔诚——一种莫名的虔诚。这是跋涉了千山万水的朝圣者，在面对青山白云深处那座巍峨神殿时才有的表情。

她仰视着卓王孙，鲜丽的唇中吐出两个古怪的音节，臂上红纱一扬，竟已深深跪了下去。

她缓缓用额头触到卓王孙的脚背，幽蓝的五尺长发压着绯红的纱裙，在甲板上铺了一地。

卓王孙皱了皱眉，似乎没有想到，会有人在大庭广众之下向他行最隆重的触脚礼。其他的人更是目瞪口呆。眼前的景象无比诡异也无比香艳，简直就如天女摩诘突显法身，再虔诚地跪伏在神佛脚下。

那女子缓缓站起，低头道："我的天朝公子，我主湿婆大神居然赐给您一张和他一模一样的面容，您是被诸神祝福、崇拜、敬畏的湿婆神的化身。"

卓王孙问道："你是曼荼罗派教徒？"

她低下头，当胸结了个手印，道："感谢尊贵的湿婆神。我是大神搅拌大海时升起的天国歌伶，阿卜罗婆兰葩，等候您的命令。"

卓王孙淡淡道："我并非曼荼罗教众，也不曾见过湿婆尊容，你无须如此多礼。"

自称兰葩的印度女子恭敬地回答："这是神的旨意，请公子恩赐兰葩一个侍奉公子的机会。"

卓王孙淡然一笑，道："我正要出海。"

兰葩向后退了一步，躬身做了个邀请的姿势道："人间的一切尊荣和富贵都属于湿婆大神，公子请上船。"

卓王孙道："这些人是我的朋友，你的船够大吗？"

兰葩的身子躬得更低，道："凡大神所处，天负海涵，何所不包，何所不有？诸位请。"

唐岫儿也要跟着上船，谢杉犹豫道："表妹，我们和他们素不相识，搭他们的船似乎不太妥当。"

唐岫儿哼了一声，道："那郁青阳不是自称这里的人都是他的朋友吗，怎么就素不相识了？何况这海禁也不知道要禁到何年何月，难道一直这么等下去？我和你出来都三个月了，我爹一定着急得要死，可不能在这个鬼地方耗着。"

她看了看谢杉愁眉苦脸的样子，心头又是一气，道："更何况，跟着他们说不定能打听到那帮倭寇的消息。如果我们能为民除害，将这帮倭寇杀个片甲不留，回去和你爹、我爹不都有个交代？你也不必整天耷拉着苦瓜脸，担心为跟我偷跑出来而挨骂了。"

谢杉苦笑道："表妹，我绝对没有怪你，只是我爹要是知道了，哪里只是挨骂那么轻松。你所说的确很有道理，但……"

唐岫儿嗔道："有道理你还不快走，愣在那里像根木头。"言罢转身自顾自向前走去。

谢杉无可奈何，摇头叹了口气，提起两只木箱跟了进去。

刚进舱门，还没来得及看清舱内的陈设，门外就是一阵喧哗，似乎又来了不少人。

就听有人在门外粗声喝道："谁是船老板，快些出来讲话！"

还不等里边的人回答，就听那人又道："再不出来，我们就进去了！"话音刚落，便响起一阵噼里啪啦的脚步声，二十余个官差不由分说就涌了进来。

兰葩冷眼看着来人道："诸位有何贵干？"

为首一人吆喝道："你运气来了，我家方大人要租你的船。"

方大人？大家循声看去，只见门口踱进一个穿着官服的人，四十上下，长眉细目，面白长须，面团团的，倒还不是面目可憎。

却正是倭寇们四方寻找的肥羊方天随。

方天随见众人注目过来，干咳了声，打开手中的折扇虚摇了两下。旁边立刻有人递上一块丝巾，他接过来在额头上微微粘了几粘，看也不看，向一边丢去，叹了口气，道："方富，不得无礼。本官是怎么督导你的？本官居官清廉，爱民如子，是何等的体面有礼，你怎么能丢了你家老爷的面皮？你看这位小姐如花美貌，不是千金小姐也是小家碧玉。古人说得好，上善若水，意思是说那些上等的善人，都是如水般秀气的女子。这位小姐已经善到了极点，就是本官说话也要客气三分，你怎可如此唐突？"

这番话半通不通，故作腔调，直听得大家身上一阵发冷，顿时觉得他那张白皙老脸成了秋后霜打的柿子皮，分外可憎起来。

唐岫儿气得刚要猛扑上来，兰葩冷冷道："方大人来得不巧，这艘船已经租出去了，大人请回吧。"

方天随毫不在乎地道："本官有急事出海，和他们同行也无妨。"说着用余光扫了扫唐岫儿，又在相思和步小鸾身上停伫了许久，笑道，"真是水皆缥碧，清澈见底啊，哈哈哈哈……"听得众人一阵牙酸。

兰葩道："方大人还是等几天再走吧，小船已经客满了。"

方天随摇扇笑道："本官挤挤倒也无妨……"他猛地将手中折扇一收，沉色道，"这位姑娘不必瞒我，这艘大威天朝号是当年郑和船队中最大的一艘，足足可载一万人，难道会怕多了我们几个？不妨实话告诉姑娘，本官这次急着出海，一是上任在即，天子之命，万民之请，非同儿戏；另外则是要将各位群僚所赠的一些土产运回海南。东西虽然不多，却是各位群僚的一片心意。方某君命在身，万万不敢耽搁，只要能安全到达海南，本官宁愿拿出一万两白银做谢仪。”

唐岫儿截口道：“一万两算什么？”

方天随细长的眼睛收缩了一下：“一万两难道还少？”

唐岫儿轻轻哼了一声，道：“方大人的这批土产，估价最低也在百万两以上。如今方大人的行踪已被倭寇察觉，自然是凶多吉少，在他们动手之前，搭这艘船提前出海，或许还可以躲过一劫。这么划算的事，一万两是不是也太难以出手了一些？”

方天随注视着唐岫儿，长眉动了动，冷冷道：“姑娘好大的胃口。不过本官若是告诉姑娘，如果本官不在船上，这艘船一个月内休想出海，姑娘是信还是不信？”

众人心中都是一沉。当今朝廷政局黑暗，权臣勾结，上欺于君，下欺于民，党羽遍布天下，小小刘家港又岂能例外？若是真激怒了方天随，这艘大威天朝号只怕再难离开刘家港。

唐岫儿冷笑着望着窗外，道：“好一个手眼通天的方大人，只是大树都快倒了，不知道猢狲还能风光几天？”

方天随脸一沉，目光像刀子似的在唐岫儿和她身旁的谢杉脸上刮了好一阵，最后嘿嘿冷笑一声，道：“好，我们走着瞧。”言罢，一拂袖，向门外走去。

“方大人请留步。”卓王孙道，“方大人如果非要乘此船出海，倒也并无不可。”

方天随回过头，脸上已然换了一副笑容：“这位公子是——”

卓王孙道：“在下郁青阳。”

方天随想了片刻，以手加额，惊道：“哦，原来是江南郁家的公子。说起来我和令尊大人的主座恩师都是张太傅，也可以算得上有同门之谊，方某还得厚颜叫郁公子一声世侄。不过近年来忙于公事，两家疏了走动，还请世侄回去后代为致意。”

卓王孙淡然一笑，道：“不敢。”转而对兰葩道：“这船上可有足够的舱房？”

兰葩恭恭敬敬地答道："船上一共有十四间头等舱房，天字和地字各三间，玄字和黄字各四间。"

卓王孙道："那就请你代为安排。"

兰葩低头道："是。郁公子是真正的船主，和两位小姐就请到天字号三间舱房屈尊；杨盟主也是我请来的贵客，请到地字一号房；我自己在玄字一号，也就是屏风前那一间，如果大家行程中有什么需要，可以随时来找我；唐小姐和谢公子若是一道出海，就请到玄三玄四，这两间房靠近上梯，去甲板最为方便；至于方大人，请到黄三房间，旁边有悬梯直接通往楼下，方大人的手下，请全部到楼下二等舱休息。"

"兰葩小姐真是有心人，连我这个在海上混了大半辈子的人也未必能如此周到。"敖广笑嘻嘻地拄着拐从门口进来，"我年纪大了，也喜欢没事上甲板去活动一下筋骨，就请兰葩小姐给我安排到上梯旁的黄字一号吧。"

兰葩微皱起眉，道："你也要去？"

敖广笑道："最近客商的油水都给倭寇刮得差不多了，生意难做得很。难得这艘船上都是有钱人，我想来想去，还是拼了这把老骨头跟着诸位走一趟，怎么也可以沾一身油水回去烧汤喝。"

卓王孙淡淡笑道："敖老板身上的油水若肯烧汤，只怕整个太仓县的百姓三十年内都不用吃别的了。"

敖广讷讷笑道："郁公子说笑了。敖某虽然薄有资财，但家大业大，难免开销也就大一些。老朽已经六十三了，又有七个儿子、九个女儿、二十三个孙子孙女，遇上个娶妇嫁女、生子诞孙，不免招待亲朋好友、左右邻居，这些年吃都吃穷了，哪里还有什么油水。"

卓王孙道："只怕是敖老板油水吃得太多，想换换口味了。只是郁某一向吝啬得紧，可没有什么鲜果时蔬给敖老板。"

敖广道："公子取笑了。敖某哪里敢要公子什么，方大人不是要付给郁公子一万两的船资吗？公子翩翩佳质，自然不会受这些俗物之累，老朽头十天的开销便出在方大人身上了。”

卓王孙道：“敖老板不愧是海龙王，大小鱼虾通吃。”

敖广大喜道：“这么说，公子是答应了？”

卓王孙微微一笑。

兰葩低声道：“既然人员已定，今晚我就先吩咐头等舱厨房准备九位客人的饮食？”

卓王孙道：“十位。”

众人怔了一怔，卓王孙走到谢杉面前，屈指在他身旁的那个红木箱子上敲了敲。

谢杉和唐岫儿都是一怔，片刻之后，才惊问出声：“你……你是说这里边有人？”

卓王孙道：“有人，但不是个普通人。”

谢杉和唐岫儿对视了一眼，满脸都是难以置信的神色——以他们二人的武功，居然能被人偷偷潜入自己的随身行李而丝毫不知！

唐岫儿上前两步，仔细看了看木箱上的锁，摇了摇头，疑惑地望了卓王孙一眼：“那你说里边是个什么人？”

卓王孙淡淡道：“躲在别人的行李里，还能是什么人？”

唐岫儿沉下脸，挥手一掌向木箱劈去，木箱应声而碎。一条黑影倏然从碎木中蹿起，诸人惊退一步。那条黑影折了一折，电般射到旁边的一张椅子边，却也不急着坐，而是从紧身衣袖口掏出一条手绢，仔细擦了几下，才半坐半倚地靠上去。

旁边方天随眼睛一亮——那个黑影居然是个女人。

江湖中侠女虽多，身材这等秾纤得衷的却甚为少见。只是这具躯体从头到脚都裹在一袭漆黑的夜行衣中，不免令方天随大呼可惜。

那人眼中露出厌恶的神色，举手在身上拍打，似乎沾上了什么不洁的东西。

唐岫儿没想到这个人被自己从行李中提了出来，居然还大摇大摆地坐着拍灰。她上前一步，抬手指着那人的鼻子道：“你是什么人？”

黑衣人头也不抬，道：“贼。”声音嘶哑沉闷，与她曼妙的身材大相径庭，众人听得都是一呆。

唐岫儿听她就这么坦然承认了，反倒是一怔，问：“贼？那你在我的行李里做什么？”

黑衣人有些不耐烦：“贼当然是偷东西。”

唐岫儿指着碎成好几片的木箱，道：“我带回去的礼物都被你偷走了？”

黑衣人冷冷道：“被我扔了。我虽是做贼的，可也有些身份，怎么会去偷那些俗不可耐的东西？”

唐岫儿气得打战：“扔了？你为什么扔了？”

黑衣人似乎都懒得答话，淡淡道：“你这箱子也不选大一些，有它们没我，有我没它们，你说该不该扔？”

唐岫儿指着大门道：“你难道没有腿，不会自己走上来？”

黑衣人道：“做贼的都要自己走，还不成笨贼了吗？”

唐岫儿气得咬牙道：“好！那你上船来偷什么？”

黑衣人道：“你的东西我虽然不屑偷，别人的可不一样。”

唐岫儿咬牙道：“好大的贼架子，你知道我通常是怎么对待贼的吗？”她顿了顿，重重地道，“那就是在他身上种上十几颗铁做的蒺藜，再乱棍打出去。”说着伸手往腰间的鹿皮袋探去。

卓王孙叹道：“唐大小姐还是慢些动手的好。”

唐岫儿瞥了他一眼，道：“人言孟尝君鸡鸣狗盗，莫非郁公子也是一样？”

卓王孙微微一笑。他此时不是名震天下的华音阁阁主，却是江南郁家的少年公子。此行虽是决战，在他看来，却也无异悠游山水，何必认真？他道：“这却说不上，只是唐家暗器虽然厉害，却不一定能对付得了这个贼。”

唐岫儿傲然一笑，自然不肯相信：“什么贼这么厉害？”

卓王孙淡淡道：“世间风月原无主，暂借归去未留痕。”

唐岫儿一惊。这两句话在江湖上极为有名，没听过的人当真不多。她仔细打量了一下椅子上的黑衣人，突道：“难道她是空蟾？”

卓王孙笑而不答。敖广打量了一下黑衣人，若有所思地道：“空蟾？不错，这位应该就是号称‘天下第一妙手空空’的神偷空蟾。”

众人又是一惊。

这间大厅里站着的每一个人都是名人，然而没有人敢保证自己的名气就一定比空蟾要大。空蟾的武功并不高，她之所以出名，是因为技艺妙绝。据说她九岁那年就曾独身潜入大内，于祭天典礼的前夜，盗走皇帝卧榻旁的礼剑。

不过她虽是个神偷，却绝不贪财。不贪财的小偷全天下也许只她一个。她只贪一种东西，就是奇怪的东西，而且越怪越好。所以她偷过的东西，不仅是别人偷不着的，也是别人根本想不到要偷的。

空蟾行走江湖的年月没有人说得清，有人说是十几年，有人说是几十年。唯一可以肯定的是，这些年中，她只失手过一次。那就是十年前，她试图潜入华音阁青鸟岛，盗走人鱼星涟。虽然没有成功，却从武林禁地华音阁全身而退，那年她才二十岁。从此她就成了武林中最有名的人之一。

不过空蟾生性孤僻，无亲无友，见过她的人可谓少之又少，更少有人想到她居然是个女人，还很可能是个非常好看的女人，更可能是个非常有钱的女人。

于是方天随和敖广的脸上都浮现出了笑容，只有唐岫儿笑不出来。她冷哼一声：“她是空蟾又怎样？难道我唐岫儿就怕了她不成？”

卓王孙道：“唐大小姐当然不怕，不过空蟾虽然是贼，总是个雅贼，唐小姐何不给她个面子，看她想盗的究竟是什么，也是苍茫海程中一乐事，唐小姐以为如何？”

方天随突然想起了什么，道：“这个……世侄，这里只怕不太方便让空蟾小姐一试身手。”

卓王孙淡淡道：“方大人放心，这位姑娘既然是空蟾，就决不会动你那些‘土产’。”

唐岫儿道：“那我送人的礼物怎么算？”

卓王孙道：“不知道唐大小姐那些礼物能否抵得过两位的船钱？”

唐岫儿愣了片刻，提高了声音道：“你敢威胁我？你以为你是船主就可以威胁我们？”

卓王孙道：“不敢，唐小姐若还想坐我的船，这点面子总还是要给郁某的。”

不等唐岫儿说话，兰葩已截口道：“空蟾姑娘请到方大人隔壁的黄三房间休息如何？”

空蟾瞥了一眼众人，道：“给我一间干净的房间，我不想和任何男人住隔壁。”

兰葩道：“那只有玄二了，右边是我的房间，不过左边则是唐大小姐……”

空蟾道：“那倒无所谓。”言罢也不待兰葩领路，自己上楼去了。

唐岫儿回头冷冷地望着卓王孙道：“郁青阳，等我收拾了那帮海盗，再来找你算账。”

这时，甲板上传来一阵长笛——大威天朝号在经过百年沉睡后，终于再次扬帆起航了。

第六章

雪肤红画耀幽烛

第二层的十四间头等舱房围成一圈，中空，透过栏杆往下看去就是第一层的大厅了。西北面的四分之一个圆是天字房，卓王孙、相思、步小鸾分住一、二、三号，杨逸之则在东北面的地字一号。天地字房与东南面的玄字房、西南面的黄字房相对，南北两个半圆右边竖着一道屏风，左边则是一道下梯隔开。天与地、玄与黄中间还分别有一道通往甲板的上梯。

兰葩将卓王孙一行领到天字房，然后躬身退了出去。

这是有客厅、卧室以及梳洗室的套间。门口各有两盏落地柱灯，灯罩状如卧莲，由一整块淡蓝的云英石雕成，在烛光映照下显得流光宛转，精巧绝伦。其他的陈设亦是精致工巧，极尽奢华，几乎可以让人忘了是在旅程之中。

虽然房间已整齐得一丝不苟，但相思还是习惯性地上前替卓王孙整理床幔。他们此行虽然扮作夫妻，却并不同住。

相思叠好被褥，好似发现了什么："好别致的更漏。"

卓王孙伸手接过来看了看，道："这种样式来自高丽，传入中原不到十年。漏杯状如水滴，支架是银质的，整体晶莹剔透，每滴到六个时辰，漏杯会因自身重量的变化自动翻转。边陲小国，用具能精致至此，也算是难能可贵了。"

这时，身后有人轻轻拉了一下他的衣角，步小鸾笑盈盈地道："哥哥。"

卓王孙道："天色晚了，你还不回房睡觉？"

步小鸾摇摇头："我想去看看海……"她似乎找不到更好的理由，于是微微笑了一下，“我想晚上的海会很好看。”

卓王孙轻轻拍拍她的头：“以后有你看的时候。好吧，我们走。”

从走廊上看，每个房间的布置几乎一模一样，门内均有两盏落地莲灯，只是水晶灯罩的颜色分红蓝两种，每个房间并不相同。房客们都在摆弄自己的行李，门口堆了不少垃圾。前面灰灰暗暗，隐约矗立着一扇一人高的屏风，两人才知道已经走到了尽头。

卓王孙只瞥了一眼，便觉得这座屏风有些古怪。

屏风共七面，上画竹林七贤，看上去漆色尚新，笔法说不上恶俗，但色彩极为浓艳，在傍晚灰暗的光线中仍让人觉得刺眼。

更怪异的是那天竺古檀雕成的屏风座架。

座架雕琢精致，纹理细密，看上去已是百年古物，却依旧光彩可鉴，沉香扑鼻。与那屏画比较，只觉甚是不相搭配。

卓王孙似乎对屏风提起了点兴趣，仔细看了一会儿，正想找兰葩询问屏风的来历，回头时步小鸾已经不见了。

走廊上还残留着一线金色的晚霞，似乎满舱夕阳一触到屏风的阴霾就完全消散了，周围只觉阴寒之气逼人而来。步小鸾已了无声息，似乎和那道残阳一起消逝了。

卓王孙皱了皱眉，正要去找，只听屏风一侧传来一声尖叫，似乎是步小鸾的声音。

屏风前面那间客房，门是虚掩的，隐约透出一点微光。卓王孙推门而入。客房里一片漆黑，只有东面墙上映着一晕烛光。

步小鸾一身白裙，面墙而站，一双手撑在墙边的桌子上，不住颤抖，似乎不堪重负。桌上的红光明暗不定，映出她半张神情恍惚的脸。

她茫然地凝视着墙上的一幅画，目光因恐惧而变得呆滞。

墙上是一幅血红色的丝织曼荼罗图。

图中花纹无穷无尽地纠缠在一起，不知从何而起，也不知在哪里终结，让人只觉得一团艳丽得诡异的色彩扑面而来。再多看一会儿，那些线条似乎又遵循着某种规律，朦朦胧胧地汇聚成一块巨大的图案，从自己眼底缓缓凸现。

烛光摇摆不定，将四周器物的影子变成一个个血红的巨影，仿佛洪荒怪兽逃离了图画的约束，正蠢蠢欲动，随时搏人而噬。

步小鸾已经看得呆了。桌上红烛的烛蜡正一点一点滴到她苍白的手指上，如血一般耀眼，她却毫无知觉。

卓王孙猛地将她的手挪开，道："小鸾，怎么了？"

步小鸾愣了一会儿，哇的一声哭出来，扑到他怀中，道："有妖怪，那里有好多妖怪，在叫我的名字，还有好多蚂蚁一样的东西在咬我的手，都出血了，我却动不了……"

卓王孙怜惜地抬起她的手，将上边的蜡轻轻拂去："是蜡烛，墙上的图是曼荼罗。这应该是兰葩的房间，她是曼荼罗教派的信徒，必须随身带着这种图案。"他轻轻拍了拍她的头，道，"这船上的东西很不简单，你以后千万不可乱闯别人的房间，如果再见到什么古怪的东西，要马上走开。"

小鸾抬起泪眼："我真的是听到有人叫我的名字才进来的，你相信我啊。"

卓王孙点头道："好了，月亮出来了，我们上甲板去吧。兰葩去了那么久，也应该快回来了。"

小鸾被他拉着往外走，还不停地回头看："哥哥，真想不到兰葩姐姐会住在这样的房间里。"

卓王孙随口回答："的确有些奇怪。她把所有的帘子都放了下来，入门处的两座莲花灯都坏了却没有换，屋子里只点着一支蜡烛，似乎是她昼伏夜出，怕见强光。这倒不像是兰葩的习惯。"

步小鸾道："兰葩姐姐看上去很开心的样子，不过我觉得她一定有心事。她每次看到杨大哥，眼神都很不自然。"

卓王孙笑道："你哪里知道什么是心事？"他又看了一眼桌上陈设的七面铜镜，"看样子她还是个孤芳自赏的女人。"

步小鸾道："什么是孤芳自赏啊？"

卓王孙一面说一面带着她往上走，道："这孤芳自赏的意思，你还是永远不要知道的好。"

两人刚刚来到舷梯口，冰凉的夜色就像一堆浓厚的黑云扑面压来，步小鸾禁不住打了个寒战。突然，甲板上有人一声惊呼，而后一声巨响，有东西轰然倒塌下来。

两人快步来到甲板，只见兰葩全身赤裸地站在船头，满脸惊骇的神情。她似乎急着想挣脱出来，但她的手被一条黑影死死抓住了。此刻月色稍盛，才让人看清那条黑影原来是一个陌生的少女。

陌生少女跪在船栏边，粉色的胸襟上浸着好大一块殷红的血迹。她用力握住兰葩的手，挣扎道："主人叫我来通知你们，快叫水手掉头，前边……前边……"突然身体一软，昏迷过去。

兰葩见有人上来，更是满面惊羞，无奈却脱不出手，只得背对着来人跪了下去。

她身边放着一个盛满水的木桶，一个木头架子带着几块帆布倒在栏杆上，栏杆的另一头还挂着半幅被扯碎的丽纱。

看样子她本是趁着夜色在甲板的远角搭了架子洗澡，没想到却被这个爬上来的少女撞倒了架子，又扯碎了衣衫。

然而这个少女却不是无意中爬上来的。

大威天朝号甲板离水有十六丈之高，这个陌生少女在重伤之下，居然还能从栏杆下爬上来，武林中能做到这一步的人绝对不多。

更何况她还带来一个惊人的消息：主人要她来通知大家，前面……

前边到底有什么，能让一个一流高手惶恐至此？而她的主人又是谁？莫非已经被这种无名的东西围困？那么为什么她拼死爬上来，却不向这艘船上的人求援，反而只让他们快走？

浮云渐渐被风吹散，森寒的月光像流水一般倾泻下来。

甲板上像结了一层冰。

卓王孙注视着那个陌生少女的脖子。

绣花衣领已经沾满血污，象牙色的肌肤上赫然凸现着一个古怪的伤口，鲜血正从伤口中汩汩外涌。

这种伤口绝不是刀剑造成的，而是一种钝伤，类似于齿痕的钝伤。在茫茫大海上，只有一种生物可以造成这种伤痕。

那就是海蝙蝠。

海蝙蝠是一种黑色的利齿鱼类，生性凶残嗜血，常常埋伏在海底水藻里，伺机撕咬猎物的脖子。它们在水下以吸吮其他鱼类的体液为生，初秋之时也会顺流来到岸边，攻击海岸上的牲畜和人类。

来到海岸的海蝙蝠能突然跃出水面一丈高，尖利的牙齿瞬间就能准确地划破猎物颈上的主动脉，然后宛如饕餮一般猛吸不止，有时甚至会将自己的身体胀破，和猎物同归于尽。

更为可怕的是，它们咬人的同时还会往猎物的血管中注入自己的体液，这样，伤口的血很久都不会凝固。有些人受伤后将海蝙蝠打死，却也只能眼睁睁看着鲜血从自己的脖子里不断往外喷涌，最后倒在水边，慢慢死去。

因此，渔民们心惊胆战地称它们为海底阎王。在它们出没的季节，没有人敢待在岸边。而清晨沙滩上，人畜尸体脖子上那一对尖利的齿洞，也成为大海中最恐怖的传说之一。

然而，现在是初夏。

初夏的时候，去年的海蝙蝠已经死去，新生的海蝙蝠还都只是鱼卵，绝不该出没在海上。而且，海蝙蝠的牙齿也和蝙蝠一样，小而尖利，但是这个少女脖子上的齿洞却显得钝而巨大。如果这是海蝙蝠所为，那么这只海蝙蝠的身形一定和人类一样高大。

难道一只如此巨大的海蝙蝠，已提前从海藻间那苍白的鱼卵里破壳而出？

又或者，根本不是一只，是无数只？

难道这就是少女警示的“前面”有的东西？

就当卓王孙想着这些问题的时候，一件糟糕的事情发生了——二楼的船客们已经听到了动静，一起涌上了甲板。

更糟糕的是，月光变得奇亮无比，把甲板上照得纤毫毕现。

兰葩还没能挣出手来遮掩自己的身子。她背对着大家跪在甲板上，脊背微微颤抖着，一滴泪珠像珍珠般滚到地上的月光中。

众人的目光落在她身上，却是一片惊呼。

她光洁如丝绸的背上是一大片浓墨重彩的文身！

那是一幅不知意义的怪诞图腾。众人的目光都被那色彩斑斓的神秘力量所吸引，再也挪不开去。那些无穷无尽的线条紊乱地在诸人的眼底涌动，中间夹杂着许多圆点，渐渐向外蠕动、突出，似乎又在挣扎升腾，化为一片铺天盖地的红色，瞬时迷离了众人的眼睛。

那仿佛是世界重生时刻的古老记忆。

氤氲之气在神的光照下散开，清者上升为烈焰，浊者下沉为海水。火焰和海水交界的地方，隐现着六根与天同高的祭柱。风雷隐去后，海面还在浓雾中不安地动荡着。猛然间，一声重重的叹息仿佛洞穿了无数重的时间与空间，从地狱中透空而来，却又立刻潜归海底，了无痕迹。霎时，海面仿佛充溢着绯红的光彩，千声万声的叹息和哀号齐响，撼天动地，震耳欲聋。

叹息之声越来越大，越来越多，甲板上的人不堪忍受这种折磨，拼命堵着耳朵。突然，人群中爆出一声撕心裂肺的呼喊，宛如闪电划破夜色沉沉的长空，抽打在黝黑的海面。方天随手下三个护卫竟同时发狂，在夜空中挥舞着雪亮的佩刀，向兰葩扑来。

兰葩静静地跪在甲板上，头颅无力地垂在胸前，似乎已陷入昏迷。众人正在惊愕，眼前猝然一花。杨逸之的身形腾空而起，只听啪一声脆响，副桅上那张白色巨帆应声而落。他一挥手，帆布平平铺开，像一张巨大的白纸，轻轻落到卓王孙手上。

卓王孙随手一挥，帆布已掩住了兰葩的脊背。他顺势将她横抱起来，躲开了三人的一击。那三个护卫重重扑到甲板上，猛地抱头呕吐起来。

四周顿时沉寂了下来，只有那翻江倒海的呕吐声一次次撞击在人们心头。过了好久，步小鸾突然哭出声来："就是这幅画，我看见的就是这幅画！"

众人如被电击，纷纷从出神中醒转。敖广弃了金拐，跌坐在甲板上，空蟾靠在栏杆上，双手紧紧握住铁栏。

唐岫儿扶着谢杉，颤抖着伸手指着兰葩，喘息着道："妖术，妖术！她分明就是妖怪！"

方天随由两个护卫搀扶着，伸出衣袖不住擦着额头："的确是妖女，要好好拷问，好好拷问。"

兰葩这时也渐渐恢复了神志，睁开眼睛，木然地看着众人。

唐岫儿平静了些，对卓王孙道："郁公子，刚才的情形你也看见了，既然这个妖女奉你为主人，还请你给大家一个交代。"

卓王孙并没有答话，只轻轻将兰葩扶起。

兰葩的胸脯起伏了几下，苍白的脸上缓缓滑出两行泪水，低声道："曼荼罗花纹，每一块都代表一个神圣的意义。"她猛然翻过身，将帆布撩起一角，让卓王孙看清那块文身，"我的天朝公子，用您那神赐的双眼做证，它是湿婆大神所赐、须用我整个生命守护的神的恩典，绝不是魔鬼的印记。"

唐岫儿打断她道："你们这些邪魔外道怎么想我们管不着，但不能任由你用妖术迷惑大家。要是不想被抛下海去，就得想个法子把这背上的妖物弄掉。"她看了谢杉一眼，"我表哥可以帮你，保证你连一点痛苦也感觉不到。"

兰葩惊恐地挣扎起身，深深跪伏下去，双手拾起卓王孙的衣角，贴于胸前，啜泣道："天朝公子，请您相信在您面前的这具肉身是风暴的女儿阇衍蒂所守护的。她能证明它只献给过神，纯洁无瑕，它额上的宝石和背上的文身都如同您尊贵的容貌一样，是神的恩赐。只要我的生命还在延续，它们就将与我同在。除非是我犯下了不可饶恕的罪过，大神会亲自收回这一荣耀——那也意味着将同时收回我罪恶的生命。天朝公子，兰葩并非有意惊吓您的朋友，请原谅我的过错。"

她恭敬地跪在地上，将卓王孙的衣袖捧到额前，深深低下头去："神让我在遥远的天朝和他的化身相遇，请您保护我免受不信神者无知的指责与逼迫。"

卓王孙将她从地上扶起来，道："没有人能逼迫你。"而后一指栏杆边那位昏迷的陌生少女，"谢公子，那边那位姑娘伤得很重，你帮忙看看。"

谢杉刚刚应声，就被唐岫儿一把抓住。

唐岫儿冷眼看着卓王孙道："郁青阳，你以为你是谁，船上的人是你说放就放、说救就救的？"

卓王孙还没有答话，不远的水面上突然传来一声轰然巨响，平静的海面被击个粉碎，一股三丈高的浪花直冲上来。

众人大惊之下往东面看去，只见海面上星星点点，全是灯光。

第七章

同舟王子美少年

在大海上，有灯就意味着有船。

灯月交映下，不远处一队黑帆舰船呈扇形排开，将一艘青色的小船围在中央。那一队黑帆舰船绝不是寻常船只，比普通客船小而且坚固，整个船身包裹着一层黑铁，栏杆上全嵌着精钢护刀。更为骇人耳目的是，每艘船的船头都立着一口红衣大炮！

十几口大炮炮口洞黑，正对着那艘青色小船。每只黑帆舰船上都挤满了人，但是站得都很整齐。他们头上扎着一道白布，手上都握紧了长刀。一名名炮手站在大炮旁边，举着火把，似乎随时都会点火开炮。

炮口所向的那艘青色小船静静地浮在水面上。

船不大，布置得却很雅致。船舱几乎一半都是木格窗，窗棂上镂雕着云月、仙鹤，是日本镰仓时代的样式。船舱四面静静垂着深紫色的窗帘，里边一点声响也听不到，似乎只是一艘空船。

这样的船如果在京都皇宫的池苑里看见，倒一点也不奇怪。然而这是怒涛汹涌的大海，这样的画舫只要一个浪头就能粉碎，难道它是借了什么魔力，才避开无边风浪，渡过无数怒涛，来到万里之外的地方？

这艘青船似乎真有些魔力。

那些黑帆舰船虽已围了很久，却始终畏畏缩缩，不敢上前半分。

能用十几口红衣大炮对着一艘船，就算里边坐的是天王老子，也不应该害怕的。

然而那些黑帆船上的人偏偏都怕得要死，就连大威天朝号缓缓靠近他们，他们也只看了一眼，就回过头去，继续全神贯注地盯着那艘小船，握着钢刀的指节都已发白。

船行到近处，天朝号上的众人借着月光，居然又看到了一件不可思议的事。

船上的那些人起码有一半已经不是人，而是尸体！

这些尸体就挤在活人中间，有的扶着栏杆，有的拉着缆绳，有的手上还握着长刀，都保持着死时一瞬间的姿势，似乎还来不及有丝毫反抗，就已经僵硬。僵硬的尸体上别无伤口，只有脖子上黑血淋漓，顺着胸口一直淌到甲板。

甲板上宛如铺开了一张暗黑的地毯。若不是亲眼所见，真难以想象，人的身体里居然能流出如此多的血。

唐岫儿觉得一阵反胃，她伸出手捂住嘴，然而，她伸出的手就生生停在空中，鼻端却清清楚楚地闻到了一缕淡淡冷香。

这种香气极其清淡，似乎无迹可寻，又似乎无处不在。然而就在那一瞬间，青竹、冷露、山岚、风荷以及天地间一切清寒之香都已汇为这幽幽一缕，在人紧绷的心弦上轻轻一拨。

唐岫儿全身一颤，往四面张望了片刻，又将衣袖放在鼻端使劲嗅了嗅，目光最后落在那半船密密麻麻的尸体上。

那种冷香只可能是从尸体上散发出来的——确切地讲，是尸体伤口中涌出的黑血里。

然而尸体只应该有尸臭。

血也只应该有血腥。

就在那浓重的血腥和死亡气息之中，那股冷香悠然潜行于海天之间，一如莲花自洁，片尘不染。

唐岫儿只觉得全身都已冰冷僵硬，停止了呼吸，然而这种怪异的幽香仍然透过皮肤上的每一个毛孔渗透入身体里。这种感觉如果不是亲身体验，绝难想象到底有多么诡异，多么可怖。

不光是她，整个大海几乎都陷入了深深的恐惧中。

尤其是那些黑帆船上的人。

疲倦、绝望、惊惧已快将他们击垮，他们似乎要用尽最后的力量才能站直身躯。那些人的目光十分迷茫，一会儿看看身边的尸体，一会儿望望那艘青船，眼中看不出丝毫的希望——似乎青船里住的不是人，而是妖魔。

深海中走出的妖魔。

又过了一会儿，海面上终于有了一些声音。为首的一只舰船上点起了一只灯笼，一个白衣人缓缓站上了船头。说是一个仿佛还不太确切，因为那站上来的分明只有半个人——右边的一半。

他整个人从眉心开始被分割开来，左边脸上堆着一层层锈红色的癣，身上只笼着右半边衣服，剩下的盘在腰间，半身白衣白得刺眼。左边裸露的身体也爬满了水癣，高大的身形铁塔般矗立在明暗不定的灯光下，仿佛被人活活劈开过。

众人目瞪口呆。在这样的地方看见这么一个人，真让人不得不怀疑自己是否在不经意间已航进了地狱。

那半个白衣人咳嗽了一声，向青船喊道："你若再用这种鬼蜮伎俩杀人，我们就要开炮了。"他话一出口，整个海面都嗡嗡回响起来，看来内力相当强。

谁都能听出他的语调在止不住地颤抖，似乎开炮要打的不是别人，而是他自己。

然而，青船上一点回音也没有。

半个白衣人一咬牙，手上的令旗用力往下一挥。

就在这个时候，一道微亮的紫光无声无息地从他脑后一闪而过，他身体猛颤了一下。那一瞬间大家似乎听到了血管撕裂的闷响。

而后，他的头颅宛如一片落叶，凌空飞了起来。

那人的身子依旧挺立不倒，头颅上的眼珠似乎就要夺眶而出，他最后的目光还能看到，一柱鲜红的烟花正从自己颈上的青筋中喷涌而出。烟花的顶端还是鲜红的颜色，根部却已黑得发亮。等那烟花全部变成乌黑的时候，他半边雪白的身体已像石像一般僵硬在原地。手中的令旗还在半空中孤零零地飘荡着，尚未挥下。

异香自他的残血中隐隐传来，月色如暗黑的潮水，从每一个人心头缓缓流过。

海风呼啸，海面上却只有令人窒息的寂静。

好一会儿，黑帆船上才响起一阵杂乱的呼喊——那声音嘶哑得宛如野兽狂呼，又仿佛伤重的人吐出的最后一丝气息："开炮，快开炮！"

一阵巨响震耳欲聋，海面上火光连天，巨浪飞涌，船舶的残骸被抛起十余丈高，又带着轰然巨响落回水面。磅礴的水势连大威天朝号这样的巨船也被带得不住鼓涌。

"打中了，打中了！"海面上的人欢呼雀跃，发出一阵死里逃生般的大叫。

硝烟缓缓散去，那艘青船已经化为齑粉，水面上散落着几缕紫色的丝绸。

然而，没有一丝血痕。

黑帆船上的人慢慢安静下来，面面相觑。

难道这个妖怪已被这十几口大炮轰得烟消云散？难道它身体里根本没有血？或者它并没有死，已趁着硝烟潜回海底？

月光更盛，银白的海面寂静得异样。

突然，一丝极其轻微的水声似从海底深处漂浮上来。月光荡漾的海面突然似一块银盘般向下陷去！

水波旋转中，伴着一丝似弦非弦的悠长乐音，无数点紫光如蛹脱茧，破水而出，流星倒行般，瞬时布满海面，荧荧烁烁，幽艳无比。

黑帆船上的人见到这满天的紫光，顿时面如死灰，似乎连最后一线逃生的意志都被击得粉碎。

水面悄无声息地分了开来。

一轮淡紫的光华如明月一般缓缓自水中升起，甫一离水就变得奇快无比，向那一扇排开的黑帆船袭来。

众人眼前一花，只见一团紫光在海面上迅速穿梭，而那些船舶、桅帆、人体竟似突然变得虚幻一般，任由它穿体而过。

那道紫光突然在为首一船的主桅上停止。光华散去，众人才看清那居然是一个人。

那人站在五丈高的桅杆顶端，轻轻张开双臂，仿佛一只巨大的蝴蝶，在暗夜中振起双翼。他修长的身形被紫色光晕所簇拥，长长的紫袍随风而动，轻若无物，宛如大海垂下的一滴眼泪。

那人徐徐收回右手，满天光华从他掌心垂下，在夜空中划出无数道幽艳的弧，伸向下方那些黑帆船。船上的人惊讶地仰望着他，脸上的神色有惊骇，有绝望，有乞怜，却没有丝毫的反抗，似乎他们的生命已被他手上垂下的光华牢牢系住，再无挣脱的可能。

那人俯视着下方，轻轻叹息了一声，修长的五指缓缓往上一抬。

几声闷响，深黑的海面上顿时绽开了无数朵猩红的花。

血花。

那些人的头颅似乎猛然脱离了躯干的束缚，纷纷飞起，在空中翻滚几下，随声落入海中，身子随着跪下。浓黑的海面上宛如骤然起了无数道血的喷泉。月光下的海面荡开一片片血晕，没有了头颅的躯干跪在原地，古怪地向前倾着，颈腔里股股鲜红的烟花喷出一丈多高。

这种景象，炼狱中都不曾有过。

同时，那铁壁般的船身纷然碎裂，十几艘舰船也像猛然失去了头颅一般，缓缓往海下沉去。

紫衣人还默然站在桅杆之巅，广袖博带在海风中猎猎扬起。他整个身子仿佛都是月光的一部分，奇寒逼人，亦幻亦真，让人无法谛视。

桅杆距离水面已不足一丈，只见他广袖微张，一道紫光向大威天朝号飙来。他的身形也随风而起，那种姿势不是飘，也不是飞，而是在一瞬间和你眼中的月光交换了位置。就在眼帘一开一合之间，他已然到了跟前。

衣带缓招，来人已无声无息地落在甲板上。

众人只觉鼻端传来一阵异香，香气非常淡雅，却奇寒彻骨。众人禁不住都打了一个冷战。

——正是那些尸体上的气味。

众人讶然抬头，向这个杀人妖魔看去。然后，再没有人的目光能从他身上移开。

他全身笼罩着若有若无的冷光，一抬手，冰冷的光泽就从他垂下的衣袂中照人而来。他来到众人面前，举止间有种说不出的飘逸，却又诡异至极。

满天月光似乎更盛了，然而真正的黑夜却似已随他翩然而降。众人的手足都宛如沐入冰池之中，然而极度的恐惧仍不能阻止大家去凝视他的双眼。

那双眸子澄如止水，比眼前的大海还要深沉。淡漠的神光中，竟似藏着难以言传的忧伤与悲悯——这双眸子只应该属于释迦太子，而不是属于这个举手之间就收去几十颗人头的妖魔。

恰恰这样的妖魔竟有一张完美无缺的脸。

他微微抬头的刹那，月光都禁不住惶然退避，仿佛不敢与他同在。大海深处，幽微的波光闪耀，照出他那美丽得诡异的轮廓、深沉悠远的眸子和微微挑起的双唇。

甲板上的诸人，称得上风标出世的比比皆是。然而休说男子，就是最自负美貌的女子也不得不惊叹，这是一张诸神呕心沥血才雕琢出来的面孔，让人一见之下便足以慨叹终生。

孤独、优雅、忧郁，如果非要从他脸上找出一点缺陷，那就是他的肤色和唇色过于苍白，似乎终年不见阳光。如果一个妖魔有了这样一张脸，大家都宁愿不把他当作妖魔来看。何况，他肯定是人，还是最为养尊处优的人。妖怪虽然能变化出完美的面孔，却变化不出他身上那种沉静优雅的气度。

此时，这位紫衣少年居然开口了：“化外之民久慕中原风物，千里存临，不幸值盗。座船既毁，亲朋复杳，惶惶如丧，营营奈何？欲求一席，心复愧然。座中君子能赐锥地乎？”话虽略显深涩，但他言谈从容，说得无比自然。

唐岫儿听得眼珠子都快掉出来了。这个杀人恶魔居然文绉绉地向他们求助，还要住在这艘船上。

她抢先问道：“你是谁？”

紫衣少年道："诸位可以叫我小晏。"

唐岫儿撇嘴道："这肯定是假名。这么说来你是不肯用真面目示人了？"

那少年居然微微一笑："名字虽假，每一寸面目却都是真的。"

想不到他居然还会笑。就在这一瞬间，四周所有的血腥、戾气都消散殆尽，仿佛天地也因这一笑而洗净重生。

这自称小晏的紫衣少年将目光转向谢杉，道："多谢这位公子医治紫石姬，还是让我来吧。"

谢杉愕然抬头，也不见他有什么动作，只觉紫光一闪，人已到了眼前。他袍袖轻轻一带，谢杉手上的少女已到了他怀中。谢杉只觉触手一阵奇寒，脑海顷刻间化为空白。对方手上不带分毫内力，但在他出手的一瞬，周围的一切就仿佛被无形的魔力凝固，任由他从容出入，将紫石姬抱走。

天底下从未有这种奇异的武功。谢杉心中一凛，不由往后退了一步。抬头看时，就见唐岫儿正有些鄙夷地望着自己，他脸上顿时有些发红。

那少女一直昏迷不醒，但刚入紫衣少年的怀中，就醒转过来。她挣扎而起，在甲板上勉强跪直了身体，低声道："主人，属下……属下没能阻止他们前来，属下……"她胸口剧烈起伏，再难出声，一双明眸中满是愧疚自责之色。

小晏点点头，转向卓王孙抱拳道："紫石姬伤得不轻，还请船主行个方便，让我找个地方为她略微医治。"

卓王孙微微一笑。在众人均未出一言的情况下，他居然一眼就看出自己才是真正的船主，这少年果然是个很了不起的人物，比自己想象的还要高明许多。

卓王孙拱手道："佳客远来，郁某未能远迎，失礼殊甚。鄙船地字二三号房间尚还空余，如蒙不弃，就请小晏公子与紫石姑娘暂屈尊驾。"

小晏点点头，向卓王孙道谢后，径直抱起紫石姬下了甲板。其他人余惊未息，愕然看着他的身影从身边穿过，却没有一个人敢上前阻止。

或者说，不是不敢，而是被他的气度深深震慑。过了好一会儿，唐岫儿才宛如大梦初醒，道：“你们就让他这样下去了？刚才几十条人命被他一招残杀，你们看得明明白白的，却还让他与我们同行？”

她指着海上散落的船舶遗骸，正待要兴师问罪，突然，她的动作僵住了。

随她手指所向，海面上蹿起一道火光，而后一声巨响，一枚海碗粗的炮弹笔直地向甲板飞来。

第八章

漫垂紫袖结芳菊

那些黑帆船上的人居然还没有死绝。

一个炮手在看到满天紫光的一瞬就吓得晕了过去，侥幸躲过了那场屠杀。恰好他所在的船又被另一只船舶的遗骸钩住，一时没能完全沉没。被海水一浸，那人缓缓醒转，听到大威天朝号上有人，恍惚之中拉下响环，向这边开了一炮。

一口红衣大炮在仅隔数丈之外当面轰出，威力岂比寻常！唐岫儿只见那枚炮弹旋破夜空，哧哧作响，瞬时已到了头顶。突然，一道电光划破夜空，一枚铁箭从天朝号后方飞速赶到，与那枚炮弹迎个正着。只听巨大的爆响直如钧天雷裂，在大威天朝号上空炸开。

一爆之下，那枚炮弹竟被铁箭当中穿过，裂为碎块，跌在甲板之上，铁屑纷飞，深嵌木里足有三寸多深。

满天碎片中，唐岫儿下意识地伸手一挡，只觉那箭速度丝毫不减，从她袖侧掠过，向远空飞去，瞬时已不见了踪影，过了好久才远远传来落水的声音。

唐岫儿立定身形，骇然看着地上的弹片。这种出了膛的精钢炮弹居然能被一根铁箭穿碎，这一箭之力简直是匪夷所思。

唐岫儿转身望去，就见来箭的方向上，正泊着一叶狭窄的扁舟。

一个黑衣大汉如标枪般笔挺地立在舟上，双手合抱胸前，怀中是一张大得出奇的弓。这张弓样式奇古，弓身上脉脉乌光在月下流转不定，映出黑衣人一张冷漠的脸，上面就像涂了一层黝黑的沙子——那只能是烈日和风沙的痕迹。他那指节凸出的大手正轻轻摩挲着弓背上九颗赤红的宝石。

卓王孙向那人拱手笑道："想不到后羿神弓庄先生也来了。郁某船上还有两间空房，倒也正好。"

众人悚然动容，莫非这人就是号称"天下第一神箭"的庄易？

据说这个人无亲无友，漂泊天下，唯独对箭术之道嗜好到了痴狂的地步。他十岁的时候就一路乞讨着来到蒙古，在草原上射狼而食，掘地而眠，足足等了三个月，才得到和蒙古大汗比箭的机会。两人一共比了七天七夜，各射麋鹿两千头，不分胜负。然而此人箭术虽高，行事却极为狠毒，箭下从不留活口。年轻时为了投师学箭，竟连妻儿都杀了。所以提起他的为人，江湖上的人多不以为然。

但是大家都害怕他手上的弓。

据他自己说，那张后羿神弓真的是上古神物，全由乌金打成，足足有百斤之重。而上边镶嵌的九颗宝石就是当初后羿射落的九日。虽然江湖上没有几个人愿意相信这个传说是真的，背地里常常嗤之以鼻，说他故弄玄虚，但提起那张弓的时候，都不免帮他把这个传说再说一次。

更何况，他刚才的确是站在一叶起伏不定的扁舟之上，出箭射落了一枚飞旋而来的炮弹。一个人有这样的箭术，无论他说出什么样的传说，都没有人敢觉得它荒诞。

庄易抱着弓，向卓王孙点了点头，当是还礼："不错，庄某的确是有事出海，想借这位公子的船一用，不过不是现在。"他一顿足，足下扁舟飞一般地向开炮的残舰飙去。他来到跟前，轻轻一抬手，就将开炮那人拦腰提了起来。那人身材本也算得上魁梧，被庄易提在手中，却如同一个被掏空了的稻草人，一点反抗之力也没有。

庄易一手持弓，一手提着那人，足下小舟平平向后退去。他道："庄某现在公务在身，必须把这个倭寇余孽带回县衙。明早日出之时，庄某自当再来，与诸位同游海上。"话音未落，小舟已退出老远，片刻之间就只剩下圆月中的一粒黑点。

偌大的海面寂静如初，唯有水波微微动荡。一切仿佛没有发生过。

谢杉摇摇头道："像庄易这样的人居然肯为刘家港县衙做事，倒真是不可思议。"

敖广扶了扶拐杖，笑道："老朽倒是觉得这为县衙做事只是个引子。"

谢杉道："引子？什么引子？"说完却警惕地扫了敖广一眼。

敖广笑道："谢公子不必紧张，此次就当闲聊，下次有什么好生意，谢公子多多照顾老朽就是了。"

谢杉脸上一红，道："还要多多请教前辈。"

敖广道："不敢，老朽以为庄易替县衙做事，不过是为了上这艘船。"

谢杉道："难道他上这艘船另有目的？"

敖广笑道："只怕上这艘船的人都另有目的，难道谢公子不是？"

谢杉脸上有些尴尬："我和表妹只不过是为了追查倭寇的下落，替天行道，聊尽侠道中人的本分。"

敖广瞥了他一眼，笑道："说不定人家庄先生的目的也不过如此。只是想不到，不可一世的刘家港倭寇居然被那位小晏公子在举手间铲除得干干净净，妨碍了两位行侠仗义的雅兴。"

唐岫儿突然惊道："铲除干净？难道刚才那些黑帆船上的人都是倭寇？"

敖广叹道："除了刘家港倭寇，就是大明水师也不见得有那么整齐坚固的战舰，也调不齐十几口红衣大炮来。说来也是那帮强盗罪有应得，无怪那位小晏公子出手如此残忍。"他突然想起了什么，又问，"不过那位小晏公子的武功的确是奇怪至极。杨盟主，不知你可从他的身手中看出点什么来？"

杨逸之似乎并不愿意理他，只淡淡道："没有。"

敖广笑道："说句冒昧的话，如果我说那位小晏公子的武功不在盟主之下，盟主以为然否？"

杨逸之叹道："只怕很难说他在任何人之下。"

步小鸾不知什么时候从相思怀中挣脱出来，问道："你们说的那位哥哥好漂亮，他到底是谁呢？"

敖广道："小鸾姑娘，莫非你有什么看法？"

步小鸾脸上一红："我？我不知道啊，不过……"她回头拉了拉相思的衣袖，"不过，可以让姐姐帮忙猜一猜，她刚才也和我一起看了那位哥哥好久，也许会知道呢。"

相思脸上微微一红，瞥了卓王孙一眼，道："我……"

卓王孙淡淡道："你只需把你认为对的讲出来就是了。"

相思低声道："是，那位公子来自东瀛，从气质举止来看必定是家世显赫的贵族。而其容貌、武功无一不是举世罕见，这样的人物，日本国内应该只一人而已。但是……"相思微微皱起秀眉，"虽然有些匪夷所思，但我能想到的就只有十四岁继承家业，十六岁官拜关白、大纳言，如今统一全国已指日可待的尾张国少主，织田信长。"

众人闻言都是一怔，唐岫儿已然忍不住笑出声来。

"还请唐大小姐指教。"相思轻声道。

唐岫儿正色道："织田信长统一大业未竟，战事缠身，为何要到中原，又为何在此地出手剿灭倭寇？姑娘这么说，只怕是还没有睡醒吧？"

相思解嘲一笑，并没有答话。

敖广赔着笑容打断道："大家都只是猜测而已……郁公子，您又怎么看？"

卓王孙道："诸位可曾注意他的衣服？"

敖广若有所思地道："轻如灵风，寒于玄冰，绝非一般的质料。"

卓王孙道："衣角的绣花呢？"

众人猛地想起，他那袭淡紫的长袍上有一丛用银色的丝线隐绣的九瓣菊花纹。

九瓣菊花纹是日本皇室血亲专用的图案。

卓王孙似乎没有在意众人的惊讶，道："那位小晏公子就是后奈良天皇第十四子，馨明亲王。"

敖广讶然道："馨明亲王？莫不是那个一出生就被几个妒忌的皇妃害死的十四皇子？"

十四皇子出生已是十八年前的故事，但如今提起来，中原武林也是无人不知。后奈良天皇一生软弱无权，自司壶皇后死后再未立后，却在四十岁时爱上了从四位下右卫门督五原信忠的养女五原姬，要继立为后。那养女来历不明，传说本是中土人氏。当时皇室上下，反对者甚众，太后甚至以绝食相挟。想不到一生谨小慎微的后奈良天皇居然力排众议，最终策立了五原姬。五原姬出身已非煊赫，又体弱多病，宫内于是盛传她是靠着妖术才迷惑了天皇。五原姬知道后伤心欲绝，终日闭门不出。后奈良天皇干脆另起别院，让五原姬独居其中，不容外人打扰。一年后，五原姬有孕在身，更时刻怕人暗害，过了一年提心吊胆的日子，分娩之时却因难产而死。

其实众人都知所谓难产而死，实际上是宫中几位很有势力的妃嫔所害。可怜五原皇后连尸骨都没有留下，还被诬诋为现出妖形，破空遁去。所幸这位小皇子被几位宫女舍命保全了下来。

后奈良天皇虽然伤心，却也无奈外戚势大，只得偷偷前往看望小皇子。那位小皇子通体异香，静静躺在襁褓里，也不啼哭，待天皇一到，才睁开了眼睛。据说天皇当时竟然被那小皇子的一双眼睛迷住了，立刻册封小皇子为馨明亲王，将他带回宫中，派下重兵日夜护卫，并宣告天下要立他为太子。

然而就在诏书下达的当天，十四皇子却从层层宫禁中神秘失踪。后奈良天皇伤心欲狂，派人四处逼问皇子的下落，其余嫔妃当然矢口否认。他又在全国重金悬赏，然而始终没有小皇子的半点消息。后奈良天皇从此郁郁寡欢，将自己关在当年五原姬居住的别院内，既不见那些嫔妃，也不见满朝大臣。各地大名本来就不服皇室统治，天皇避政之后更加猖獗，彼此攻伐，全国陷入一片混战。

通体异香，还有一双颠倒一切的眸子，这一切使得小晏似乎和那位馨明亲王很像，然而……

敖广全身猛地一颤，声音都有些变调："馨明亲王已经死去十八年了，除非……"他猝然住口。

想起刚才那位少年诡异的身法、妖魔一般的武功、不带血色的面孔，众人脊梁上都是一阵冰凉，一句话忍不住就要脱口而出——除非他根本不是人类。

卓王孙看着众人的神色，缓缓道："他本不是来自人间。"

不是来自人间！众人心中如遭重击，难道自己刚才看到的真是十八年前留在世间的幻影怨魂？

唐岫儿咬着嘴唇，颤声道："郁青阳，你不要装神弄鬼，他不是来自人间，难道来自冥界吗？"

卓王孙正色道："正是来自幽冥。"

幽冥，并不真的是阴间，而是传说中的一个岛屿，幽冥岛。

然而，听到这两个字之后，大家的脸色比刚才还要凝重。传说东海幽冥岛是天下武学中阴柔一派的极致。极致的意思就是说它的怪异已经到了无法想象的地步。据说与幽冥岛传人交手，无论内力有多高，剑法有多好，最后都会莫名其妙地惨死，因为那分明是用自己的血肉之躯和勾魂使者挣命——也就是说，毫无胜算，必死无疑。

因此，大家宁愿把幽冥岛当作一个来自地狱的传说，宁愿相信幽冥岛之人的武功并非人间所有。大家之所以怕得要死，不是因为技不如人，而是人力终究不能和鬼神相抗。虽然幽冥岛传人曾几度东渡中土，参加武林大会的角逐，有一次更是力压群雄，折桂而去，但大多数人还是坚信幽冥岛上的人靠的都是妖术，而不是一种极高的武学。只有一小部分人视之为蓬莱仙岛，欲往求学。但此岛隐于碧涛之间，微渺难求，那些强渡而去的人都是一去不返。近几十年来，再无人敢问津。也有人传说此岛本是来自冥界，每次要等到地狱开启的时候才会现于海面；也有人说幽冥岛百年之前已随火山喷涌而永葬海底。诸如此类奇谈怪论，不一而足。唯一可证的是，幽冥岛弟子现于人间已是百年之前，如今江湖上只存传说而已。

然而这个死去了十八年的皇子居然就是幽冥岛的传人。

众人面面相觑，脸上尽是绝难置信的神色。

唐岫儿突然对卓王孙道："他已经十八年没出现在世间，你又凭什么知道？"

卓王孙道："郁某的某代师尊曾与当时的幽冥岛主交手，他的内力和这位小晏公子的如出一辙。"

唐岫儿冷笑道："与幽冥岛主动手的人没有一个活下来的，难道你师尊是托梦告诉你的不成？”

她话音未落，相思已然轻喝：“放肆！”

唐岫儿怒视相思，突然笑出声来：“你说我放肆？本小姐放肆惯了，难不成你今天想来管教我？”衣袖一垂，数点寒芒已握在指间。

而月光下，相思清丽绝尘的脸上连一丝怒容也没有。她静静地站着，只有红袖下纤秀的手指有意无意地动了动。

月色宛如一块巨大的寒冰，沉沉地压下来，众人不由自主地往后退开。卓王孙若无其事地走过去，拉起步小鸾，笑道：“晚上风大，你得回去睡觉了。”步小鸾迷迷糊糊地拉起他的手就往前走，相思低头答了声是。

三人再也不看众人一眼，径直往甲板下去了。

唐岫儿脸色沉重，并没有追过去。

水面突然传来一阵汩汩碎响，众人一惊，只见是最后一块船舶的遗骸沉入水中。水面荡漾了一会儿，终于沉静下来，显出一种深黑的颜色，宛如一池凝固了的血。

那少年悲悯的眼神和他挥手割去几十颗头颅的影像似乎交替倒映在水中。一种难以说明的恐惧和不安在每个人心中蔓延。

即使他是幽冥岛的传人，又是如何站在数丈之外，挥手夺去几十人的头颅的？紫石姬和那些倭寇脖子上骇人的伤口又是从何而来？他万里迢迢远渡中土，又到底是为了什么目的？

大家的脸色和月色一起暗淡下来，远处的海风呜呜咽咽，竟似婴儿夜哭，听上去凄惨空旷无比。

第九章

魔弦妖弓张满月

第二日清晨，海上的天气好得出奇，蓝天白云鲜丽如洗，大威天朝号就于这万顷碧波之中乘风破浪，昂首前行。

难得风和日丽，许多人到甲板上看海散心，却似乎都对其他人心存芥蒂，谁也不愿站得近了。

相思靠在栏杆边，吹了一会儿海风，猛然觉得有些晕眩，正要回房，突然听见一个人叫道："海鸥，看海鸥啊！"相思抬头，果见一大群白海鸥贴水飞来，不久又来了一群黑色海鸟，绕着桅杆上下翻飞，竟然越集越多，鸣叫成一片。

一声叹息从身后传来，相思回头，只见敖广皱着眉倚在不远处的栏杆上，身上换了一件大红绣金褂子，居然没有穿那件金缕玉衣。

他一面摇头一面道："唉，郁夫人，这艘船上真是有些古怪，你不饲饲神鸦，驱邪乞福？"

饲神鸦？

相思微微一笑，想起小时候念过的一首词来：

门前春水，白萍花，岸上无人，小艇斜。

商女经过，江欲暮，散抛残食，饲神鸦。

南方一带历来有这样的风俗，女子若是在船上遇到随船飞舞的水鸟，都会投以残食，而那些"神鸦"也会在空中接食，因此百投百中。据传说，这样能赶走邪魔，给女子带来祝福。

唐岫儿在一旁若有所思："竟有这样的风俗，也的确应该去去邪了……表哥，快回去拿些粟米。"谢杉依旧很听话，转身下楼去了。他走得很快，生怕晚了海鸟会飞走。

似乎大家都相信这艘船上还有很多邪异的事情。

相思正想离开，额头上突然一阵刺痛。她一手按住眉心，一手用力扶住栏杆，眼前一圈桃红色的血光就如同水波一般渐渐化开。

唐岫儿已接过谢杉递来的粟米，默默往空中撒去，脸色却十分阴沉。那些海鸟对人类的投食也失去了往日的兴趣，接了两颗，就缓缓散开。

相思想如果自己下去取食物，回来的时候海鸟怕都飞走了，犹豫着要不要向唐岫儿讨一些。唐岫儿似乎看出了她的心思，嘴角现出一丝冷笑，没待她开口，装作手下一滑，竟将一大碗粟米倒在了海里。

相思微微苦笑，也没法和她计较，转身要走。杨逸之却不知什么时候站在她身后，看来已经注视了她好一会儿。

相思察觉出他看向自己的目光中似乎有难以言说的悲伤。这悲伤是如此之深，虽经过极力克制和长久的压抑，但仍足以让人心惊。只有经历过生死永劫的创痛，才会如此刻骨铭心。

相思心中猛地一震，却想不通原因——这个人，她应该从未见过才对，又怎么会用这种目光看着自己？那一瞬间，她有一些恍惚。

杨逸之的声音传来："郁夫人刚才觉得不舒服？"

相思从恍惚中清醒，抬头再看时，他的目光已恢复平静与坦荡。相思不由怀疑自己刚才看错了，低头回答："多谢杨盟主，我只是在风口站久了，有些头疼。"

杨逸之看了她一眼，神色颇为凝重，刚要说什么，又岔开了话题："郁夫人为什么不一起饲神鸦呢？"

相思憾然道："我身边没有带残食，只有下次了。"

杨逸之伸手递过一捧粟米粒，目光却转向一边，轻叹道："但愿这种驱邪的习俗多少能有点用处。"

相思感激地一笑，接了过来，回头时却只见天空一片空廓，几朵白云欲沉欲浮，那些海鸟恰似消逝了一般。她只得道："多谢杨盟主，可是时机不巧，神鸦已经都飞走了。"

杨逸之将目光投向甲板的另一端，道："未必。"

他话音未落，一阵悠长的乐声从甲板的另一头飘扬而起，里边尽是说不出的凄惶迷离。相思抬眼望去，只见小晏正在吹奏着一件状如紫色水滴的乐器。他淡紫的衣衫在蓝天白云下飘飞不定。海面上的阳光似乎也在乐声中渐渐冷却，沉沉地悬附在众人身上，浸染出一层冰冷的微光。海天之际旋即涌来一片白光——那些方才消逝的海鸟竟似受了乐声的召唤，成群结队，又向天朝号上飞来。

"郁夫人可以饲神鸦了。"杨逸之注视着小晏，对相思道。

相思犹豫了片刻，还是来到栏杆侧，试着将手中一些米粒往外一抛，没想到神鸦们立刻翻飞接住，竟无一落空。

唐岫儿惊讶地看着她，目中神色变幻，嫉妒中渐渐透出些不安来。

相思觉得有一股奇特的暖意在血液中缓缓升腾。她脸上露出一丝微笑，似乎忘却了四周异样的气氛，将米粒散得忽上忽下，花样不断。海风吹动她的红裳，衬着碧波白云，恍如天女散花，浑然不似人间。

众人都看得呆了，近处的敖广却是眉头紧皱，呼吸都有些急促，似乎他那几十年在大海上磨炼得比猎狗还灵敏的嗅觉已从明丽无比的阳光里寻出了危险的迹象。

不觉中，一个巨大的黑影站在他面前，嘶哑着声音道："你让开一下。"

敖广吃了一惊，抬头一看，原来是昨晚在海上遇见的庄易，想不到他已经上船了。

对于庄易这个人，敖广本来就不怎么喜欢，加上刚才又被他无礼地打断，心中多少有些不快，于是冷言道："我先站在这儿的，为什么要让你？"

庄易冷冷道："我有要紧的事，要是耽搁了，只怕你负不起这个责任。"

敖广笑着看他，道："庄先生要这块地，敖某岂敢不给。只是敖某到这艘船上就是为了做点小本生意，至今白白陪着受了不少累，一点进账都没有。如今好不容易站了个风水宝地，多少也要向庄大人换点赏钱。”

庄易截然道：“五百两。”

敖广转过头去，舒舒服服地伸了下懒腰，将拐杖靠在栏杆上，却不再说话。

庄易早已不耐烦，道：“你这是什么意思？”

敖广道：“银子太少的意思。”

庄易愕然道：“五百两银子还少？”

敖广笑看着他，好似在看一个乡下人。他指了指谢杉道：“敖某陪那位谢公子说一句话也要一千两，要是收了庄先生这个价钱，是不是对那位谢公子也太不公道了？何况……”敖广摸了摸手边的拐杖，“何况敖某的嘴没什么不方便，腿脚却是大大地不方便，一般来讲，一千两一张的银票掉在地上，敖某都懒得弯腰去捡。”

庄易冷冷道：“那就一千两。”

敖广还要讥讽几句，只听一个低低的声音传来：“一千零一两。”来人一身黑纱，看不见面目，不是空蟾却是谁？

庄易吃了一惊，打量着空蟾道：“你是谁？存心来找我麻烦？”

空蟾冷冷道：“我也想站在这里。既然这个位置是宝贝，就该价高者得。”

庄易抬头望了望天，神色有些焦急，一咬牙：“两千。”

“两千零一。”

“三千！”庄易提高了声音，把不少人的目光都引了过来。

“三千零一。”空蟾还是平静地加码。

庄易黝黑的脸上红光泛起，那双鼓突的眼睛迸出两道比鹰隼更利的凶光：“这位姑娘，你是不是知道某家是谁？”

空蟾淡淡道：“你是庄易。”

庄易不相信地道：“你既然知道，居然还敢和我争这个位置？”

空蟾道：“因为我平生最喜欢做别人不敢做的事。”

庄易倒吸了一口气，恶狠狠地报出一个数：“一万两。”

敖广笑花了眼，不想自己脚下这个宝贝位置居然值得一万两白银。他将目光投向空蟾，眼巴巴等她加到一万零一两。

谁料空蟾淡然道："我不要了。"言罢转身离去，似乎什么都没有发生。

庄易狠狠地唾了一口，伸手掏钱。他的手凝在了钱袋中，冷汗从额头淋漓而下。

钱袋里竟然是空的。

敖广笑道："庄先生要是没带在身上，我可以跟你去房间取。"突然感到身体一震，一只铁钳一般的手已经卡上了他的脖子，耳边炸响着庄易的咆哮："臭矮子，敢在太岁头上动土，我的两万两银票呢？你敢偷到我头上来！"

敖广全身的骨骼都在咯咯作响，冷汗淋漓而下，但他的眼睛没有看着庄易，而是怔怔地盯着天空，似乎那里的东西要比庄易卡在他脖子上的铁手更加可怕。

一道极亮的蓝光从天幕悠然滑过，庄易猛地丢开敖广，眼中一片狂喜。只见一队不知名的海鸟破空而至，羽翼幽蓝，美丽异常。方才那群神鸦却如同畏惧后来者一般，悄然退去了。

相思似乎没有在意，依然凭栏向空中抛撒着残食。

远处，小晏已经收了乐器，一言不发地望着相思。紫石姬低声道："殿下，这群海鸟也是殿下召来的吗？"

"不是。"小晏望着那些蓝色海鸟，叹道，"阇衍蒂，这就是传说中的阇衍蒂。"

紫石姬惊道："湿婆大神座下四大圣兽之一，圣鸟泉守护神阇衍蒂？"

"是她。"小晏道，"迷恋湿婆大神的化身，舍弃了永恒的生命，最后在大海尽头折翼而死。"

紫石姬顿了顿，又看了小晏一眼，终于忍不住问道："殿下为什么要为这个女子吹奏唤魔之音？"

小晏摇了摇头，没有回答。

紫石姬有些不甘心，又指着那群蓝鸟问："难道这些都是阇衍蒂？"

小晏道："不，这些只是化身……"他眼中露出一丝深深的笑意，"她已经来了。"

紫石姬抬头看去，只见一只深蓝的巨鸟正缓缓降落。它的羽翼玄光流转，敛翅停栖在相思肩上，一双锐利的眼睛左顾右盼，就宛如风暴中大海狂怒的旋涡，透出极为魅惑的光泽。

阇衍蒂安静地在相思肩上啄食她手中的食物。船已泊港休息，海边沙滩丽日相映生辉，直静得人们连呼吸都要忘怀了。

就在这时，一支冷箭无声无息地向相思射来。

当人们意识到那是怎么回事，箭已经到了相思面前。铁箭来势实在太快，角度太刁，旁人欲要阻挡也已鞭长莫及。相思大惊之下，翻手去接，没想到那支铁箭的速度突然加快，从她手指的间隙中一穿而过，直插肩上巨鸟的头颅。瞬时，一声凄厉的长鸣直冲云霄，阇衍蒂带着箭飞起几丈高，在空中挣扎了几下，就随着一道蓝光一起坠到地上！

相思此刻才明白铁箭的目标不是自己，而是肩头的巨鸟。大惊之下，她朝来箭的方向看去，但见庄易手持着后羿神弓跨步而立，脸上是一片疯狂的笑意。

“终于等到了，终于等到了，阇衍蒂……”他抢上前几步，伏在阇衍蒂的尸身旁，用力抱住鸟尸，疯狂地大笑道，“哈哈，谁也不能和我抢，这是我的……”

那只巨鸟无力地匍匐在甲板上，双翼摊开，足有一丈长。一摊黑红色的血从鸟身下汩汩流出，仿佛伸出了一只巨大的血掌。

只见庄易摇摇晃晃地站了起来，戴着扳指的那只手里泛出两点幽蓝的磷光——赫然正是一对眼珠。

四周寂静无声，天色仿佛突然间就暗了下来，墨黑的云从不同方向飞快地向天朝号上空聚集。庄易就在垂垂的天幕下挥舞沾满血污的手，不停地笑道：“哈哈，无价之宝，无价之宝！”

众人站在腥咸的海风中，一言不发地看着汹涌的怒涛和天边腾起的无边雾气，耳听着他的笑声翻腾于海天之间。

“庄先生，你疯了！”相思愤然道。

“你们知道什么！”他走近两步，一手紧紧握着那对眼珠，“阇衍蒂之眼是能洞穿六界的眼睛，受诸神祝福，不老不朽，得到它的人就能拥有和阇衍蒂一样的眼睛！普天之下，也只有我庄易这样的神射手才配有这么一双眼睛！我的箭法从此将无敌天下……”

相思还要说点什么，敖广已从地上站了起来，叹息道：“庄先生，你的箭法早已天下无敌，咳咳，这又何必？退一万步说，你要射杀阇衍蒂，天下之大，哪里不行，怎么也不该在这里动刀动箭。”敖广一脸冷笑，这几句话明显是暗指庄易不给卓王孙、杨逸之等人面子。

庄易此时已经平静了一些，傲然回答：“说得容易！阇衍蒂生性狡猾，要它现身，须二十种条件、十七种预兆，一样不全都看不到影子。我已追踪它二十年了，只见过两次，而且都是从高空一飞即逝，如何能射？今天好不容易见它落在了她的肩上，真是可遇不可求！无论在谁的船上，我都顾不得了。”

远处，小晏微微摇头：“谁的船倒也罢了，只是他居然在大海上射杀圣鸟阇衍蒂，只怕要大难临头了。”

紫石一怔：“什么大难？”

小晏嘴角浮出一丝冷笑：“诸神震怒，生灵涂炭。”

相思鄙薄庄易之为人，冷冷道：“为了一个传说，庄前辈竟然耗费四十年心血，实在算不上明智。其实庄前辈的眼力天下第一，早成公论，又何必行如此残忍之事。何况就算那传说是真的，人总是要死的，光一对眼珠子不老不朽，也不见得有什么用。”

庄易冷笑一声，正要说什么，突然一声凄厉的哭叫由远而近，飞快地抢到了众人面前。只见一个红衣女子披散着齐膝的长发，用一种古怪的姿势，弓着腰，站在甲板中央。

兰葩。

她双目圆睁，眼珠像蜥蜴的眼珠一样四处乱转，凶光四迸。又是一声尖叫，她重重地跪倒在阖衍蒂的尸身旁，伏身乱吻那血肉模糊的尸体。十只半寸长的指甲全折断在地上，手上鲜血淋漓，也不知是她的还是阖衍蒂的。

她猛地抬头，披发浴血，直勾勾地盯着庄易，声音嘶哑，不似人声："是你……是你……你居然敢杀了阖衍蒂，你是神所唾弃的魔鬼……"她一语未竟，身形已如闪电般一纵而起，十指如钩，向庄易扑去。

庄易那一刹也已搭箭在弓，出手就射。

哐当一声，那支沉重的铁箭锵然落地，兰葩也跌倒在甲板上。小晏不知什么时候已站在他们之间，神色依旧十分淡然，似乎连衣袖都没被风吹动过。

相思也不明白他是用什么挡落庄易那一箭的，记忆中仿佛只有一道月白的微光猝起于他的袖底，然后就无影无踪。

他看着地上的兰葩，清寒的眸子中透出一丝悲哀："兰葩姑娘，阖衍蒂被杀，首罪在你，你不必多造罪孽，还是回去闭门请罪的好。"

兰葩面露狞笑，正要挣扎着站起，突然，巨大的惊骇凝固在她的脸上——她清清楚楚地看到自己额头上正在流淌的鲜血！

她额头本嵌着一枚赤红的半月，一股细流就从赤红的半月下点滴而出。

——这枚月轮是神的恩赐，将永嵌骨肉。

——尔若犯下滔天大罪，神将亲自取走此石，尔之头颅将成为神坛之祭。

死灰色顿时布满兰葩的脸，她怔怔地凝视海天深处那些咆哮的黑浪，突然失声争辩道："不……不是我的错！"她的声音凄厉无比，却突然被扼在了咽喉中，她一声惨叫，低头吐出一口鲜血，双肩不住抽搐。巨大的黑色云堆镶着微红的亮边，直直地垂在她头上。她就这样低头跪在地上，仿佛死去了一般。大家都被这突如其来的一幕所震慑，没有人敢去扶她。

良久，她又抬起了头，轻轻啜泣，全身都因恐惧而颤抖不止："是，是我护主不力，让阖衍蒂蒙难，背叛了大神的意旨，罪无可恕，应当坠入炼狱，生生世世永不超生……"

突然，她血红的嘴唇中突然吐出一串尖厉的符咒，又猝然住口，转过血迹纵横的脸，向大家诡秘地一笑。

这一笑让人觉得死亡的气息扑面而来。

让人窒息的死气中，她的表情异常平静，缓缓道：“你们，都是神的罪人，犯下万劫不复的罪过。”

诸人浑身的血液都已冰凉。

因为这句话听起来根本不是出自她的口中，而是来自一旁血泊中的鸟尸体内！

鸟尸乌黑的双翼铺开，鲜红的血狰狞地淌着，像一张撕开了的魔鬼的血口。她喉咙中发出古怪的呻吟，听上去时近时远，时而凶恶，时而痛苦恐惧，美丽的脸上迅速布满一层诡异的蓝色，整张脸都扭曲着。

她猛然住口，双手扭曲，用力撑着甲板，长发挡在她低垂的脸上。那声音似乎来自遥远的海底，又似乎来自她的身体：“一群罪恶而愚昧的人，竟眼睁睁看着恶魔冒犯天神，袖手旁观……你们都犯下万劫不复的罪孽，神判你们全部粉身碎骨于阇衍蒂葬身之处，无一逃脱！你们只用等候，等候……”

她一字一顿地道：“等候六支天祭。”

相思身体猛地一颤，眉心又是一阵剧烈的刺痛。

六支天祭，正是水底莲池中人鱼星涟撕出自己心脏时的预言！

兰葩抬起头，狰狞的表情和星涟当时如出一辙。她沉声道：“罪恶的人再一次引起了诸神的震怒，六支天祭将再现人间！而你们，将作为替身，按照神的愿望一个个悲惨地死去，让六界天主得以解脱，让世界重洗罪恶……”

突然，她咯咯惨笑起来，那声音像一根绷得不能再紧的弦，猛地断裂，化为片片尘埃，飞散在海风中，她也昏倒在甲板上。

众人伫立在甲板上，心中仿佛被一层浓重的阴霾笼罩，再也无法摆脱。一股腐臭气息从海底深处飘出，萦绕在众人身上，越来越浓。

诸神震怒，生灵涂炭。

六支天祭，将重现人间！

茫茫大海发出悲哀的咆哮，仿佛在一遍遍重复那诅咒般的话语：

你们犯下万劫不复的罪孽，每一个人都将成为天罚的祭品。

无一逃脱。

船顶上的黑色云山缓缓压下，仿佛无数只巨手，要从这里掠人而啖。

第十章

千年古屏尘迷灭

阇衍蒂的血云正沉沉笼罩在大威天朝号上，卓王孙却一早带着步小鸾去游赏海景了。待船一靠岸，两人就上了陆地。

这一带的沙子是乳白色的，沿岸长着不少矮矮的椰子树，零零星星的椰子散落在地上，被白沙埋了一半，海波一洗，显得越发鲜亮起来。

白浪互相追逐着向天边而去，海鸥懒懒地划水飞过。

步小鸾抱膝坐在沙丘上，白色的裙子被风微微吹动，似乎是从海面上的阳光中浮起的一朵白云。海潮越来越高，快要浸到她的鞋子，卓王孙示意她起身，她却摇摇头，迎风唱起歌来。从来没有人教过她唱歌，那歌中也没有完整的曲调或者一句歌词，只是断断续续着一些单纯的音符。

卓王孙想起了华音阁中的一个故事：大唐年间，一个眼波带着北极光色彩的女孩乘着冰舸辗转来到了万里以外的中原。她像冰雪一样美丽，但是自幼生活在荒岛，只会鸟兽虫语，不懂人言，对人更是毫无机心。后来她遇到了当时的华音阁阁主。他初见她的时候就承诺要给她一座冰雪的宫殿，让她永远不受任何世间之物的点染。后来，他为她抛弃了二十年常人不可想象的富贵，伴她回到荒岛，用余生去实践当初的承诺。

现在的小鸾几乎和她一样，人世间的任何一点点东西，哪怕是琴棋书画、诗词歌赋，都会玷污她的心。

步小鸾唱着唱着，突然豪兴大发，脱了鞋就要走到海里去。卓王孙一把抓住她：“小心打湿衣服。”

步小鸾偏着头一笑："晒晒就干了。"

卓王孙轻轻拍了拍她的头，怜惜地微笑道："就这么一点点，我真怕你被海水冲走了。"

一句玩笑，小鸾却有些害怕，伸手拉住了他的衣袖，认真地想了想，道："你在沙滩上牵着我不就行了？"

卓王孙只得任她一手拉着自己，一手拾起裙角，小心翼翼地走在水中。海水温柔地抚着她赤裸的膝盖，也托起那散在水中的衣带。她的小手温暖而柔软，紧紧地握着卓王孙。荡漾的波光中，她仿佛只是一个太阳光和水汽邂逅而生的幻影，只在被卓王孙握在手中那一刻才具有了形质和生命。

她偷偷看了一眼卓王孙，突然轻唤了一声："呀！"顿时蹲了下去，握住水中的脚踝，鼻子上皱起许多痛楚来，"咬到我了……"

卓王孙立刻伸手往水下一探，小鸾倏地连他那只手也抓住了，在水中脆脆地笑着："你的衣服不是也全湿了吗？"

卓王孙把她抱到岸上，从她纤细的小腿上轻轻摘下了一只年幼的海星，问："疼吗？"

步小鸾伸出一只拳头挥了挥，眼睛笑得像两弯月亮，道："一点也不疼。"

卓王孙静静地看着她，看着这个熟悉的动作。

十几年来，步小鸾每月都要喝下数种剧毒的药液，身上扎满数百枚银针。尤其每月都要承受一次卓王孙向她体内灌输的内力，奇痛难当，但她只是安安静静地躺着望着他。等他收功起身、替她擦满头的冷汗时，她就会冲他挥挥拳头，笑着说一句"一点也不疼"。

这次浮舟海上，也算是为她而度的一个假期。卓王孙宁愿自己的笑容再温和一点，让这个多病的少女能多享受一点人间的幸福。只有在她面前，他才不是天下无敌、威严肃穆的华音阁阁主。

他只是哥哥，她的哥哥。

卓王孙正在沉吟，步小鸾突然发现那只海星只要受到外力就会蜷缩成一团。她兴奋地用手将它在沙地上拨来拨去。

卓王孙摘了两根椰树枝，两人一路在沙滩上走着，一路像赶陀螺似的赶着那只海星。步小鸾看着那只海星在地上越团越圆，突然道："它好像我的药啊！"

卓王孙道："是七毒冰蛤。"

步小鸾突然俯身，拾起海星扔进水里，眨眨眼睛："哥哥，我不想吃药了，好吗？"

卓王孙将目光转向海天之间一抹淡红的彩云，轻轻叹息了一声："小鸾，我不会再逼你吃药，以后你也用不着吃了。"

"为什么？"小鸾漆黑的眼睛突然闪亮起来，"哦，是不是我的病好了，是不是？"

卓王孙轻声道："是的，好了。"

步小鸾苍白的皮肤下边顿时升起两朵幸福的红晕，喃喃道："真的？"

卓王孙默默地看着她，拂开她额角的一缕乱发："你不是一直想长大吗？现在可以了。"

步小鸾嘤的一声扑到他怀中："那我是不是可以长高了？"

"对，你不是老羡慕你秋璇姐姐长得很高吗？你会和她一样的。"

"不止……"她抬起泪眼，笑道，"我要和哥哥一样。"

卓王孙看着她，眼中的笑意却有些苦涩。

步小鸾踮起脚比画了一下，兴高采烈地转了个圈，突然又停了下来，似乎想到了什么，低头扯着衣带不再说话。

卓王孙轻轻托起她消瘦的下颌："又怎么了，怕长得太高，撑坏了我的房子？"

"我看见秋璇姐姐曾养过许多小猫小狗。它们小的时候，她都很喜欢的，但等它们长得大了，她就拿去放掉、扔掉……她说，东西总是小的时候可爱，长大了就没用了，没人疼了。"

她眼巴巴地望着卓王孙，两条淡淡的秀眉紧紧拧在一起。那淡淡的哀愁让卓王孙心一疼，他拥她入怀，注目远方，心中默默道：无论什么时候，无论什么挡在面前，我都不会放弃你。

步小鸾安安静静地依在他怀里，像一只睡着了的猫，还轻轻打着呼。

卓王孙抬起头，海面上云蒸霞蔚，一片瑰奇。

“小鸾，海蜃。”

步小鸾站直了身体，但见辽阔的大海上，五彩的云霞轻轻悬浮着，烘托出隐隐约约的宫殿花园，和海波一起微微动荡着。

“那是哪里啊？”步小鸾揉着眼睛，嘴里嘟囔着。

“是大蜃吐气的幻境。”卓王孙望着远方，悠然一笑，“不过，我倒是曾经去过似的。”

“也带我进去好不好？”

卓王孙笑道：“大蜃吐完气，这些宫殿就消失了，是找不着的。”

“消失？这么漂亮的宫殿为什么会消失呢？”

卓王孙叹道：“太美的东西多半不会长久，彩云易散琉璃脆，这也是天意难违。”

卓王孙从自己口里听到“天意难违”这四个字，不由怔了片刻。很早以来，他要杀的人，从没有一个能活在世上；他要留的人，也没有任何东西能够带走。

步小鸾当然也一样。

直到如今，可以说天下或许还有他不曾想到的方法，但绝对没有他不曾尝试的方法。多少年来，他用尽奇方异术控制小鸾的成长，才勉强躲过死神的追杀，将她挽留了十四年。然而，步小鸾的病情终于到了神医束手、无药可用的地步。他果断地停掉所有控制小鸾成长的药物，将她带在身边，一方面是希望能在海外遇到奇迹，另一方面也是希望能好好陪伴她度过这段最后的日子。

于是，这个终年不见阳光、与药物为伴的女孩，终于有了一段可如普通少女一样行走、嬉戏、欢笑的日子。

这日子是那么美好，却又是那么短暂，就如夜晚的优昙，要在刹那间绽放尽一生的芳华。

之后，便是零落。

卓王孙看着她，发出一声轻轻的叹息。他至今认为一切所谓天意不过是无能为力者的借口。而他，是制定天意的人。

可他自己也不明白，为什么会在步小鸾面前说出“天意难违”这四个字。

难道，强如他也终有认输的一天吗？

他的心中泛起一丝淡淡的痛楚，将目光移向了远天。

不过，步小鸾是不会在意这些的。她展颜笑道：“等我长大了，我要做一件事。”

卓王孙道：“什么？”

步小鸾看着他，想了想：“我能不能先不告诉你？”

“好啊，小丫头长大了总会有些心事的。”这时，远方隐隐传来大威天朝号的汽笛，看样子是要起航了。卓王孙拉起她：“该回去了。”两人一起向海岸走去。

那时已是金乌西坠，两人身后一带斜阳也融融地化入水中。

那时的阳光是那么美好，宛如将要失去的一切。

只存于记忆。

来到船下，但见四周斜曛烂漫，大威天朝号正上方却是一堆墨云垂垂如山，直压下来，一圈云障在船身四周围成铁壁。这种天气真是毕生罕见。

然而，这一点怪异，比起他们上船之后所遇到的事情，就算不上什么了。

回船时已是傍晚时分，船上一片漆黑，走廊两边房门全部紧闭，一种迫人的气息沉沉压在大威天朝号的每一个角落。

那是死亡之气。

卓王孙带着步小鸾，无意之间又已行到船尾屏风处。

船尾有灯。地面不时发出几声有节律的嗞嗞轻响。一点暗红的灯光下，前几日见到的那个双髻小姑娘正在打扫船尾，却似乎十分忌惮，匆匆扫了两下就要离开。

“站住。”卓王孙道。

小姑娘吓得全身一颤，抬头看了他一眼，摸着胸口直跳脚：“吓死我了，原来是公子……您叫奴婢有什么吩咐？”

他的目光在她身上一扫：“你打扫船舱就是这么打扫的吗？”

小姑娘喃喃道：“这个，公子是说……”

卓王孙微微一笑，道：“那座屏风已经落满灰尘，你为什么不但不擦洗，反而慌慌张张，唯恐躲避不及，你怕什么？”

“没有，没有……”那小姑娘惶恐地摆了摆手，“我……我不敢打扫。”

她焦急地四处看了看：“公子，兰葩小姐病了，你放我走吧，我不想待在这里了！”

卓王孙道：“出了什么事？”

小姑娘捂着脸啜泣起来，断断续续地把上午庄易射杀阇衍蒂的事讲了一遍。

卓王孙沉吟了片刻，道：“这样，我会去看望她的，你先告诉我你为什么这么怕这扇屏风。”

小姑娘低下头，道：“兰葩小姐买船的时候，我听司礼监的一个小太监说，其实这屏风是当年三保爷爷一下西洋的时候从天竺国重金买来的。说是买来，中间的经过却很离奇，为此死了不少的水手。屏风上边原来是七幅天竺古画，那画……”小姑娘的声音颤抖起来，似乎不敢再说下去。

卓王孙道：“画上有什么？”

小姑娘用力摇摇头，道：“不知道，因为……”她的声音低了下来，“因为，凡是看过这幅画的人都疯了。”

卓王孙道：“疯了？”

小姑娘道：“是，疯了，全都疯了。”

卓王孙沉吟片刻，道：“看过画的人都是什么人？”

小姑娘道：“水手、太监、船客……无论是谁，据说只要看这屏风一眼，就会像被人用钉子给钉住，再也挪不开眼睛，半个时辰之后就手舞足蹈，失心疯了。”

卓王孙打量了那扇屏风一眼：“那现在的《竹林七贤图》是怎么回事？”

小姑娘道：“是另一个画师画上去的。据那个小太监说，三保爷爷在的时候，屏风上搭着万岁赐的黄缎子，屏风还好好的，从来没有作过祟。可三保爷爷走的时候，御赐的缎子就跟爷爷一起归西了。这一下，邪气再也没有人能镇得住。好多人就这样莫名其妙地发疯了，还有好多水手被吓得投海自尽……这船都成了鬼船，再没人敢上。后来有人想把这屏风抬走，可是……”她顿了顿，“可是……抬的那天才发现，这扇屏风已经在船上生了根！”

步小鸾吓得啊了一声，抢白道：“胡说，屏风又不是树，怎么能在船上生根？”

小姑娘惊惧地摆了摆手：“我没有骗你啊，它真的长在船板上了！一扇屏风，十几个彪形大汉都没能抬动分毫。回去之后，却发现所有人的腰都被震伤，不久就全都死了！从此再没人敢提挪走屏风的事。

“直到一年前，朝廷要重修大威天朝号，主持者一面封锁消息，不让屏风的事情外泻，一面暗中重金悬赏，寻找解决屏风的办法。可是赏金一直加到了一万两，仍没有一个人应征。最后，主持官员都要放弃了，终于有一个白发苍苍的老画师自告奋勇而来。他说当年他父亲就是被这屏风给活活吓死的，如今他的子孙俱已成人，宁愿不要赏金，也要收服屏风上的妖魔，为父报仇。”

小姑娘说到这里顿了顿，深吸口气，低声道：“于是他在上船那天晚上，用针刺瞎了自己的双眼。”

步小鸾啊地尖叫一声，卓王孙轻轻把她搂在怀中，问：“然后呢？”

小姑娘道：“然后他靠着记忆，用厚漆在那七幅古画上盖上了《竹林七贤图》。也许是邪不压正，也许是这个画师的勇气感动了上天，从那之后，屏风果然就沉寂下来了。但是人人都很怕它，害怕哪一天里边的妖魔就会破壁而出，重见天日。”

卓王孙微皱了下眉，正要再问什么，就听有人道：“先生、小鸾，我找了你们好久。”

两人回头一看，正是相思。她走上去握住步小鸾的手，深深呼吸，让自己平静下来。然而，残留的惊惶还是压制不住地从她脸上透出。

卓王孙看着她，道：“我已经知道阇衍蒂的事。”

相思猝然合眼，摇了摇头，道：“远不止这样。”

卓王孙脸色微沉，摆手示意她暂时不要谈及此事："等我把小鸾送回去。"

当他拉起小鸾的手，再回头看时，却发现刚才那小姑娘已经不见了！

从那以后，再也没有人见过那个小姑娘。不知道她是凭空消失在茫茫大海之上，还是真的被那屏风上的妖魔拉回了画中。

回到房中，相思整理了一下思绪，缓缓道："从甲板上下来，我觉得头晕眩得厉害，不知不觉睡着了。恍惚中，觉得海上略有风浪，空气很潮，海风的声音若有若无，窗外月色却分外明亮，床前就像结了一层冰。

"过了一会儿，我似乎听到远处传来一个沉闷的声音，一声接着一声。开始我还以为是有人在走动，后来发觉是有人在敲击什么。他似乎敲击得十分费力，动作很缓慢，好像在把什么有节奏地举高又放下。我一瞥更漏，已经是酉时三刻，觉得有些奇怪——谁会在这时不紧不慢地敲击东西呢？

"于是我拿了蜡烛，向声音的源头走去。

"声音来自黄二房间，但我明明记得那是一间空房。当我走到门口时，那声音猛然停了。

"房门口有一点灯光，一条白色的人影正背对我而立。我吓了一跳，鼓起勇气问了声：'谁？'那人回过头，却是杨盟主。他并不惊愕，只淡淡地问我，这么晚了，为什么到这里来。

"我定了定心神，问他刚才有没有听到一种奇怪的声音。他点了点头，并抬起手指了指房门，问我想不想进去看一看。

"我一时也不知道该不该答应。他回头看了一下门锁，袍袖轻轻一带，门吱的一声打开了。一阵冷风旋来，我手中的蜡烛顿时被吹灭，屋里一片漆黑。我刚刚想退出来，他已经点燃了随身的火折子。

"一点微光之下，只见房间空空荡荡，哪里有什么客人，连家具陈设也几近于无。房间的正中孤零零地横放了一个半人高的长方形柜子，上边罩着一层厚厚的黑布。他什么也没讲，走过去一把把罩布揭开。灯光移近，里边……里边……"

相思说着倒抽了一口凉气，道："里边是一口棺材。"

卓王孙略微沉吟道："起航的时候明明查看过黄二房间，里边什么也没有，现在却运上来了一具棺材，倒有几分意思。"

相思惶然道："是，真的是一口棺材……杨盟主还拿着火折子仔细地将那口棺木照了一次。他说：'我们刚才听到的应该就是钉棺木的声音。但是，这些钉子已长满了铁锈，木头也有水泡过的痕迹，明显不是刚刚钉上去的。'

"不是钉棺木的声音！"

相思深深呼吸，将他的话惶惑地重复了一次，仿佛方才那无比诡异的一幕又重现在眼前。

那时，一簇火光时暗时明，四周却黑得不见五指，只有阴湿而腐败的气息在船舱深处缓缓滋生、蔓延。

那有节奏的敲击声，若不是从外钉死棺木，难道是在从内开启棺木？

她再也无法说下去，红润的嘴唇已经苍白，微微颤抖着。

卓王孙道："杨逸之呢，他做了什么？"

相思深深吸了口气，道："他要揭开棺木！"

卓王孙道："他揭了没有？"

相思摇头道："没有，我拦住了他。无缘无故开棺，是对死者大不敬。人死为大，我劝他还是不要造次。何况如果尸主知道，恐怕也不会甘休。"

卓王孙道："那么后来呢？"

相思道："后来他让我回房休息，而且，他最后对我说了一句——他让我最好多和你待在一起，还说这艘船上有些东西，要多加小心。"

卓王孙道："他自己也回房了？"

相思道："是，但是就在我向舷梯口走去的时候，听到身后又传来极其轻微的脚步声。我以为还是他，回头一看却是一个黑衣女子提着灯笼，缓缓往甲板上走去。"

第十一章

秋波想断珠垂血

灯笼擦身而过时，那女子神色漠然，看也不看相思一眼。相思隐约觉得那背影与兰葩有些仿佛，但她似乎对周围的一切毫无知觉，如在梦中般自顾向前行。

梦游？

相思担心她深夜一个人到甲板上会有危险，又不敢贸然惊动，于是悄悄跟在她身后。

上了甲板，那女子倚着船舷站了一会儿，突然掩面抽泣起来，声音有些沙哑。借着月光，相思看见她戴着厚厚的面纱，却是空蟾。

她哭了一会儿，抬头眺望远处森黑的波涛，将手中的灯笼扔下海去。灯笼就在夜空中燃烧起来，像一个火球，转了几圈就熄灭在海上了。

这时空蟾幽幽地长叹了一声，拉着栏杆，似乎要跃下海去。

“不要！”相思喊出声来，冲上前去，一把抓住她的手。

“别碰我。”空蟾瞬时已经把手抽了出来，紧紧掩住面纱，神情颇为厌恶。

相思低头看着自己的手，笑道：“不愧是天下第一的妙手空空，在我不知不觉中就抽回去了。”

空蟾哼了一声，侧开脸去，良久才道：“以后世上再也没有此人。”

相思摇头道：“我只是不明白，有什么样的事情是非要靠自尽来解决的。”

空蟾冷笑道：“我看你是富贵日子过得太无聊了，管这些闲事！”

相思温和一笑：“无论你怎么说，除非你告诉我你为什么要寻短见，否则我决不能把你一个人扔在这里。”

空蟾久久注视着她，一字字道：“是不是我说出来，你就可以不拦我，让我去死了？”

相思还是微笑着，道：“如果你能说服我那的确是不得不死的理由，我就不拦你。”

空蟾冷哼一声：“懒得理你！”挥手就是一掌向相思当头拍去。

相思没想到她居然说动手就动手，让得慢了些。空蟾的掌风从她发际擦过，而空蟾的身体一借力，飞一般地向栏杆外飙去。

相思愕然，她的求死之心居然如此坚决！手上再不敢怠慢，猛地向她腰间丝带上一探。空蟾一回头，手上竟然多了柄匕首，刀光匹练一般挥下。

就在匕首就要斩上相思手腕的一瞬间，一道青光从相思衣袖中飙出，正打在空蟾手中的匕首上。只听砰的一声，匕首脱手飞出，坠入海中，就连空蟾整个人都被青光打得飞了回去，重重地落到甲板上。

空蟾从地上跃起，难以置信地看着相思。她虽然不以武功见长，然而既然能成为天下第一的神偷，武功绝对差不到哪里去，尤其是轻功。

然而如今她居然不能越过相思的阻挡。

她似乎恼羞成怒，抢上前一步，一阵强攻。若说刚才她还只是想甩开相思自己跳下海的话，如今却招招都是在跟相思拼命。她的出手快得简直不可思议，一瞬间九十三式的“六瑶手”已经使完，又变式为指，向相思诸处大穴点来——竟然是小极乐天主人独传秘技极乐销魂指。如今天下会用这种武功的人不超过五个，而她已经用得有了相当的火候。

相思脸上始终带着一抹浅浅的笑意，在她的进逼下一步步往后退着。空蟾声势虽盛，却始终不能攻入她身周三尺内。

她已看出空蟾这些古怪的武功似乎是到处偷来的，实在很杂。过了不久，空蟾的呼吸就急促起来，手上也慢了很多。相思止住了后退，却也不急着抢攻，只随手化解着她的招式。

空蟾又支撑了一会儿，猝然住手，胸口起伏不定，一半是累，一半是气恼。突然，她掩面跌坐在甲板上，似乎全身的力气都被抽走，伏地啜泣起来。

相思怜悯地俯下身子，在一旁默默看着她。

又过了好一会儿，空蟾叹息了一声，抬头道："我本来是不想上这艘船的。"她看着远方的海波，自言自语般地说了下去，"我听说杨盟主帖约华音阁阁主决战雪域神山岗仁波吉峰顶，这是武林中数十年一遇的大事，我无亲无友，乐得看看热闹。来到刘家港住店的时候，却遇到了一位赴会的高人。"

相思道："谁？"

空蟾摇摇头："我也不认识，那人戴着面具，身旁有两个弟子，武功都很高，自己却让人看不出深浅。最让我惊讶的是他身上带着的一把短剑。"空蟾的眸子透过层层黑纱，也放出光泽来，"我一生中经手的宝物无数，却还没有见过这等利器。我生性好强，越是难得之物，越要将它据为己有，于是夜晚就偷偷潜藏在他的房间，准备下手。无意中听到他和弟子的对话。一个弟子问他为什么不买下大威天朝号，而要租另一艘十几天后才能出海的客船。他回答说，此番出海，大威天朝号绝无善终。他还提到船上有一扇怪异的屏风，后边藏着七张天竺古画。这七张古画上凝结着无数冤魂和一个非常恐怖的秘密。我还待要听下去，他一挥手，就隔空掀开了我藏身处的帘子。原来他早就发现了我。"

相思若有所思地道："这样的人，当今江湖上应该不多。"

空蟾道："所以我很明白我不是他的对手。本来我这样的身份，被人捉住了就该当任人宰割，也没什么好说的。但是他对我说要和我打一个赌，如果我赢了，就把那短剑送给我，如果我输了，就用它来废掉自己这双手。我若是想逃，无论躲去哪里，他都能把我找到。"

相思道："他要你做什么？"

空蟾道："偷东西。"

相思道："什么东西？"

空蟾的声音里流露出几丝怨恨："屏风。"

相思早料到她上船来是有所图，却没想到她图的竟是这扇不祥的屏风。

她疑然问道：“传说中，这扇屏风已和古船融为一体，你又怎么可能把它拿走呢？”

她讥诮地看着相思：“用药剥下来。他要的只是七幅古画。”

相思道：“你已经试过了？”

“是的。”她长叹一声，“可惜我没有料到，这艘船上不仅有恶鬼邪魔，还有更可怕的东西。”

相思不解地看着她，道：“你是说什么？”

空蟾的肩头不住抽动，喉咙里咕哝了几声，却始终没有说出来。她一双手死死地抠住栏杆，指甲和木栏间发出咯咯的脆响。

相思默默地站在她身旁，耐心地等她平静下来。森寒的月光细雨一般洒落在她们之间，远处的海面上传来微弱的风声，如泣如诉。突然，甲板的另一侧响起一阵脚步声，就见庄易挽着那张后羿神弓缓缓走了上来。

相思皱了下眉头，她此刻最不愿见到的就是这个人。

空蟾似乎更加不想。她猛地从地上站起来，一时站立不住，足下还打了一个踉跄。相思下意识地去握空蟾的手，空蟾却挣扎起来，用力将她甩开，跌跌撞撞地往楼下跑去。

相思在她身后道：“这双手既然有勇气结束自己的生命，为什么不能用于找出凶手呢？”

空蟾一瞬间已不见了身影，相思回过头，却发现庄易正神情漠然地看着自己——或者是自己身后。

相思脸上的神情冷淡下来，道：“这么晚了，庄先生到甲板上来做什么？”

庄易转过脸去，将一拳加在额头上，眼睛直直地迎着清寒的月光，道：“看天。”

相思抬头看了看天空，黑夜寂静，渺远的苍穹空旷得连一颗星都没有。

只有一轮惨白的满月。

再回头时，只见他那只手正在额头缓缓揉着，指缝间透出一股荧荧蓝光。他整个手掌竟被那层奇异的蓝光照得透亮，骨骼和经脉都分明可见，仿佛他手中握着的是能洞穿六界的明珠。

那是阇衍蒂的眼珠。

他站在夜风中，脸上带着种古怪的神色，将那对眼珠捂在额头上，用力往下揉。

难道他真的想把那对从鸟尸上取下的眼珠嵌进自己的身体里？

深蓝色的黏液从他额上点滴而下。海风把浓黑的夜色渐渐覆盖在他身上，而他身后的海面腾起细小的浪花，浪花的边缘就在一种微漠而明显可见的粉红色中发亮。一股奇异的腥臭就在这些粉红微光中弥散开来。

相思顿时觉得胃里一阵收缩。她转身从舷梯上跑下甲板，然而那种血腥的气息似乎仍在身后追逐着她……

直到如今她给卓王孙讲起来，仍然忍不住恐惧得想呕吐。

卓王孙目中神光一闪，道：“他当时的神色正常吗？”

相思摇头道:“我也说不清楚，我根本不敢看他的脸……因为，他当时一直在笑！”

卓王孙道：“在笑？”

相思犹有余悸地合上眼道：“是，他在不停地大笑。”

卓王孙略作沉吟，道：“好，你现在就跟我上甲板去看一看。”

相思刚答了声是，眉心又是一阵钻心的刺痛。卓王孙一把握住她的手腕，沉声道:“怎么回事？”

相思无力地摇摇头：“我不知道，最近总是这样。”

卓王孙皱起了眉头。从脉象上来看，她的体质毫无异样，而真气却在不住地由眉心处外泻。而这种情形绝不可能是由于伤病或中毒。她的内力已近于一流高手，这种疼痛袭来的时候，竟丝毫不能抵抗。

也许还有一种可能。

那就是中邪。

或者说，她的身体正在被某种东西逐渐占据。

卓王孙骈指往相思眉心一点，一股温和的内力缓缓送出。

相思却躲开了。她睁大了双眼，好像从他身后的虚空中看出了什么，喘息着道：“先生，不要管我，快去看小鸾……她有危险。”

卓王孙注视着她，恍惚之间，她的神情竟和星涟有几分相似。难道那一滴进入她眉心的血带给了她部分预言的能力？

又或许，不仅仅如此。

那一夜，小鸾的病情果然突然恶化。

卓王孙一直在小鸾的床边守候到次日凌晨，谁也没再提起上甲板的事。

后来才知道，这也许是犯了一个致命的错误。

大威天朝号唯一的机会就这样随着清晨的冷月一起，永沉海底。

第十二章

沉海冰轮风敲缺

后半夜，海上天气突然变坏。一夜狂风暴雨，连巨硕无匹的大威天朝号也颇受了些风浪之苦。早餐铃响，大厅里满桌人都睡眼惺忪，满腹心事。桌上的杯盘放得整整齐齐，却没有人去动它。

敖广的笑容也显得很是勉强，道："兰葩小姐还是昏迷不醒，郁公子让我暂时照顾各位起居。今天我特地吩咐做了春米糕，这还是当年三保太监在河内的时候，厨子们向当地土人学来的。大家趁热，趁热。"

果然，每个人面前都有一个带盖的青瓷碟子，上面用极细的藤条编了许多花纹，颇有些河内风味。步小鸾伸手去揭，卓王孙用目光止住她，道："人还没有来齐，我们还是等等庄先生吧。"

黄四的位置果然是空的，一缕苍白的热气孤零零地从盖子下面渗出来。

敖广渐渐感到有些不自在，叫道："来人啊。"

一个小杂役赶忙跑过来，敖广问："庄先生呢？"

"回敖老爷，庄先生从昨夜起就一个人站在甲板望天，不吃不喝，任谁也不理，据说是在练眼睛。昨儿个夜深了，小的起来查夜，发现庄先生还在对着月亮看。后来估计是起了风暴才回房了，今天只怕没法起早。"

"嗯，"敖广的神色放松了一些，"这样的话我们就不去打扰了，大家请用。"

"慢。"卓王孙对小杂役道，"你去庄先生房间里请一下，他若不来也就算了。"

那小杂役应声而下，众人开始缓缓动筷子，还没待打开盖子，只见刚才下去的那个小杂役失魂落魄地跑上来，嘴里呜噜呜噜地不知在嚷什么。

敖广皱着眉头，听他还是叫个不停，反手赏了他一个耳光：“你疯了？出了什么事？”

小杂役捂着脸，挤出几句话：“庄先生不在……那人，那人的眼睛在流血……”

“谁？谁的眼睛？”敖广一把拽过他的衣领，声色俱厉。

那小杂役竟被吓得呜呜哭了起来：“是屏风，屏风……”

卓王孙起身向屏风而去，一部分人也跟着。

但见船尾那扇妖异的屏风里，第一幅《阮籍长啸图》已经起了骇人的变化。

——阮籍傲然仰视的白色眼珠竟然变成了两汪血洞。

血似乎已经凝固，泛出铁黑的颜色。

“怎么回事？”相思握着卓王孙的手，声音有些发颤。

卓王孙脸色一沉，道：“你先回去。”

相思忍不住又看了一眼，脸色更加苍白，颤声道：“先生，血在往下滴……”

卓王孙看过去，血迹的确扩大了不少，一圈一晕地绽开，点滴而下，像在阮籍的眼眶里开了一朵黑红的花。

“啊！”一声女子的尖叫从饭厅传来。方才那个小杂役嘶声大吼起来：“死人了，死人了！”

众人又向饭厅奔去。

却见唐岫儿捂住嘴，跌坐在椅子上，身体不住战栗着。她面前的盘子揭开，雪白的瓷盘里，血丝网一样盘缠着，中间软瘫着一对泛白的眼珠。

不是阇衍蒂那深蓝的眼珠，而是人类经脉纠缠、黑白分明的眼珠。眼珠上热气蒸腾，竟然已经被煮熟了。

卓王孙沉下脸道：“这是谁送上来的？”

厅内鸦雀无声。

卓王孙面色一沉，道：“杨盟主，麻烦你立刻把这张桌子上的东西封存，我回来之前谁也不得接近。”他一拂袖，向屏风而去。

这时，屏风上阮籍的脸都随着眼眶的扩大而龟裂开来，顿时面目狰狞，似乎随时都要恶扑出来。众人一片惊声，禁不住瑟瑟后退。卓王孙已经看出其中玄机，道：“拿一桶水来！”

须臾，水带到，卓王孙道：“泼上去。”

那杂役畏畏缩缩，不敢上前，敖广操起金拐，往木桶上一戳，水顿时向屏风倾泻而下。

而阮籍突然变得委顿不堪，浑身浴血，最后竟化开去了。

敖广恍然大悟道：“原来有人在这幅画上涂了药水，让上层油漆开始脱落，而又特意先抹去了眼睛上的图案，露出下边的红色来。由于今晨空气潮湿，其余部分也相继剥落，才造成了血流下滴的错觉……”

然而全场似乎没有人在听他的解释，只是屏声静气地注视着那幅画。

那尘封已久的古画宛如浴血重生，再见天日。

六支天祭之欲界天祭——阇衍蒂。

巨大的曼荼罗背景下是阇衍蒂，风暴之女，大海之神。千万年前，阇衍蒂统治的欲界天安详美丽，亘古不变，直到她迷恋上湿婆风暴之神的化身，贪恋凡俗的情欲欢爱，乃至生老病死。在她的统治下，欲界天成为神魔共舞、纵情欢乐的地方。

当天祭来临的时候，她平静地选择承担一切罪责，舍弃了永恒的生命与安详，向大海的尽头、巨龙居住的大旋涡优陀飞去，直到被水龙吞噬纠缠得粉身碎骨。

但她对大神的倾慕和虔诚，让她成为四大圣兽之一。这样，她的灵魂一分为二，一半在雪山上守护圣泉，一半在天祭柱上永受磨难。只有找回祭柱上的另一半灵魂，她才能恢复不死之身。在此之前，她的生命只能靠信徒守护。

那一幅天祭图上，波浪滔天，电闪雷鸣。黑色的波涛中一条墨黑的巨龙鳞光闪耀，咆哮翻腾。阇衍蒂身后一对张开的双翼已被巨龙死死缠住，鸟爪一般的左足被含在龙口之中，鲜血四溅。而她的表情依然喜悦虔诚，当胸结着手印。

图画鲜丽无比，仿佛一瞬间已将人拖回了远古的海中。波浪翻腾，巨龙咆哮，阇衍蒂的咒声历历在耳。

相思凝视着那不见底的巨大旋涡，旋涡的边缘就在一种微漠而明显可见的奇异粉红色中发亮。

这种亮光和她昨夜在甲板上看到的简直一模一样！

难道，这艘船的最终目的是要把他们带向旋涡，带回地狱？

突然，一个人飞奔下来，手舞足蹈地道："哈哈哈，庄先生找到了，庄先生找到了！"竟是那个小杂役。他的手在头顶上死命拍着，脸上的惊惧和狂喜迅速交换，五官扭曲得诡异，似乎已经疯了。

"站住！"卓王孙拦住他。

他做了个神秘的鬼脸："嘘，庄先生在甲板上练眼睛，练眼睛，睡着了，睡着了……哈哈……"他拍着手向外边走去。

卓王孙沉下脸，甩开他向甲板走去。

庄易的尸体——也许还可以算得上一具尸体——僵硬地仰卧在曼荼罗之中。

曼荼罗是用白漆画上的，虽然经历了一夜风雨，但仍然光亮如初。他引以为傲的一对眼睛已经不知去向，剩下两个黑洞洞的血窟，盛满了雨水，残碎的筋肉秽乱地漂浮着。他的额头、面目、胸腔都深深塌陷下去，风雨洗尽了血浆，但碎肉还丝丝粘连着，显出一种苍白的色泽。他的左足已然不见，胫骨白花花地散着磷光。伤口处清楚地印着两排锯齿状的残缺，如曾被传说中的巨龙吞噬。

不少人跑到舷梯旁呕吐起来，卓王孙道："所有的女客请回避片刻。谢公子，不知能否帮忙勘验一下尸体？"

谢杉难堪地皱了皱眉，但还是俯身撕开尸体的衣服，开始验尸。

"尸身全湿，且已变色，遇害时间当在半夜风浪之时。头胸正面受巨力重创，头骨、肋骨全部粉碎，周围皮肤上也有大片紫黑色瘀伤。受创面积非常巨大，却是一击而至。

"伤处受力奇特，非有神力者挥动大铁板一类罕见武器不能造成。若非绝顶高手，女子持何等武器都不至于此。左足残缺，系钝器，如钳，强行扯去，手段极其凶残……”谢杉摇摇头，没有再说下去。

唐岫儿在一旁喃喃道：“凶器，好奇怪的凶器。”

谢杉点头道：“如此巨大的凶器，定难藏匿，不如在船上四处搜索一下？”

敖广仰天叹息一声，道：“搜一下也好，不过多半是白费工夫。”

唐岫儿讶然道：“白费工夫？难道你知道凶器在哪儿？”

敖广摇头道：“大小姐不要忘了，这是在船上，无论什么样的凶器，只要往水里一扔……唉。”他转而向小晏问道：“殿下，不知道可否问紫石小姐一句？”

小晏淡然一笑道：“外邦小国，怎敢在天朝面前称这声殿下。”

敖广本来也只是试探性地一问，没想到他如此坦然地承认了。

小晏面不改色，道：“紫石姬，这位敖先生问你什么，你都要据实回答。”

敖广抱拳答谢，问道：“紫石小姐，死者陈尸的地方正好是你与殿下房顶的交界处。昨夜你听到异常的声音了吗，比如脚步、打斗、惨叫一类？”

紫石姬道：“没有，只有风浪的声音。”

敖广又问：“殿下呢？”

小晏淡然一笑道：“也是一样。”

敖广叹了口气：“如此说来，凶手的武功简直高得匪夷所思。”

唐岫儿道：“怎见得？”

敖广道：“就凭这样的伤口，此人至少要有四十年的阳刚内力。何况他是在风暴之夜的甲板上，挥舞巨大的凶器，一招之下让人粉身碎骨，连惨叫打斗声都没有……”敖广的脸色阴沉下来，“更何况死者是后羿神弓庄易。”

众人俱是一凛，唐岫儿突然道：“也有可能是偷袭，或者是死者认识的人。”

敖广的脸色更沉，道：“能手持如此巨大的凶器，只怕很难偷袭。而以庄先生的性格，也是不会信任任何人的。”

唐岫儿道：“那么你的意思是说，昨晚一个绝顶高手来去无踪地在这里杀了人，还疯子般地把尸体毁坏到如此不堪的地步，又立刻销声匿迹了？”

敖广的声音又低了些，道：“只怕凶手本来就在船上。”

唐岫儿惊道：“船上？”

敖广道：“昨天起航之后，一夜狂风巨浪，绝没有人能中途上船。”

唐岫儿道：“这么说这个杀人魔王就躲在大家中间了？”

众人一时无语，心中却都默认了这种推测，眼光不由自主地投向其他人。一种难以言传的惶恐在空气中渐渐散开。

唐岫儿的目光在诸人脸上扫了一圈，道：“如此看来，这艘船上的人倒真是有些古怪……郁公子，你好像一直没有在听我们说话，不知道是不是有什么别的见解？”

卓王孙道：“我在看他身后这幅曼荼罗。”

众人的目光又落到甲板上那白漆涂成的曼荼罗上。经过一夜雨水冲洗，那张古怪的图案在血迹殷殷的甲板上显得十分刺眼。众人看了一会儿，唐岫儿突然失声道：“这个……这个不是和楼下屏风上那幅一样的吗？”

敖广道：“的确是分毫不差。这曼荼罗是什么意思呢，郁公子能否告知一二？”

卓王孙淡淡道：“在下对印度教义并无研究。”

敖广皱眉道：“兰葩小姐一直昏迷不醒，难道非要等到了印度，才能找到婆罗门智者解释此图吗？”

卓王孙道：“不必。这里自有熟知印度教义之人，只是不愿意出面罢了。”

敖广道：“不知道郁公子说的是谁？”

卓王孙不再回答，这时，小晏缓缓从人群中走出来，道：“别人不愿出言，自有隐衷，又何必强求？如果诸位非要知道此图的来历，不妨由在下班门弄斧一次。”

敖广松了口气，道：“难得殿下如此体谅，有劳了。”

小晏道：“这幅曼荼罗与楼下七幅屏风应该都来自印度教中六支天祭的传说。七幅分别是六界天主献祭图和最后的主神图。眼前这幅图便是第一支天祭。”

敖广若有所思地道：“以前也曾听印度商人说过，六支天祭乃是印度教中最高的祭祀，是对灭世大神湿婆的祭祀。”

小晏道：“传说湿婆大神除了司职毁灭之外，还有六种化身，分别掌握着人间的六种力量。它们分别是风暴、战争、苦行、舞蹈、性力、兽主。当世界充满罪恶时，他用手中的巨弓摧毁一切，再由创世主梵天重造。正当上一次灭世之时，湿婆之妻帕凡提怜悯天地众生，以神力向六界天主示警。六界天主决心承担一切罪责，阻止世界的毁灭，于是分别向湿婆大神的六种化身献上了天地间最重的祭礼——六支天祭。从此，他们的肉身和灵魂永在海天之际的祭柱上承受折磨，也因为如此，我们这一罪恶之世才得以苟存至今。

“但传说千万年前，湿婆大神箭毁阿修罗王三连城时，天祭柱受了震动，几乎倒塌。为了维持六支天祭，七位身份最高的婆罗门祭师在诸神的帮助下将六界天主的灵魂移到了自己身上——他们将六幅天祭图和湿婆神的法相一点一点刺到了彼此的背上，在死前生生剥落下来。”

“啊——”有些女客忍不住尖叫起来。

小晏顿了顿，还是说了下去：“六界中所有罪人的怨魂都附着在这七张人皮之上，被供奉在乐胜伦宫的最深处。直到一百年前，这七张人皮从宫中莫名消失，六界天主从此脱离了封印，游荡在两界之间，寻找替身。第一界天主阇衍蒂百年来不时现身，引起无尽传说。”

他突然微笑了一下，道：“传说，乐胜伦宫在雪域神山岗仁波吉峰深处，年年有数不清的信徒千里寻访而至，希冀有缘得见。有的信徒在雪山上一住到死，却从未见过此宫。所以在下一直以为这一切只是传说而已。没想到，这七张天祭图居然被带到了大威天朝号上。今日重见，也不知该叹一声幸还是不幸了。”

唐岫儿冷笑一声道：“哦，说来说去还是这套怪力乱神的东西。原来死者是被一只怪鸟杀死的，那这具尸体是不是还要被当作替身钉到天上去？”

小晏淡然道：“这场灾劫到底是神变还是人力，却不是我能知晓的。”

卓王孙道：“那么你是否知晓这幅曼荼罗的意义？”

小晏微皱起眉头，忖度了片刻，低声道："复仇。"他声音很轻，全场的人却都觉得背脊一阵发冷。

卓王孙道："这是欲界天主对风暴神的祭祀？"

小晏微微颔首："是，这支天祭代表的罪孽是贪婪，祭语则是复仇。"

唐岫儿高声打断道："既然如此，我看凶手清楚得很。"

敖广道："难道唐大小姐有什么高见？"

唐岫儿道："祭语是复仇，那么只需找出这里谁是庄易的仇人就行了。"

敖广皱眉道："庄先生行走江湖，仇家甚多，至于这里谁和庄先生有仇，却不是一时半会儿能查得清的。"

唐岫儿摇头道："以前的仇人是查不清楚，不过现成的就有一个。"

敖广愕然道："是谁？"

唐岫儿道："兰葩。"她得意地看着大家一脸惊讶的神色，缓缓道，"那天庄易杀了阇衍蒂，兰葩几乎怒极发狂，要说最想让庄易死的人，非她莫属。"

敖广怔了怔，摇头道："绝不可能，兰葩小姐如今还昏迷未醒，而且以她的武功，无论如何也不是庄易的对手。"

唐岫儿冷笑一声，道："兰葩当然不是对手，但她的主人就难讲得很了。"

敖广道："谁？"

唐岫儿一指卓王孙："他。"

敖广惊道："郁公子？这……这怎么可能？"

唐岫儿冷笑道："郁公子不是自诩湿婆转世，要保护兰葩不受不信神者的伤害吗？"

众人的目光不由都转向卓王孙。卓王孙神色如常，对身旁一个杂役道："你去把那个碟子端上来。"

那人有些惊惶："只要碟子吗？"

卓王孙道："当然连眼珠一起。"

唐岫儿下意识地打了个寒战，皱眉道："你还要弄什么玄虚？"

这时，那杂役端着碟子上来，双手打战，往甲板中间一扔，赶忙躲了开去。碟盖发出一声脆响，翻在一边，一对酒盏大的白腻肉球滚了出来。

相思将头转开，轻声道：“真是报应。想不到庄易为了得到不朽的眼睛，杀死了阇衍蒂，如今这对不老不朽的眼睛却也被人挖出来，扔在地上。”

唐岫儿不敢看那碟子，只瞥了一眼地上的盖子，见上边湿淋淋的，还有一道淡淡的血痕，几欲呕吐，强忍着问了一句：“你到底要干什么？”

卓王孙道：“尸体正面被钝器重击，骨肉俱碎，眼珠却是完整的。”

唐岫儿想了一下，道：“这有什么，不过是说凶手是先挖出庄易的眼睛，再击碎尸体的。”

卓王孙微笑道：“这至少说明庄易在受重击之前已经死亡或者昏迷。”

敖广恍然大悟道：“的确，据殿下和紫石小姐的证词，庄先生至死没有大力挣扎或者惨叫过。凶手的身法无论如何奇快无比，一击而中，也不至于活活挖出双眼，死者却连叫一声也来不及。何况庄先生身上没有别的致命伤或中毒的迹象——这么说来，庄先生被巨力击碎之前很可能先被点穴或用了迷药。”

唐岫儿道：“庄易就算是先被人点穴或者迷翻的，郁公子也不见得能洗脱什么。毕竟，就算只将一具尸体毁坏到这个地步，没有极高的内力也是不可能的。”

卓王孙淡然道：“我不需要洗脱什么，只是想提醒诸位，庄易还有一个仇家，而且这个仇家的仇人还不止他一个。”

唐岫儿道：“你说谁？”

卓王孙道：“阇衍蒂。”

唐岫儿怔了怔，颤声道：“你是说他是被阇衍蒂索命的？”

卓王孙道：“也非完全不可能。”

唐岫儿怔了怔，似乎想起了什么：“不止一个……难道说我们都是？”

她猛然想起兰葩阴沉嘶哑的声音——你们都犯下万劫不复的罪孽，神判你们全部粉身碎骨于阇衍蒂葬身之处，无一逃脱。

你们，将作为替身，按照神的愿望一个个悲惨地死去，让六界天主得以解脱，让世界重洗罪恶……

唐岫儿猛地抬头，面色已苍白如纸：“难道这正是六支天祭的开始？”

众人心中一凛，当日甲板上鸟尸下流淌的血红巨掌似乎又缓缓凸现在眼前。

诸神震怒，生灵涂炭。

难道，这一切真是湿婆的惩罚？

卓王孙没有说话，只一直注视着死者残缺的左足。

相思低声道：“先生，六支天祭中，每一个献祭者都会缺少身体的一部分，象征洗刷罪孽。缺少左足的意义就是复仇。”

卓王孙悠然一笑：“我在想，除了符合天祭图以外，这里边是不是还有另外的意思，比如说……”

他抬头看了看天空：“想掩饰什么。”

第十三章

离鸾不识去风狂

清晨，大威天朝号一直在无锡港口停泊，补给食水。到了午后，天气又阴沉下来，看来夜间又有风暴。这几日连续风浪，稍小一点的船只都已入港停开。茫茫大海上，只有天朝号一艘客船在风浪中航行。远远望去，一片浓黑的阴云就沉沉盘旋在天朝号上空。几只尸鸠模样的海鸟绕着桅杆厉声嘶鸣着。

自从射杀阇衍蒂那天起，这些食尸为生的猛禽就逐臭而来，仿佛在等待着将要来临的死亡盛宴。船舱也变得阴沉闷热，散发着一股说不出的腐臭之气。所以虽然甲板上发生了一起血案，唐岫儿还是宁愿顶着海风倚在甲板栏杆上透气。却不知是否因为风暴将至，扑面而来的海风也带上了一丝若有若无的腐臭。

唐岫儿皱了皱眉，正要下去，鼻端突然传来一股浓郁至极的香气。

唐岫儿嗅了一下，喃喃道："麝香、楠桂、冰片、伽蓝……谁送了这么多香料来？"

就见卓王孙领着步小鸾走了过来。两人身后跟着一些水手，抬上来一堆好大的箱子。步小鸾欢天喜地地拍着手，这里看看那里闻闻。

卓王孙笑道："这下附近几省的香料都给你搬回来了，你还不曾说要香料做什么。"

步小鸾含羞一笑："我是看小晏哥哥身带香气，觉得蛮有意思的，于是也想弄点来玩玩呢。"

卓王孙道："如此的话，回头做几个香囊戴在我这冰雪玲珑的妹妹身上，才更当得起这'馨明'二字。我们可以跟小晏打一下商量，就让他将这封号送了你如何？"

步小鸾认真道："只怕这是他爹爹给的名字，他不肯呢。"

卓王孙淡淡笑道："别人他自然不肯，若是你来求，天下又有谁能忍心拒绝呢？"

步小鸾喜道："真的吗？那我们现在就去找他！"

卓王孙笑道："那倒也不必急在一时。"

步小鸾还未作答，就听甲板上又是一阵嘈杂的声音，敖广也循香而来，一到便大笑道："江南郁家的子弟果然豪奢冠于一时。老朽也是见过世面的，可是像郁公子这样，香料一买就是几车的，老朽可从来没有见过。"

卓王孙淡淡一笑，道："既然敖老板如此激赏，那郁某就将这些香料送给敖老板如何？"

敖广手中的金拐顿了一下，喜道："公子此言可是当真？如此厚礼，可叫老朽何以克当？"

卓王孙转身对步小鸾道："你需要些什么，随便拣了吧。船头风大，不要多待。"

步小鸾看着一船的香料箱子，眨了眨眼睛，摇头道："这下我可不知道该拣些什么了。"

卓王孙拉着她的手走到香料堆里，一面拣一面道："麝香、伽蓝、琳杜、云葺……好了，这些香料足够你用三五个月的了。敖老板，财神爷来了，还不赶紧抬回家去？"

敖广一迭声地道："来人！赶紧抬到货舱去！来喜，赶紧去多叫几个人来，都给我搬进去！小心点！这些香料比金子还贵，一点都不能撒！"

却听身后一人冷冷道："财神爷虽然是你的财神爷，却是我的瘟神爷。你若将这些臭垃圾运到货舱去，我保证你明天眼睛、鼻子、手脚都不在你身上。"

敖广愕然回头，就见唐岫儿含了一丝笑容，倚着栏杆而立。

敖广皱眉道："唐大小姐又有什么吩咐？"

唐岫儿道："我刚添购的礼物都放在货舱中，若是你这般臭气熏人的垃圾也放进去，将我的礼物都熏坏了，叫我送人的时候都带了这么一股子俗气的味道，可不让人小瞧了我唐大小姐？我只告诉你一遍，若是你一定要将这些破烂运到货舱去……"她顿了顿，重重道，"我一定可以保证，这些香料从此跟你没有任何关系——而且绝对不止香料。”

敖广手上的金拐哆嗦了一下，想起唐门暗器的阴狠霸道，强压怒气道：“姑娘不让我放到货舱中，那应该放到哪里去？”

唐岫儿笑道：“你既然这么喜欢它们，当然是堆到你的房间里，最好就堆到你的床上。你天天抱着它们，岂不是很好？”

敖广苦笑道：“这么多的香料，我的房间哪里放得下？”

唐岫儿冷冷道：“房间是小了些，我看这甲板倒是足够大。人家阔气，你倒是让他多送你一点，干脆连这个甲板都堆不下就更好了。”

敖广呆了半晌，终于没将香料运到货舱中，只得指挥着几个小杂役用黑帆布将香料遮盖了起来。船上的帆布几乎都用尽了，可浓郁的香气仍然阵阵传出，海风虽然强劲，却依旧不能吹散。

敖广垂头丧气地坐在香料边上，闻到一阵香气吹出，便是一声长叹：“又是几十两银子的香料没有了！什么礼物能比银子还金贵呢？唉！”

唐岫儿听他好一阵抱怨，秀眉一皱，道：“有些人只知道金子银子，只怕被别人用几个钱就晃花了眼，最后只能拿着金砖去垫棺材。”

敖广道：“唐大小姐这句话又是什么意思？”

唐岫儿道：“没别的意思，就是看不惯有些人上下串通，装神弄鬼。这下倒好，有的人扮妖怪，有的人扮天神，大言不惭地要我们都葬身此处，难道以为我们都是村氓农妇，什么神汉巫婆来手舞足蹈一番我们都相信不成？”

敖广皱眉道：“你是说兰葩小姐是故弄玄虚？”

唐岫儿看了卓王孙一眼，冷笑道：“她一介外邦蛮女又弄得出什么来，不过她背后的神仙大人的玄虚倒是不少。”

卓王孙付之一笑，并不在意。只要小鸾欢喜，别的事情何须在乎？江湖倥偬，难得浮舟海上，做此消遥之游。浩淼碧涛之上，他宁愿忘却华音阁阁主的威严。

突然，一阵急促的脚步声自楼下传来。却是相思。

只见她一手用力捂住眉心，一手用力扶着舱门，脸色苍白如纸，颤声道："先生……"

卓王孙上前一步扶住她，道："怎么了？"

相思喘息不定，脸上渐渐涌起两团病态的嫣红，眸子中却透出一种极度的惊恐，喃喃道："兰葩……"

卓王孙示意她不必惊慌："兰葩怎么了？"

相思紧紧握住他的手，身子猛地一颤，啜泣起来："她死了，躺在血泊里，脸色铁青，血流了一地，鲜红得好像一只巨掌……"

唐岫儿惊呼道："她怎么可能就死了？"

卓王孙冷冷地看了她一眼，径直带着相思向楼下去了。

当他们赶到玄一房间时，那里已聚了不少人。看来在饭厅用午餐的客人先听到动静，已经赶到。

然而他们似乎都没有注意到卓王孙一行人的到来，只静静地在门口站成一圈。房门微敞，里面斜斜掠过一抹淡淡的阳光，其中飘浮的尘土似乎被突然凝固住了，安静得瘆人。每个人的目光都被牢牢钉在半开的门缝里，脸上的神色剧烈变化着。

房门里边是一片枯朽的灰白色。

石灰铺天盖地地布满了房间的每一个角落，构成一幅狰狞的曼荼罗。兰葩的尸首就俯卧在无数灰白的烈焰中间，双臂努力地往前伸着，姿势有些怪诞，仿佛是一只鸟。

折翼的飞鸟。

她背脊上没有一寸衣物，甚至一寸皮肤。曼荼罗的文身已被整个剥去，刀法惊人地细致——整个巨大的伤口都还保留着一层薄薄的脂肪，血管像一张张开的、细密的网，虽然失去了皮肤的约束，却都还完好无损地紧绷着。

细小的血流彼此纠缠着顺着她的身体向石灰地上汇聚，伸出一只暗红的巨掌。

——竟然和阇衍蒂尸体下那一只一模一样。

巨掌的旁边，她的头颅无力地偏向房门。额头上一个碗口大的血洞，那颗绯红的宝石已不知去向，脸上只剩下一张乌黑的嘴唇，微微张开着，保持着一个极度古怪的表情。

无比痛苦，而又无比期待。

大门敞开，晚霞鲜丽的颜色缓缓浸渍过来，驱散了房中沉沉的黑暗。灰白的曼荼罗道场变得像一个远古的祭坛，血腥而宁静。一阵微风吹过，漫天的石灰纷纷扬扬，像下了一场雪，顿时在众人心头铺开了一张沉沉的羽翼。

有人轻轻叹息了一声："完全毁灭。"

这一句话说得极其轻，极其自然，丝毫没有恫吓的意思，但众人只觉一股森寒透骨而来。

卓王孙道："想不到又要请教殿下。"

小晏将目光挪向窗外，突然微笑起来："郁公子相信天罚吗？"

卓王孙还未答话，唐岫儿突然喊道："不相信，不相信，蠢材才会相信那些鬼话！"

小晏回过头来看着她，眸子中有着难以言传的悲悯。他缓缓道："这是第二界天主对湿婆苦行化身的祭祀，欲洗刷的罪孽是不忠，祭语是完全毁灭。"

唐岫儿身体一颤，突然爆出一阵冷笑："完全毁灭，说我还是说你们？"她猛地一甩衣袖，手指从众人面前划过，"武林盟主、幽冥岛传人，还有江南郁家公子，你们到底是想袒护某人，还是真的没有听出她在说谎？"

她的笑声戛然而止，转向相思，一字一顿地道："我记得你刚才说她脸色铁青？"

相思一直愣在原处，似乎已经呆住了。

唐岫儿指着那具血肉模糊的尸体，厉声道："她的脸呢？她的脸呢？"

相思脸上的神色急遽变化，似乎看到了什么不可思议的景象。她突然捂住眼睛，失声道："不可能，不可能的！"

卓王孙上前扶住她，道："到底怎么回事？"

相思惶然抬头道："我没有说谎。我初见尸体的时候，她脸色铁青，双目突出，脸上还凝结着一种古怪的笑容，背后那幅曼荼罗文身也还在！然而等我叫你们过来，她就已经是这个样子……"

“这……”方天随忍不住插话道，“我们一听到你呼救就立刻跑过来了，这未免也太快了吧？”

卓王孙皱眉看着兰葩的尸体和曼荼罗道场——从兰葩的房间到饭厅再回去，一共也不消片刻的时间，凶手如何能在这高手云集的走廊里随便进出？何况，就算凶手在尸身旁边，瞬间出手洞穿头颅并不难，但又如何来得及用如此细腻的刀法剥去整幅文身？

更何况，满屋曼荼罗道场都是极细的粉末铺成，不要说人，就是苍蝇停一下也要留下痕迹，若有人进入了兰葩的房间，又如何可能片尘不动？

卓王孙对相思道：“你为什么要来这里？”

相思摇摇头：“不知道……最近每每有怪异事情发生之前，我就会感到额间刺痛。这一次，我听说兰葩在谢公子的医治下已经苏醒，眉心顿时感到一阵前所未有的剧痛。我预料到了兰葩会有危险，所以赶过来看看她，没想到还是晚了！”

卓王孙点点头，对谢杉道：“谢公子，你是什么时候离开兰葩的？”

谢杉道：“午时左右。当时兰葩小姐已经醒过来了，但身体还很弱，于是我让她服了一剂安睡散，然后离开的。”

卓王孙对相思道：“那么你是什么时候离开自己的房间的？”

相思疲惫地道：“午时整。”

众人脸上闪过一片惊异的神色，似乎又听到了一件不可思议之事。

卓王孙的脸色凝重起来，道：“你要想清楚，不要记错了。”

相思似乎没有发觉周围的异样，摇头道：“不可能记错的，我离开的时候正好更漏滴尽，自动翻转，我留意了一下。”

唐岫儿突然笑出声来：“午时整？如此说来，郁夫人从自己的房间走到玄一足足用了一个多时辰！”

相思愕然：“什么？难道现在是……”

唐岫儿讥诮地看着她，道：“现在是未时。”

相思猛地一怔，猝然合上眼睛，似在问她，又似在自言自语：“怎么可能，我刚刚走过来……怎么可能是未时？”

唐岫儿高声道：“刚才船上鸣笛起航，正是未时！全船人皆知，想必郁公子和小鸾小姐下船购买香料，也是听到笛声才回到船上的吧。只是这一个时辰……”她的目光往相思脸上一扫，冷笑道，“用来走路的确是长了点，用来布置现场却是恰到好处。”

相思讶然道：“你以为我是凶手？”

唐岫儿道：“我只是觉得你这一个时辰消失得也太离奇了一点，多少想让郁夫人给大家一个解释。”

相思无力地叹息一声，低头道：“我也不知道。”

卓王孙将相思拉到身后：“内子可能有点受惊过度，也有可能是更漏出了问题。”

敖广恍然道：“正是，来人，赶快去郁夫人房间把更漏拿过来。”

唐岫儿没有理他，转向杨逸之道：“杨盟主，有一事请教。”

杨逸之还在默默地看着兰葩的尸体，良久才道：“你要问什么？”

唐岫儿道：“就在来去走廊的短短时间内，能将一个人背上的皮肤完整剥下来，再凭空消失在布满石灰的房间里，这样的事情江湖上到底有几个人能做到？”

杨逸之淡然道：“大小姐既然知道这绝非人力可为，又何必问我。”

唐岫儿道：“多谢这句‘非人力可为’。”她一瞥卓王孙道，“不知道我可不可以斗胆说一句，郁夫人分明是在撒谎？”

卓王孙淡淡一笑，没有答话。

唐岫儿见自己说了半天，卓王孙居然如清风过耳，丝毫不以为然，顿时怒气上涌：“郁青阳，你笑什么？”

卓王孙淡淡地看了她一眼。

唐岫儿猛然一愣，情不自禁退后了一步。

她突然发觉，眼前这个人虽然言谈温文、行止优雅，却绝不可以轻侮。她哪怕再多说一句话，都可能触动潜龙之逆鳞，给自己，也给所有人带来一场灾难。一场和六支天祭同样可怕的灾难。

卓王孙却只淡淡道："我在笑内子何必编造这种人皆不信的谎话。"

"那我怎么知道！"唐岫儿觉察到自己方才的恐惧，有些羞恼，冷笑了一声，"也许真的是阍衍蒂阴魂不散，借了郁夫人的手将兰葩剥皮，要不然，兰葩半张脸上为什么还在笑？"

她本来不过是想骇人听闻，此刻目光不由自主地挪到兰葩残缺的脸上，那乌黑的唇黑洞洞地张着，似乎真的在笑。

唐岫儿猛地一颤，再也说不下去。

第十四章

新血如花谢未央

一个杂役捧着更漏走了过来。

他手中莲盏状的水晶石一半碧绿，一半鲜红无比，仿佛就要浸出血来。分界之地清清楚楚地标明：未时三刻。

相思上前一步就要将更漏抢过来，不防手腕突然一痛。只听砰的一声轻响，一枚精钢制的铁蒺藜落到地上，更漏已经在唐岫儿手中。

唐岫儿冷冷地道："这种更漏每隔六个时辰会自动翻转，也就是说，在午时和子时，更漏上方会变成空的。郁夫人也曾亲口说当时看到更漏翻转，这样明显的标志，想来就算郁夫人神志恍惚，也不至于看错。"

相思平静下来，轻轻道："你不相信我也没关系，反正我看到的就是这样。"

唐岫儿却猛地一推房门，道："我相信你，就是不知道兰葩相不相信你的鬼话！"

卓王孙喝道："住手！"

唐岫儿推门的一瞬间只觉一股腐朽的石灰气扑面而来，让她全身发毛。眼角余光所及，兰葩血红的躯干在满天粉尘的空气里显得时近时远。她也不敢再上前，顺势回过头对卓王孙道："你敢不敢和我验尸对质？"

卓王孙淡然道："验尸的事情只怕不该唐小姐过问。"

这时，敖广在一旁笑道："还忘了告诉二位，不巧的是，这件案子老朽已经通知地方，并飞骑报往京城。大幸的是，赫赫有名的岳大人正好在此处办案，想必会放下手中的事，马上赶到船上来。所以尸体和房间应该事先封存，只等岳大人来。"

卓王孙看了敖广一眼，道：“难得敖老板如此费心。”

敖广笑意更浓：“受人钱财，替人消灾，有的事情，也不能不替诸位多费点心。”

卓王孙点头道：“自从捕神铁恨归隐后，岳大人便号称天下第一名捕，据称手下从没有破不了的案子。有他来接手，也是不幸中的大幸。我们在这里多说无益，不如等岳大人来了，我和诸位也好做个证人。”言罢携起相思的手，转身向走廊外走去。

唐岫儿喝道：“慢！”

卓王孙也不回头，道：“大小姐还有什么指教？”

唐岫儿怒道：“你是真不知道还是假不知道？尊夫人是本案第一疑凶，岂能说走就走？”话音未落，只见她手上青光一闪，数道寒芒直向两人当空罩下。当时夜色已浓，走廊上宛如星光漫天而起。众人只觉眼前一花，似乎满舱空气都无声地震动了一下，待定神看时，所有的光芒已如流星一般归于无形。

卓王孙似乎毫无知觉，右手携着相思往前走着，左手垂下的衣袖似乎动了动，又似乎没有。突然，他衣袖处传来金属落地的声音。他每走一步，那叮咚的声音就响起一次，唐岫儿的脸色也就更沉下几分。

她知道自己刚才一共抛出了二十九枚暗器。

这二十九枚暗器就是唐门十三种绝技之一的仲天二十八宿，其中每一枚都可以置人于死地，但只有第二十九枚才是出招者的精血所寄。

那最后的一枚叫作天晷，相传有无坚不摧的威力。然而，如果“天晷”施展而不能见血，出招者不久必有血光之灾。所以唐门中只有嫡系长子长女才能学习，并且都立下毒誓，不到性命危急之时不能使用。只是唐岫儿胆大包天，又技痒难禁，在对阵中早就偷偷将前二十八宿用了几次，不过从没有人逼她用出过第二十九枚天晷，这个誓言也就渐渐被她淡忘了。

如今，卓王孙已经抛下了第二十八枚星宿。

众人的目光都聚集在卓王孙手上，只见他缓缓抬起左手，上边一点亮光，赫然正是天晷。

他脚步未停，一扬手，天晷便以一种极其缓慢的速度向走廊尽头的屏风飞去。

噗的一声，天晷深深没入嵇康的额头。木质屏风竟然如同被洞穿出血，夭红的颜色烟花一般飞溅开来，瞬时从嵇康的前额淌满了整个画面。

那枚天晷似乎也染上了夭红的色泽，在屏风四周的夜色里闪烁着微漠的幽光。

嵇康抚琴图就在这样的幽光中渐渐湮没消散。

这屏风的真正主人，第二支天祭图终于在众目睽睽下显影留痕！

那枚天晷仍然牢牢钉在画面正中的头颅之上。然而，血影变幻，那里却已不是嵇康的额头，而是第二界天主亚恭曼罗的额头！

亚恭曼罗生着五对犄角的肩上顶着一颗巨大的牛头，头顶长长的棕毛披拂及地。它的身体出奇纤瘦，宛如一个常年多病的少女，再加上伏跪的姿势，让人几乎产生了一种古怪的错觉——它只有头颅和一双巨掌。

它血红的手掌宛如一双羽翼，从五对犄角中伸展开来，一手举过头顶，凌空结着手印；一手漆黑的指爪如钩，鲜血淋漓地塞入额前巨大的血洞中，爪心赫然就是那枚天晷。

夭红的微光若暗若明，那只手掌青筋暴起，仿佛还在不断地在颅脑内抠挖着，要让这个血洞越扩越大，布满全脸。

他的脸上剩下的唯有一张咧开的大嘴，带着痛苦谦卑的笑，仿佛它所承受的不是痛苦，而是一种救赎。

——对万劫不复之罪的抵赎。

它身后的烈焰拥裹着曼荼罗，仿如欲海翻腾。万千献祭者残缺的头颅在火焰中攒动、沉浮。万千张嘴唇都带着一模一样的笑容，他们恐惧、绝望而又虔诚、欣喜地期待着。

期待着湿婆神圣的惩罚。

众人屏气凝神，在这幅画前心动神驰。

兰葩的尸体在最后一抹晚霞的映照下显出一种诡异的嫣红。

“我额上的宝石和背上的文身都是神的恩赐，只要我的生命还在延续，它们就将与我同在。

“除非是我犯下了不可饶恕的罪过，大神会亲自收回这一荣耀——那也意味着将同时收回我罪恶的生命。”

难道真的是湿婆大神亲自从烈焰中走出，用那无所不能的力量打开时间的间隙，在众人忽视的某个瞬间，从容取回了他曾赐给她的宝石和文身？

或者，兰葩也如同画中的亚恭曼罗，用身下那只鲜血之手洞穿了自己的头颅，再含笑将宝石和自己罪恶的生命一起奉献到祭坛之上，供奉湿婆大神那伟大的苦行化身？

而那些浮沉火海的头颅中，哪一个是兰葩的呢？

从甲板上刮来的风越来越大，越来越冷，呛人的石灰漫天扬起，仿佛扯开了一张死灰色的巨网，要将一切都卷归大海。

窗外是风暴前的傍晚，恐怖异常，也美丽异常。彤色的云彩低低地压在怒涛汹涌的黑色海面上，更高一层的天空断出无数裂痕，从四面八方相对着飞驰，撞击后就消失得无影无踪。

一声凄厉的鸟鸣从不可知的地方破空而来，似在高不可见的天边，又似在深不可测的海底，又或者，只在人们的意识之中。

众人仰起头，目光茫然地滞留在瑰丽而苍凉的天空里，全身瞬时被一阵致命的虚弱笼罩了。

再现六支天祭，六界天主便可以超生往世。

阇衍蒂化为神鸟，复仇于大威天朝号上空。

你们都是神的罪人，犯下万劫不复的罪行。

难道这一切真的是神的处罚？

那么谁会是下一支天祭的祭品？

那一夜，海怒巨浪，天震雷霆，大威天朝号也不得不在一个小港口紧急停泊。破晓后不久，却传来一个好消息：天下第一名捕岳阶已经连夜上船了。

卓王孙和相思是岳阶最先要见的人。

当卓王孙来到玄一房间的时候，只见地上趴着一个矮矮胖胖的老人，手里按着一张白纸，似乎正在描摹地上残存的曼荼罗。他花白的头发十分凌乱，里边湿淋淋的，似乎还残留着清晨风露。

卓王孙还没进去，岳阶已从地上跳了起来。他用力眯了眯眼，仔细打量了卓王孙一会儿，不合时宜地哈哈一笑，道：“想不到江南郁家九世望族，富甲天下，如今又出了郁公子这样的人才，真是让人羡慕。呵呵，在下岳阶，受上头差遣，前来查看这件案子。”

卓王孙微笑见礼道：“九皋鹤鸣，声闻于野，岳大人德艺俱泰，连郁某布衣之人也是久仰风仪。”

岳阶笑道：“郁公子真是客气了。在下年老力弱，许多时候还要仰仗郁公子多加援手。”

卓王孙道：“岳大人有事请直言。”

岳阶止住笑，目光陡然变得凌厉：“敢问郁公子，尊夫人的供词难道不是实难置信吗？”

卓王孙淡然道：“其中缘由正是要请教岳大人。”

岳阶被他一句话给推了回来，道：“好。”他这才将目光转向相思，“郁夫人第一次见到尸体的时候，如何肯定当时兰葩已死？”

相思略略沉吟，道：“她脸色铁青，毫无血色，身下似乎流了无穷无尽的血，而且连她鼻翼旁的石灰也丝毫未被吹动。”

岳阶看了看她，似乎想从她脸上捕捉到什么：“那么郁夫人又如何肯定那个人就是兰葩呢？”

相思道：“她的脸就偏向门口，我看得一清二楚。”

岳阶隐秘地一笑，转而对卓王孙道：“然而后来那具面目毁坏的尸体，郁公子又能否肯定她就是兰葩呢？”

卓王孙道：“所以还要等岳大人让我看过尸体。”

岳阶似乎有些期待，道：“以郁公子和死者的关系，应该可以确定这尸首的身份。”

卓王孙来到屋角，岳阶将一张白布揭开，卓王孙看了一会儿，道：“是。”

岳阶眉头一皱，不由提高了声音：“尸身已血肉模糊，郁公子如何肯定？”

卓王孙道：“她右腿上有一条伤痕。受伤的时间应是半个月前，不可能在船上伪造的。”

岳阶又低头翻检了一下尸体，叹了口气道：“郁公子果然好眼力，这条伤痕的确应是半个月前的，想来当初伤得不轻。”

卓王孙看着他失望的神色，道：“岳大人是怀疑有人挪动交换过尸体？”

岳阶道：“不错，我一开始的确是这样想的。因为要在片刻之间剥去一张文身是根本不可能的，然而交换尸体所需的时间就短得多。”

卓王孙摇头道：“虽然短得多，但要在那样短的时间内挪动两具尸体，也绝无可能。”

岳阶敲了敲自己的头，道：“不错，时间的确太短，何况如果有人挪动过尸体，现场必然留下痕迹。然而满屋曼荼罗石灰纹丝未动，连她身下血流的形状都一模一样。”

卓王孙道：“那么如今岳大人怎么看？”

岳阶看了他一会儿，道：“如今我只能认为郁夫人看到的不是真相。”

卓王孙道：“难道岳大人也相信这是神鬼复仇，或是有人用了幻术妖法？”

岳阶冷笑了一声，道：“郁公子，在下办案几十年，日日与尸骨凶犯为伍，不少案子都诡异离奇，仿佛是神魔所为，但是追查下去，都是人在故弄玄虚。想来人远比所谓的鬼怪更加可怕，因而那些怪力乱神的言论，岳某从未放在心上。”

卓王孙道：“可现在岳大人的全部所得，也只不过是‘人力不可为’几个字罢了。”

岳阶顿了顿，缓缓道：“是。”他转身向门外的屏风走去，“在下虽然暂时还查不出两件案子的真相，却可以尽力避免下一桩血案的发生。”他来到屏风前，拔出随身匕首，“既然古画上的画面与受害者惨死的样子一致，我倒要看看这后边五幅图到底是什么。”他用力往第三幅图上一刮，但是油漆涂料粘连甚紧，哪里分得开？

卓王孙淡淡道：“只怕你预先知道受害者死时的惨状，也还是无法阻止凶案的发生。”

正在这时，岳阶全身一震，如遭电击。他惊骇地望着自己的右手，手上已然是一片血红。一屏惨红的汁液淋漓而下，滴在他脚上。他没有躲闪，只怔怔地注视着第三幅屏风。

片刻之后，第三支天祭图宛如示威一般，赫然出现在光天化日之下！

这幅天祭图一点也不血腥，反而美艳无比。

巨大的曼荼罗全由红莲构成，一位美丽的女童额涂丹砂，单腿立于莲蕊之中。她一手在头顶上如花展开，结着密印，腰身后仰，双目轻合，笑容中一派天真，宛如一朵未开之花，久待甘露。

女童的身形虽然十分小巧，身姿却极度舒展，腿臂柔曼，如在舞蹈。而唯一的舞衣，就是围绕在身旁的熊熊烈焰。

绯红的火焰充满这莲花世界，宛如铺开了一地彩虹。

这是第三界天主向湿婆六大化身之一——舞蹈之神的献祭。祭品是第三界天主维莎楼燃烧的身体与灵魂。

岳阶定了定心神，沉声道：“这一次是提前展示了古画，并且用图预告了杀人时间。”他指了指画面一角扭曲的血红字迹，“明夜子时。”

卓王孙悠然笑道：“看来这凶手是越来越嚣张了，岳大人还是要赶紧拿出些办法来，否则这天下第一名捕的字号怕是要砸在这里。”

岳阶冷哼了一声，看着他道：“郁公子不必笑话，在下虽然不堪，也大致猜得到凶手应该在这几人当中。”

卓王孙道：“倒要请教。”

岳阶道：“兰葩一案虽然扑朔迷离，但是庄易一案却多少留下了些线索。”他眼中透出两股犀利的光，“那就是凶手是武功极高之人。”

卓王孙淡淡道："这艘船上高手本已不少，如今似乎还要再加上岳大人。"

岳阶沉下脸道："郁公子何必顾左右而言他，这艘船上能够做成庄易一案的绝对不出三人。"

卓王孙道："愿闻其详。"

岳阶道："杨盟主、馨明亲王，还有……"他脸上又浮起一抹隐秘的笑意，"就是你，郁公子。"

卓王孙一笑："岳大人倒是目光如炬。不过即便知道，又能如何？"

岳阶道："岳某只是斗胆想请三位明夜子时之前到岸上游玩片刻。"

卓王孙道："我倒是闲人，可不知另外两位是否会赏脸。"

岳阶冷笑道："那两位的大驾岳某当然请不动，不过郁公子出面就不同了。何况岳某这条拙计，难道三位就没有想过？"

卓王孙只是微微一笑，并不回答。

岳阶道："还有一事。如今已是初夏，无论案子如何悬而未决，两具尸身总要尽早处理。郁公子是船主，不知道贵船上有哪间空房可以先停一停尸身，待天气好转再行海葬。"

卓王孙道："黄二。听内子说那里本来就停了一具棺材，看来倒是合用得很，就是不知给哪一位用更好。"

"棺材？"岳阶皱眉道，"这天朝号上怎么会有棺材？"

卓王孙淡淡笑道："本来是没有的，这船上死气太重，慢慢地也就长了出来。"

岳阶只当他在说笑，谁料，当黄二门打开的时候，他才知道那句话很有道理。

房里不仅长出了棺材，而且还不止一具。

七具棺材摆得整整齐齐，头两具已经揭开了盖子，像一双空空的巨眼，古怪地瞪着每一个人。

第十五章

万花经雨转春色

次日雨夜，大威天朝号抵达广州港。

广州本是烟花鼎盛之地，士女繁华，舟车辐辏，百货俱集。然而此刻，港口长长的海岸线上竟然连一盏灯火都看不到，一座阴沉的城楼孤零零地立在海边的夜风中，浓黑的雨云宛如一面丧旗，在港口的上空缓缓拂动。

无数面苍白的船帆在厚重的夜色中随波沉浮。夜雨打在那些船帆上，发出沙沙的响声，一切事物都在这无边无际的响声中渐渐腐败。

天朝号微微震动了一下，已抛锚入港。船舱里每间舱房都紧闭着，走廊里只有几支微亮的蜡烛在风中挣扎。

相思持着拜帖，忐忑不安地站在地字二号房门口。门没有关，微启的门缝中透出隐约的烛光和一丝若有若无的乐声。她的手刚触到门环，指尖突然传来一种奇特的感觉——自己仿佛不是要走入一个陌生人的房间，而是去探望一个阔别多年的好友，于是轻轻一推就进去了。

屋里的光线暗淡，暗红中带着一抹陈旧的金色。海面上浓紫色的波涛轻轻拍涌，新月落日同时悬浮在海天交接之处。小晏面海而立，手中捧着一件紫色的乐器，衣带在日月的光晕中缓缓招扬，天地间最后的点点幽光都被晚风汇集到他身上，奉持着他肃穆的身姿，一如奉持着大海中神的倒影。

一团硕大的紫云缓缓从天际飘来，在靠近他身边的一瞬突然散作满天飞花，纷坠如雨，有几片落花就轻轻停栖在他的袖上。

再看时，那些竟然是一群紫色的蝴蝶。

小晏面对蝶群，袍袖轻扬，双手合于胸前，左手结智拳印，右手结法界定印。那些紫蝶顿时悬停在空中，在他身边围成一环光环，如顶礼膜拜一般上下飞动，蝶翼不住开合。

小晏的眸子突然睁开。

一只巨大的紫蝶从光环中脱颖而出，沉到他手中。蝶翼上紫光欲流，震颤不已，其间竟然伴着一种奇异弦音，凄怆无比，仿佛在顾怜天地间一切有情，又仿佛在悲叹六界中一切罪恶。

他凝视着手中的紫蝶，苍白得几乎透明的脸上浮现出一点笑意。这一笑，沉沉的夜色仿佛被一种不可见的光芒打开。天地如久久沉寂的古潭，仿佛已为他等候了千万年，如今终于涣然开释。

相思似乎已看得痴了。

突然，那只紫蝶双翼上寒芒一爆，如离弦之箭一般向她冲来。

相思讶然抬头，紫光已到眼前。她慌乱中正要躲闪，只听小晏一声轻喝："别动。"

猛然间，他一袭紫衣宛如张开了一团氤氲的祥光，将她包裹起来。相思惊魂未定，小晏已松开她，道："情急之下，恕我冒犯。"左手食指上一滴鲜血，宛如凝在白璧之上。

他神色淡然，俯身拾起地上的紫蝶。那只蝶双翼铺开，已经死去。一点鲜血在那淡紫的珠光上来回游走，似乎是紫色莲花上一点绯红夜露。

相思被这诡异之美惊得说不出话来。

小晏看着她，缓缓道："只有在死亡之时才是最美丽的时刻，天地间一切生命莫不如此。"

相思心中一动，过了好久才歉然道："一时唐突，害死了殿下的心爱之物，实在……"

小晏微微摇头："我无所谓心爱之物，它们只是有用之物罢了。"

相思看着那弱不禁风的蝴蝶的尸体，疑惑地道："殿下用它们来……"

小晏叹息一声，道："杀人"。

他随即将手中的蝶尸轻轻托出窗外。

相思猛然回想起那天夜晚在半身白衣人脖子后看到的那道紫光，心中一凛，道："难道……"

小晏微叹道："风冥蝶齿利如刃，咬破肌肤后立刻吐丝于创口。蝶丝内含剧毒，随血攻心……只不过伤人者终自伤，它吐丝后也会立即死去。"

相思道："那你的伤……"

小晏道："我是自己刺破手指，引它吐丝而亡，否则冥蝶之毒，无药可解。"

相思释然道："幸好如此。不过方才殿下那声'别动'又是什么意思呢？"

小晏向相思走去，目光却一直注视着她身后，道："这一只不是普通的冥蝶，而是诸蝶之母，能吐出伤人的蝶丝。前几日，我的第一只母蝶无意中遗失了，刚才才重新养成。因为时机重要，所以知道你进来，我也没有停止。只可惜它刚刚出世，竟突然攻击你，我也不得不将它杀死。"

他语调轻描淡写，相思却很是内疚："殿下费尽心力，大功告成之日却又败于垂成，让我情何以堪。"

小晏淡然道："夫人何必自责。我只是担心它在飞动之时已经吐丝，怕夫人躲闪之中无意撞上。"

他一拂衣袖，指着相思身后。

相思讶然回头，眼前似乎什么也没有，又似乎浮着一丝秋夜月光。

小晏褪下一枚青玉指环，略一抬手，指环划出一道青光，向那丝月光缓缓飞去。青光从白光中无声无息地穿过，一声脆响，指环锵然落地，已被从当中分成了两半。

那道月光只微微动荡了一下，如有水滴迅速游过，又立刻消逝得了无痕迹。

相思脸色微变，道："殿下的蝶丝当真是天下无双的利器。"

小晏摇头道："天下无双者，最终是自己的修为，不是靠外物可以得来的。"说着用手去打落那道蝶丝。

"小心！"相思情急之下欲去拦他，刚一触到他的手，只觉得奇寒透骨，连忙放开了。

小晏已经将那道蝶丝拿在手中，道：“忘了告诉夫人，我手上有这层泥蚕丝的织物，可以接触蝶丝而不被所伤，否则又如何用它御敌？”

相思看见他手上那层若隐若现的紫光，突然想起当天在甲板上他袖底也曾闪过这样的光泽，道：“当初殿下撕裂倭寇头颅、挡开庄易一箭是否就是用的这种蝶丝？”

小晏道：“正是。”

相思叹道：“随手之间已取走数十人性命，又挡落了庄易的玄铁箭，古时神兵无过于此。只是不知这蝶丝叫作什么名字？”

小晏凝视着手中的蝶丝，流动的寒光把他苍白纤细的手指照得几乎透明，道：“尘音。”

他抬头一笑道：“难道夫人听不到吗？蝴蝶是有歌声的。”

相思在他幽丽的笑容之下一怔。世上有蜂鸣鸟唱，但是蝴蝶是没有声音的。蝴蝶为了那优雅的舞姿，只能缓缓振翅，于是也就永难出声。

无言无歌，就是她悠姿自赏的代价。

小晏看着她，通透的眸子中凝起一点笑意：“蝴蝶是有歌声的，只是凡俗之人蔽于声色，所以才听不到。”

相思回忆起方才母蝶在小晏掌心中敛翼时发出的那种幽咽的弦音，心中一震，随即释然笑道：“高山流水，为知己者歌。冥蝶能得到殿下这样的知己，可谓死而无憾。”

小晏的微笑却渐渐冷漠下来，道：“冥蝶生性温和，不经主人役使决不会擅自伤人，又为什么会无缘无故地攻击你呢？”

相思觉得他的语音有些异样，讶然抬头，正碰上他的目光。

一阵刺骨的寒气从他那深不可测的双眸中透空而来。

相思茫然地看着他，四周的一切仿佛都不存在了，一种极度荒凉的感觉从心底升起。世界仿佛都在那一瞬间冰封，灭度，又再度重生，而自己却仍在空寂无人的雪原上做无奈的看客。

她不由自主地往后退了一步，突然想到什么，慌忙出声："殿下，我这次前来是为了送一张拜帖给你。"

小晏猝然合眼，相思只觉身上那种沉沉的寒意顿时消散，心中也瞬时归于平静。

只听他道："请转告郁公子和杨盟主，今夜子时之前我一定会下船拜会二位。"

相思看了一下手中的拜帖，道："可是……可是殿下还没有打开它。"

小晏转过身去，冷冷道："不必了。难道郁夫人不知道那上边根本就没有字吗？"

夜雨更急。

波涛怒涌，海天相连，宛如一幅被劣等画师涂坏了的泼墨山水。海禁的铜锣一声急过一声，还在大海上航行的几条大船也慌忙入港，偌大的码头顿时凌乱不堪。

天字一号房间内，灯光幽微。

卓王孙听完相思的叙述，点了点头："晏这个人，行踪诡异，高深莫测，日后你要多加小心，不可独自接近他。你去送另一张拜帖吧。"

相思拿起送给杨逸之的拜帖，欲言又止："先生，我……"

卓王孙淡然道："你有疑惑？"

相思慌忙掩饰，敛衽起身："没，没有了。"

卓王孙看了她一眼，只这一瞥，却似洞悉了她心中所有秘密："你为这件事困惑很久了，但问无妨。"

相思被他说中心事，有一丝慌乱，迟疑了片刻，鼓起勇气问："我只想知道，在出海之前，我真的没有见过这个人吗？"

卓王孙淡然一笑："这一点并不重要，重要的是，你怎么看现在的他。"

相思思索了片刻，道："上船后，他一直深居简出，我和他也只有寥寥数面之缘，但我总觉得对这个人有种莫名的熟悉。也许正是这种熟悉让我有一种奇怪的直觉：他不是凶手。"

卓王孙的笑容有一丝嘲讽："是吗？我也和你有同样的感受。"

相思有些欣喜："先生也相信他不是凶手？"

卓王孙不置可否："我只是说，和你一样，对他一见如故。"

相思思索着卓王孙的话。一见如故，自然是说之前从不相识，却一见倾心，产生了仿佛多年知交般的亲切感。这句话或多或少打消了相思的疑虑。她拿起拜帖，起身告退。卓王孙叫住她："等等，我和你一起。"

相思有些惊讶。

卓王孙起身，行云流水般地牵起她的手，向门外走去："既然一见如故，自然该我亲自去请，方显诚意。"

杨逸之的房间十分整洁，整洁到有些空寂，连一点多余的东西也没有。窗前摆着一张桌子，桌上只一坛酒，别无他物——还显然是有客到访才摆上去的。

卓杨两人对坐在桌前，如相识已久的故人，灯下对饮。酒坛已经半空，两人却一句话都没有说过。

烛影摇曳，勾勒出两人清晰的侧颜。

杨逸之想到，在宿玉山上，他亦曾月下举杯，邀自己共饮。但随后发生的一切让两人由友转敌，拔剑相对。如今，人虽重逢，心意却如永不相见的参商二星，各悬天之一方。

杨逸之仰头将一杯酒饮尽："人生不相见，动如参与商。今夕复何夕，共此灯烛光。"

他声音很轻，宛如自语，却带着难以名状的悲凉。

相思倚在窗边，看向窗外的暴雨。她并不明白杨逸之感慨的来由，只担心接下来岸上之行的凶险。

卓王孙持着酒盏，在手中轻轻转侧。他装作没有听到杨逸之的话："广州风物繁华，烟花鼎盛，本意今夜邀杨兄同游，赏花踏月，指点风景，不料天不作美，大雨倾盆，一场美事顿成苦差矣。"

杨逸之自嘲一笑，顺着他的话说下去："与郁公子同游之时多矣，何必非在今夜？

只愿今夜能找出真凶，为郁夫人一洗嫌疑。”

卓王孙面容寂静，似乎仍在沉吟：“不知杨兄是否与诸人一样认为内子乃是此案第一疑凶？”

“不是，”杨逸之看了相思一眼，摇头道，“尊夫人近来真气外泻，内力大损。何况就是以前，也无力完成此案。”

卓王孙嘴角挑起一丝讥诮道：“杨兄果然好眼力，连内子那点薄技也了如指掌。”

杨逸之远眺大海，似是有无尽的惆怅：“我并不知道。”

卓王孙仰头将杯中的酒饮尽：“那么杨兄是否怀疑在下？”

杨逸之摇头道：“你若要杀人，不必用那些装神弄鬼的手段。”

卓王孙将酒坛推给他，道：“世事难料。不祥之物，圣人不得已而用之，何况我辈？”

杨逸之脸色微沉，道：“不管如何，今晚之后船入远海，一个月不会靠岸，这是唯一的机会。若凶手真在我们三人中，第三支天祭的预告就会落空。”

卓王孙道：“只怕凶手不在我们三人之中。”

杨逸之道：“其他的人，岳阶足以应付。”

卓王孙把目光投向窗外：“既然如此，戌时将至，我们都该下船了。”

雨夜的广州港显得阴森而狼狈，狭窄潮湿的街道上空无一人，街边密密麻麻的两层民居门窗紧闭。酒楼、店铺的幌子、灯笼早已收起，连备用的气窗也用粗大的十字木条牢牢封死。

放眼望去，整个城市笼罩在浓黑的雨色之中，宛如一个将要沦陷的堡垒，处处透露出濒死的气息。一声凄厉的更声不知从什么地方传来，一只恶狗受了惊动，发狂般地号叫起来。瞬时一犬吠形，百犬吠声，满城都是犬吠。

没有想到广州城的居民竟然养了这么多恶狗。而那些恶狗似乎色厉内荏，凶恶的叫声中隐隐透出些惶恐，到后来居然呜呜咽咽，就像是鬼哭。

风雨之声席卷而来，很快就将这些犬吠淹没了。

相思不由自主地握住了卓王孙的手。

卓王孙抬头看了看死气沉沉的夜空，道："看来非但是游览风物，就是求一席避雨之处只怕都不容易。"

杨逸之伫立在雨中，目光或投向远天，或追逐着坠落的雨滴，却始终不曾落到相思身上："不必，请郁夫人到屋檐下避雨，我们就在这里等。"

不远处突然出现了一盏灯笼。

红光在风雨中晃晃悠悠，后边跟着一串匆忙的脚步声。一人粗声喝道："什么人？"

透过摇曳的灯光，雨地里站着两个巡夜人。他们手提着灯笼快步走来，虽然撑着雨伞，身上的官服却已湿透。前边那个提起灯笼，斜着眼向卓王孙这边张望，后边的那个嘴里骂骂咧咧，不停拉扯着手中的铁索。

相思透过朦胧的雨色，恍惚看见铁锁的那头还铐着一个人。

那人也不理会巡夜人的催促，只不紧不慢地跟在两人身后，还不时抬头打个哈欠。

为首那巡夜人见三人没有回答，又提高了声音喝道："什么人？"

卓王孙答道："外乡人。"

巡夜人道："有夜行令牌吗？"

卓王孙道："初到贵地，没有令牌。"

后边那个巡夜人眼睛一亮，顿时来了精神，道："老大，今天运气好，又抓住三个，看来这雨没有白淋。"

前边那个点了点头，清了清嗓子，高声道："现在倭寇扰事，本省海防告急，所有夜行的人都必带令牌，你们三位没有，就跟我到衙门走一趟吧。"

卓王孙淡淡道："到县衙做客，倒是比在大街上淋雨好些。"

那巡夜人一面抖着锁链，一面嘿嘿阴笑道："这位朋友倒是想得开。不错，等到了县衙，我们那帮兄弟必定拿出全副手艺，好好招待三位，尤其……"

他嘿嘿一笑，指着相思道："尤其是这位姑娘。"

杨逸之微一皱眉："郁兄，惊扰地方终是不妥。"

那巡夜人上下打量着杨逸之，好不容易憋住了笑，回头道："还真拿出贵客的架子了。老大，你看这两人莫非被雨给淋傻了？"

"的确是淋傻了！"从两人身后传来一声长叹，声音不大，但在狂风暴雨中仍是清晰至极，倒吓了两位巡夜人一跳。

循声看去，居然是锁链上拴着的那个半死不活的人。

那两个巡夜人一愣，为首那个挥起灯笼向那人脸上照去，骂道："找死！"

灯光下，只见那人是个二十来岁的少年，不仅年轻，而且相当英俊，一身白衣已经湿透，却仍能看出质料的华贵来。

那人又打了个哈欠，眼中的神光却渐渐明亮起来，似乎看到了什么很感兴趣的东西。

他感兴趣的却不是相思——他几乎看也不看她一眼——只注视着卓王孙和杨逸之，笑道："两位看来也是雅人，却偏偏不做雅事，真是可惜，可惜。"

卓王孙微哂道："雨夜之中，何来雅事？"

少年叹道："风雨之夜，当然要歌板红牙、夜光美酒才可以消乏解闷。否则就算对满天暴雨，闻遍地犬吠，也比去什么狗屁县衙看这些俗人嘴脸、听其聒噪要好。"

卓王孙淡淡道："如果阁下有一处歌板红牙、夜光美酒的地方，我们当然愿意前去拜会。"

少年的眼睛又亮了几分："那两位不妨立刻就跟我走。"

那两个巡夜人看着他，似乎在看一个不可救药的疯子。

一个人被别人用链子拴住了脖子，在雨夜里拖着满街走，居然还要请别人去做客，不是疯子又是什么？

后边的那个巡夜人突然大笑起来："去哪里？鬼门关吗？"

那少年皱着眉摇头道："万方衣冠朝脂粉，花间酌酒不独亲。我要带两位公子去的地方，乃是天下第一风流快活的去处，你们这些俗人又哪里知道。"

杨逸之冷冷看着他，相思更是不知所云。

卓王孙沉吟道："莫非是万花楼？"

顾名思义，万花楼当然是有无数鲜花的地方。据说万花楼所在的万花谷花丛锦簇，四季如春，而且还有比鲜花更诱人一百倍的东西——一百八十位如花似玉的女子。这一百八十位女子各以一种鲜花为名，每一个都倾国倾城、色艺双绝，而且，传说她们的房中秘术亦是天下无双。

更让人心猿意马的是，这些女子都是妓女。

也就是说，只要你有足够的钱、足够的身份，就可以买到她们。

此地自古为烟花世界，民风本是淫靡，多有人家自幼调教女孩弹琴吹箫、吟诗写字、画画围棋、打双陆、抹骨牌，百般淫巧伎艺。到了十四五岁，又教她房中秘术、枕上风情，只待日后王孙公子一夜买笑、千金缠头。时人称之养瘦马，民风如此，难怪古来诗人才子、美人名妓多生于此。

万花楼中的姑娘多半也是自幼从两广一带搜罗来的，在万花谷中接受极其严格的训练挑选。最后能在万花楼中挂牌卖笑的不足百分之一。

另一些则是附近几省成名的名妓。岭南四省烟花行众多，每年，花魁娘子的三甲之选都会被万花楼重金买下。无论那些名妓以前的名气有多大，到了万花楼，都会争先恐后地换上以花为名的新花名，因为这些看似俗不可耐的名字才是风尘女子一生中真正的荣誉所在。

这种荣誉也只有万花楼这块金字招牌才能赋予她们。

到了夜间掌灯之时，万花楼门外的万花墙上挂满了各种牌子。第一层是十二面翡翠牌，上面是十二种名花，也就是万花楼这一届最出名的十二位姑娘，以下还有七十二面金牌和九十六面银牌。这些牌子看上去都十分小巧，然而如果有男人想把这些牌子翻过去，他付出的金子不是以天来计算，而是以分秒。

然而每天还是有无数的车马鞍舆从四面八方赶来，停在万花楼下，因为这里已经不只是一个销金窝、温柔乡，更是一种身份的象征。

然而，那两个巡夜人听到"万花楼"三个字时，脸上的表情像见了鬼一样。为首那个巡夜人目不转睛地看了他一会儿，道："你去万花楼干什么？"

那少年道："去万花楼当然是找认识的姑娘。"

那巡夜人突然冷笑两声，道："我看你是去找死。"

那少年打了个哈哈，道："就算是牡丹花下死，也比被两位拖着四处淋雨要好。"

为首那巡夜人冷笑道："万花楼现在姑娘没有，孤魂野鬼倒有不少，不知道有没有几个是你认识的？"

第十六章

秋坟犹似郁金堂

上个月的十五日，花好月圆之夜，前往万花楼的恩客自然也就特别多。

然而次日凌晨，雕梁画栋、藻麝涂椒的万花楼竟然如同传说中的狐媚之宫，随着早晨第一道阳光消失得无影无踪。休说那些珊瑚碧树、红罗紫帐，就连一片瓦砾都没有存下。

只有上百具尸体摆在荒坡之上。

妓女和恩客们的尸体有坐有立，栩栩如生。恩客们穿得整整齐齐，各种华丽的袍子和珠宝在朝阳下闪闪发光，而那些女子却一丝不挂，宛如刚出生一般。她们有的躬身侧坐，十指分拂，似乎还在抱弹琵琶；有的手握空拳，送到唇边，似乎正要畅饮；有的仰卧在男子怀中，贴身迎凑着，甚至还保持着男女欢会的姿势。尸体脸上的笑容或娇嗔或妩媚，仿佛是在一瞬之间，凝固在最美丽的刹那，看上去依旧无比动人。

四周万种奇花异卉似乎开得更艳。青绿的坡地上触目皆是雪白的肉体，宛如一群炼狱雕塑，又宛如一幅铺开的密宗欢喜道场。

然而当官差赶到万花谷时，那一百八十具裸女的尸体已经不翼而飞，只有恩客的尸体被凌乱地垒在一起，远看过去，像在荒坡上建了一道人墙。

唯一看到过那幅欢喜道场的老樵夫，报完案就疯了。

此案一出，京师震动。皇帝指派了钦差赶赴广州调查此事，一个月来却毫无头绪。现在附近几省百姓谣言纷起，万花楼几乎已成了鬼门关的代称。

四周风雨之声更盛，宛如群鬼夜哭。

而那少年的神色却丝毫未变，他淡然道：“那些庸脂俗粉活着也只是弄脏了万花谷的地方。如今妖瘴既清，仙子临凡，万花楼已经换了新主人。”

为首那巡夜人一惊，道：“万花楼现在片瓦不存，哪里有什么新主人？”

那少年皱眉道：“你们这样的人哪里会明白，我正要带这两位公子去拜会那位仙子。”

为首那巡夜人嘿嘿冷笑几声，道：“我看你病得还不轻，仙子临凡？我看莫不是阎王爷的亲妹子思凡，正好到这野鬼坡上开了个鬼窑子？”

那少年摇摇头，也不再理他，对卓王孙两人一抱拳：“不知两位肯否屈驾去万花谷走一趟？”

他抱拳的时候，衣袖褪开一段，隐约露出一方绣印。

那赫然是曼荼罗道场的图案。

卓王孙的眉头微微皱起。这次岸上之行，是为了调开船上三位高手，让凶手无法按预告时间行凶。在他眼中，这本算不得高明的法子，只是出海多日，乐得借此上岸散心，才勉强答应了下来。可惜因暴雨打扰，变得无聊透顶。好在，这个少年的出现，让此行有了一丝趣味。

卓王孙不动声色，拱手道：“未入仙源，便蒙仙使邀迎，真是求之不得。”

那少年大喜，就要往这边走。为首那巡夜人高声喝道：“慢着！你口口声声说认识万花楼新主人，莫不是和这桩血案有关？李霸，把这些人全部拿下，带回县衙好好拷问！”

后边那巡夜人答了声是，一手一抖铁链，一手从腰间抽出水火棍，劈头盖脸地向那少年砸去。

那少年身形一展，只听锵的一声，那条铁索已断为两截。那巡夜人大惊，水火棍举在半空再也劈不下去。

那少年微微冷笑，一顿足，身子飞一般往左掠去，手肘正好撞在为首那巡夜人的小腹上。那人惨叫一声，全身顿时缩作一团，手中的灯笼飞出，在雨地里转了几圈就熄灭了。

黑暗中就听两声闷响，两个巡夜人重逾百斤的身体竟然被斜斜抛了出去，直挺挺地躺在地上，再也动弹不得。

那少年若无其事地从地上捡起两把雨伞，抖了抖，一把递给相思，一把自己撑着，回头对卓王孙和杨逸之道："两位可以跟我去万花谷做客了。"

万花谷离港口还有相当远的路程，幸喜那少年的轻功也非常可观。不一会儿，只见两旁的景色越来越荒凉，似乎已远离了人烟。

又过了一会儿，道路一转，远处现出两道断崖来。崖上树木繁茂，在狂风中摇曳呼啸。两道断崖中间隐隐透出一条羊肠小道，浓重的雨气就从小道深处蒸腾而出。那少年放慢了脚步，转身微微一笑，道："几位觉得万花仙谷的景致如何？"看他的表情，俨然不是指着一处狰狞阴森的荒谷，而是向客人夸耀他新落成的辉煌苑囿。

或许三人眼中所见的荒谷在他看来真是一片锦绣仙境？

相思不由得打了个寒战。

卓王孙面色不变，袍袖轻拂："果然有趣，比那些花红柳绿的地方有趣许多。"

那少年哈哈大笑，这时一道闪电猛然划天而过，刺目的白光中，那少年雪白的身影一闪，随即又被沉沉的黑暗淹没了。

隆隆雷声夹杂着他笑声的回音在山谷上方回荡，而那少年已无影无踪。

半空中一柄撑开了的雨伞兀自在大风中回旋着，越飘越远。

无边无际的雨水宛如一幅围帐，迅速地合拢来，将三人的视线隔断。相思努力睁大眼睛，依旧不敢相信眼前的一切是真的。

然而卓王孙和杨逸之已不约而同地纵身跃起。相思来不及细想，下意识地跟在后面。

还不待第二道闪电出现，三人已来到谷中。

谷中空空荡荡，不要说屋舍楼台，连一席藏身之处都没有。山谷的正中是一道缓坡，斜斜地延伸上去，似乎永远没有尽头。遥远的天边不时投来雷电之光，在荒坡上映下圈圈光影，让人不由得联想到那天在这里摆布着的一百八十具雪白的肉体。

而坡脚处是一片花墙。这数万枝名花已落光了花叶，宛如从地下伸出的一只只枯手，狰狞地横挡在三人面前。

相思讶然抬头，只见那个白衣少年就站在花墙的另一头，微笑地看着她。暴雨从他精致的脸上流淌而过，而他依旧在笑，似乎毫无知觉。

他身边还站着一个人。

那个人的身材、相貌都和他一模一样，全身却笼罩在一层黑色之中。电光映出他脸上的表情——那种表情像是在哭。

他和那少年一哭一笑，并肩站在雨夜里，仿佛原本就是他的影子，却被刚才突如其来的闪电劈开了。相思被这种诡异的景象惊呆了，脸色苍白地站在雨中，手里的雨伞缓缓坠落在地上。

两个人突然向他们躬身一礼，向缓坡的尽头伸出手去，齐声道："万花谷黑白仙使恭迎两位大驾。"

缓坡的尽头隐隐有些幽光，又似乎没有。这两个人一黑一白，一哭一笑，热情而谦恭地做着邀请，姿势却僵硬得古怪。

难道他们就是传说中的无常使者，而他们指引的正是通向地狱的路?

杨逸之冷冷一笑，对那少年道："他是你的孪生兄弟？"

那少年没有抬头，笑着答了声是。

相思止住了颤抖，微嗔道："你们在这里装神弄鬼，到底有什么目的？"

那少年叹息一声道："月黑风高，仙使远迓，这等良辰美景、赏心乐事，二难并臻，四美齐聚，也不知花费了我兄弟多少心血。几位不赶快进万花楼与我家仙子寻欢作乐，却在这里刨根问底，未免也太不解风情。"

相思不再说话。这位主人迎接客人的方法虽然古怪，但这一番布置也是颇费心血。何况到现在为止，仍看不出主人有丝毫恶意。

漫天雨雾迷茫，卓王孙展颜微笑：“正要求见仙子。”

那少年道：“仙子当然不会住在地上。”他伸手一指坡顶的微光，诡秘地笑道，“她在地下。”

卓王孙点点头，道：“原来这位仙子将整个万花楼都搬到了地下，怪不得官府找遍广州城也找不到一点蛛丝马迹。”

那少年笑道：“好在我家仙子会五鬼搬运之术，才能在一夜之间将万花楼数重楼台完好无损地挪到地下。”

相思疑然道：“她在地下做什么？你又在大街上干什么？”

那少年笑道：“万花楼无论在哪里都是一种地方，我家仙子到了万花楼中做的也是一种营生，所以在下才会冒雨在大街上四处寻找客人。”

相思道：“你到底什么意思？”

那少年道：“说得明白一点，这里是妓馆，而我们兄弟两人就是大家口中通常所谓的龟奴。”

他说这话的时候神色居然不卑不亢，似乎在说着一件极其自然又极其体面的事情。

他抬头看了相思一眼，打了个哈哈道：“这位姑娘不必这么看着我，在下头上又没有真的戴着绿头巾。”

杨逸之喝断他，道：“够了，你现在就带我们进去。”

那少年笑着摇头道：“公子此言差矣。我们兄弟二人只是负责将诸位带到这里，我们还有别的客人要找，可没工夫陪着诸位。”

卓王孙道：“现在万花楼里有多少仙子？”

那少年道：“仙子当然只有天上地下无双无对的一位。”他眨了眨眼，“只要两位公子见到我家仙子，就会知道别的女人都是地上的烂泥。”

卓王孙淡淡一笑：“一位倒也不少，只是需要不断找来许多客人吗？”

那少年长叹一声，道：“客人虽然多，不过进去之后就不见有再出来的。我们连赏钱也收不到，只得多找些。看什么时候走了运，能赚点钱糊口。”

杨逸之沉色道："那些客人到哪里去了？"

那少年又是诡秘地一笑："这个就只有仙子才知道了。"

卓王孙道："你把这个告诉我们，就不怕吓跑了客人？"

那少年摇头道："我看公子是误会了。风月场所，当然是要让客人风流快活，怎会强留诸位？诸位如果要走，我们立刻恭送出谷，不过……"他双手在胸前合十，躬身施礼道，"我已将一切如实相告，如果诸位还要进去，一切都怪不得别人了。"

他叹息了一声，转身往谷外走去。那黑衣人一言不发地跟着。两人一面走着，一面嘴里念念有词，在风雨声中依稀听出竟然是《往生咒》，似乎他们已将卓王孙三人当作死人了。

坡顶架着一柄雨伞，下面有一盏灯笼，刚才的微光就是从这盏灯笼里发出来的。旁边不远处是一个洞穴，用于掩饰的草皮泥土都堆在一旁。一块三尺见方的青石板已被揭开，里边黝黑的洞穴寂静无声，仿佛一只盲目的独眼，失魂落魄地张着。

相思望着洞口，有些犹豫。

杨逸之知道她害怕，于是站在她身后，默默等了片刻。

卓王孙看了她一眼，道："你留下？"

相思望着他，突然生出勇气来。的确，只要在他身边，世上还有什么地方是去不得的？她咬了咬嘴唇，道："我跟你们去。"

地洞下是一条曲折狭长的走道，四周一片漆黑，只有用手触到墙壁才能知道自己的位置。潮湿的石壁散发着霉臭腐败的气息，让人想起古代的墓室。走道的顶部非常之矮，三人必须躬身才能通过。那些石板似乎都陈旧不堪，摇摇欲坠，随时可能坍塌下来。冰凉的液体从头顶的石缝中不停滴落，打在脚下的石板上。湿滑的石壁把这种轻微的滴水声放得无比巨大，似乎四面八方都是回响。

也不知过了多久，走道猛地一个急转，眼前的路似乎开阔了些。不远处隐隐有些灯光，似乎大门就在眼前。

杨逸之却突然止步道："慢！"

相思一惊，道："杨盟主有什么发现？"

杨逸之伸手扶着石壁，缓缓转过身去，道："不是这条路，有岔路。"

他在石壁上寻探了片刻，果然发现了另外三条岔路。那三条岔路看起来比来路更加黑暗狭窄，曲曲拐拐，也不知通向何处。杨逸之道："这些是墓主为了防止盗墓者而修的复道，选错了就会走上歧路，在同一个地方无休止地绕下去，而且还很可能遇上机关。"

相思道："那我们现在该怎么走？"

杨逸之没有回答，转身用手在石壁上丈量着。他突然住手，挥掌往顶、壁交界处一击。

轰然一声巨响，那块石壁的上端立即粉碎，而周围那些摇摇欲坠的石块居然丝毫未受震动。

杨逸之轻挥衣袖，将石屑拂开。

石壁里边居然嵌着一块小石碑。

黑暗中，杨逸之的手指缓缓在碑上一拂，道："上边有一个左向的箭头，刻着：'此石至金刚墙前皮三百十六丈'。"

相思疑惑地道："墓主刻这样的石头，不是为盗墓者指明了方向吗？"

杨逸之道："古墓中多有后死合葬者，工匠为了预备封埋之后重开墓室，才秘密留下这个标志。"

卓王孙淡淡道："看来杨盟主对这种地形相当熟悉，难道以前在古墓中住过？"

杨逸之顿时住口，加快了步子向左边岔道走去。

又不知走了多久，眼前突然一片红光。光线也不是很强，然而三人在黑暗的墓道里待得太久，这些红光显得十分刺眼。过了片刻，一道长长的石阶渐渐清晰。

石阶的尽头赫然正是一面几丈高的金刚墙。

墙顶饰着暗黄色的玉石，墙身自底及顶布满了一种古怪的文字。檐楣上雕饰着十八只造型古异的怪兽，半身犹在墙中，首爪却已破壁而出，爪鬣飞扬，森然相向。

卓王孙道：“看来这座古墓应是在盛唐之际建成，距今已有千年之久。那万花楼的主人一夜之间重启此墓，实属难能可贵。”

杨逸之点头道：“的确难能可贵，但终属人力可及，比那些五鬼搬运的话要可信许多。”

三人来到墙前，仔细看去，光滑的墙身下部有一个不显眼的、呈山字形的痕迹，里边的石块好像有松动的迹象。

杨逸之道:“宫门应该就在里边。”他屈指一叩，两块巨石轰轰作响，缓缓向后移开。

九十九级石阶之后，一座高大、神秘的白色石门出现在眼前。

石门浑然一体，毫无雕饰。左右各有一只巨大的青铜怪鸟，鸟嘴中吐出两轮夭红的火焰，鸟腹鼓胀，里面似乎装着上千斤的灯油，看来是守墓的长明灯。

赤红的石门上挂着许多小牌，有翡翠牌、金牌、银牌。那些写着牡丹、玫瑰、杜鹃等名字的牌子全都被一根赤红的丝线倒悬了起来，在诡艳的火光下，仿佛一具具被倒挂在血海中的尸体。只有一面木牌规规正正地悬在最顶端，宛如一个骄傲的君主俯视着脚下的奴婢，漠视她们的垂死挣扎、颤抖乞怜。

上边也写着一种花名。

曼陀罗。

摩诃曼陀罗。

第十七章

美人殷勤问棋典

是曼陀罗，不是曼荼罗。

曼荼罗是此刻正在大威天朝号上鬼魅般出没的神秘道场。

曼陀罗却是一种花。

佛光之花。

《妙法莲华经》云，佛成道时，天雨此花，以为供养。摩诃曼陀罗则是曼陀罗花中最美、最具力量者，又可译作天曼陀罗。

然而此时此刻看到这三个字，相思心中还是不由一震。这两种西天之物，是偶然近名，还是有着某种神秘的联系？

幽暗火光中，杨逸之轻轻一推，偌大的两扇石门竟徐徐打开了。

某种柔软的东西从地宫里飘出，蛛网般轻拂在三人脸上。杨逸之挥袖拂开，里边竟挂着一张及地的锦帷。幽风一吹，浓重的脂粉香伴着地底的腐败气息一起扑面而来。

地宫里灯光幽暗，却恰好能让人看清附近的陈设。

三层木质楼阁就在巨石凿成的地宫中倚壁而建。宇室十分精美，紫帐珠帘，脉脉垂光；花枝雕栏，盈盈缭绕。南面的墙上挂着一幅当朝才子唐寅的仕女图，两旁一副对联：“传红叶于南北东西，心随流水；系赤绳于赵钱孙李，情属飞花”，横着四个大字：万花待选。四面也挂几幅名人题咏，博山炉中一脉龙涎微香袅袅地腾起，将这森罗之境也点染出无限春意来。

卓王孙道：“这应当是万花楼的原貌了。看来这一夜移楼之言也并非全妄。却不知这位曼陀罗仙子何时才肯下楼赐见？”

他话音刚落，一个声音从楼上传来：“女子妆容不整，礼不见客。贱妾盥洗未竟，还请几位稍候。”声音有些冷漠，也不如兰葩那样一闻之下便可销魂，却自有一种奇异的魅力。

一种仿佛来自死亡的魅惑。

楼上隐隐有水声传来。

古墓之中竟有佳人沐浴，不知又是何等风情？

楼上的门轻声开了。淹没在黑暗中的无数只烛台星辰般突然亮起，这座阴沉沉的唐时地宫顿时笼罩在一片辉煌的灯火中。时光恍如猛然倒转，这古老沉朽的地宫已恢复成为当年的华丽宫殿。

而古墓中沉睡的曼陀罗仙子也已苏醒，她一身盛唐华裳，缓缓从楼梯顶拾级而下。

她酥胸半袒，高盘的云髻上斜插着一朵曼陀罗花。曼陀罗花的颜色和她的衣服一样红，就如同在鲜血中染过。

她怀中抱着箜篌——半张箜篌。

蜀桐曲木已经残了，一头还留着烧灼过的痕迹。二十三弦中十一根已经断开，宛如被人折断的手臂，无力地在空中飘浮。她纤长的手指轻轻抚摩着怀中的箜篌，脸上带着一种高傲而又冷漠的微笑，深深注目众人。

而看到她的时候，相思忍不住吃了一惊。

她那张美丽的面孔看上去只有十三四岁。就算在她微微冷笑的时候，明亮的眸子中也还带着少女特有的天真与任性，仿佛是大明宫中某位骄纵而美丽的公主，在千年沉睡之后被突然惊醒，怀抱着当年的乐器，高傲而又好奇地看着众人。

卓王孙道：“你就是曼陀罗？”

她微微一笑，春水般的妩媚游丝一般从她的笑意中化开，飘飘袅袅，无处不在。

只这一笑，她的整张脸立刻变了，变得成熟而妩媚，如同一个风华绝代的名妓，眼波的每一丝轻动都可以将人送下美色的炼狱。

她轻轻道："是摩诃曼陀罗。"

听到这几个字时，相思心头一震。她打量着眼前这个女人，却始终猜不透她真实的年龄。她喃喃问道："你……你就住在这里？"

森寂的古墓地宫中，突然出现这样一位女子，的确让人惊诧。

曼陀罗看了她一眼，微微一笑，伸手一指身后的雕花内室，道："不，我住在屋子里。"

相思还想问什么，曼陀罗已将目光移向卓王孙二人，柔声道："难道两位来这里，就只愿意站在大厅里吗？"

莺声婉转，言语中更带了种说不出的诱惑。还不待两人回答，曼陀罗又笑道："两位到底是谁愿意和我到内室一聚？当然……"她突然低头，轻笑出声，身姿也越发媚人，"只要两位愿意，一起进来也一样。"

她居然如此直接。相思一皱眉，没想到真有一种女人能从容转换于公主与妓女之间，更难得的是从她脸上看不出一丝做作。

不过，也许这样的女人更加诱人。

相思不由得抬头去看卓王孙和杨逸之的表情。

曼陀罗轻轻掩口笑道："这位姑娘莫不是也想进来？只要姑娘出得起缠头，就算是女人也无妨。"

相思脸上一红，再也说不出话来。

卓王孙挥手示意她退开。

曼陀罗转而注视卓王孙，道："那么公子你呢？春宵苦短，若再推迟下去，岂不辜负了这番风月？"

卓王孙淡淡道："姑娘的这番风月虽好，就怕到时在下付不起这一夜之资。"

曼陀罗又微笑道："付不付得起，却总要等我开个价钱。"

卓王孙道："你要什么？"

曼陀罗道："要公子帮忙解一局棋。如果解出来了，公子今夜就是这里的主人。"

她伸出手指，轻轻摩挲着箜篌，“主人的意思，就是说公子不仅来去自由，而且……”

她抬头凝视着卓王孙，轻轻道：“而且我也是公子的奴隶。”

四周的烛光妖媚而柔和，随着她的盈盈浅笑轻轻跃动。这般良辰，这样的话从一个绝色美人的口中讲出来，的确无比诱人。卓王孙还未回答，她扶着楼栏换了一下姿势，轻叹了一声：“不过，如果公子解不出来，就只能永远留在这里陪我了。反正地下也寂寞得很，多几位这般有趣的人物，总是要好过许多。”

留在这里？

相思心中一沉，抬头看去，头顶阴沉的巨石和周围雕龙刻凤的楼阁极不协调地拼合在一起，如同女主人阴晴不定的言辞。

卓王孙淡淡一笑。

他的笑萧散而从容，仿佛只是一个系马青楼、偎红倚翠的少年公子。竟让人忘了，他来海上的目的，并不是浮槎仙岛，而是为了一场生死约战。

约战天下最有名的剑客。

他微笑道：“那么你看我能不能解出来？”

曼陀罗低着头用袖子托了托腮，脸上又流露出少女的天真来。她摇摇头道：“这个我却猜不着了……要不然，几位一起进来，每个人都试试？”

她说完这句话忍不住轻笑出声，言外之意却已不言而喻。

相思脸上又已红了。卓王孙淡淡笑道：“我们正是要一起进去，而且还不止。”

这次轮到曼陀罗脸色陡变了，她讶然道：“还有谁？”

“我。”一阵冷香从门口传来，地宫内的沉沉死气和脂粉浓香都悄然退去。来人宛如暗夜中的第一缕月光，突然照临在大殿内。

卓王孙道：“殿下还是来了。”

小晏轻轻振衣，一抹微笑如月华流转：“两位相邀，岂敢不来？只是却让在下一番好找。”

一路狂风暴雨，又从狭窄的墓道中搜索而来，而他淡紫色的衣衫依旧如此整洁，甚至连一滴雨水都没有沾染。

曼陀罗目不转睛地看着他，脸上渐渐恢复了动人的微笑，而且笑得比刚才还要甜。

她轻声道："既然这样，几位就请一起进来吧。"

入了内室，房内陈设越发华丽雅致，瑶窗篆拂，锦帘珠悬，还有无数翡翠珠玉随意地堆在屋角，其中每一样都足以炫花人的眼睛。

然而所有人的目光都汇聚到了一处——房间正中矗立着一张很大的石桌，桌上布着半局棋。

说是半局棋，不是因为它没有下完，而是因为它只有白子，没有黑子。

这些白子却不是普通的棋子，每一颗棋子上都铸着一尊美人雕像。

赤裸的雕像。

那些雕像加上棋子底座都不足一寸高，密密麻麻摆满了棋枰，正好摆成一局残棋。其他的棋子还未摆上棋枰，就用一根根绯红的丝线系住脚踝，倒悬在一旁的黑木架上，架子顶端燃着一支暗红的蜡烛。

血红的火光下，那些雕像宴乐欢饮，或坐或立，栩栩如生。有的似在抱弹琵琶，有的似要举杯畅饮，有的甚至还笑吐香舌，轻抬柳腰，似乎还在和无形的情人云雨欢会。

只是她们手中的器具都不见了，只保持着空空的姿态。

这不由得让人想起，传说中万花谷底那片尸体道场，竟和这棋局一模一样。万花谷中所有的尸体都不翼而飞，难道这些棋子……

相思猛然想到什么，抢一步上前，向棋枰伸出手去，却又顿在了半空。她脸色苍白，犹豫了良久，终于一咬牙抓起其中一个。

她的手猛地一颤，触手冰凉而坚硬。看来这些只是用羊脂玉雕刻而成的塑像，只不过特别精巧逼真而已。

相思松了一口气，注视着手中的塑像。

塑像上的女子似乎正在宽衣——她一手挽起自己的长发，一手向纤腰探去，似乎在解着看不见的罗带，脸上的微笑依旧妩媚无比。

相思忍不住多看了一眼。突然，她触电一般将雕像丢开，脸色顿时苍白如纸——那双如丝的媚眼中竟然还有神光在脉脉流动！

难道这满枰的雕像真的是用法术缩小而成的真人尸体？

她越是害怕，越是忍不住要看，这次她发现雕塑底座上刻着两个字：海棠。

曼陀罗轻叹一声，道：“我本以为只有男人才对这局棋感兴趣，想不到姑娘你也一样。”

相思深深吸了一口气，道：“万花楼的姑娘都是你杀的？”

曼陀罗在棋枰对面那张宽大的胡床上坐下，悠然道：“是。”她回答得如此痛快，仿佛根本不是在讲一桩罪恶的事。

相思注视着她，愤怒渐渐取代了恐惧。她颤声道：“你将这些无辜的人杀了，还把她们临死前的样子做成雕像，摆在自己房中日夜相对，难道你是没有心肝的人吗？”她深深吸了口气，又看了棋枰几眼，眼中已经充满怒意。

曼陀罗静静地看着她，良久才长叹了一声：“我的心肝，你又怎会明白。”

相思注视着满坪棋子——那一个个被夺去了生命却仍保持着青春与美貌的躯壳，那一条条逝去了的鲜活生命——她心中不禁涌起一阵怒意。她霍然回头，怒视着曼陀罗，道：“你为什么要做这么残忍的事？”

曼陀罗在胡床上舒展了一下腰肢，凝视着相思，轻声道：“世人生来就要受苦。”

相思道：“难道我们不应拯救他们吗？为什么还要增加他们的痛苦？”

曼陀罗笑了笑，似是在讥嘲相思的天真：“拯救世人的方式有很多种，慈悲之泪有时是没用的。”她面容猛地一冷，“你知道阿底提的传说吗？”

相思顿了顿，道：“死神阿底提？”

曼陀罗道：“她也是大梵天的女儿，一位美丽而善良的女神，却注定要掌管死亡。每一次她看到人们受苦而死，都会忍不住为世人流下伤心的眼泪。然而世人还是悲哀地死去。有一天，她再也无法忍受，问梵天为什么偏偏是她散布这六界厌弃的死亡。你知道诸神之父梵天是怎么回答她的吗？”

相思没有回答。

曼陀罗嫣然一笑，自行讲下去：“梵天说，孩子，没有什么是永恒的。有生就有死，这是轮回的法则。神要维护世界的运行，就必须承担它的法则。”

“最后梵天告诉她，死神是不能流泪的，因为她的每一滴同情之泪都会在世间散布瘟疫和新的死亡。从此这位女神就再也没有流过泪水。”曼陀罗叹息道，“最平凡的人在面对痛苦的时候都有流泪的权利，然而她没有。她掌管着，同时也经受着天地间最终的苦难。”

她缓缓转过头对相思一笑，那笑容清纯得宛如来自天界，没有一点世俗的杂质：“同样是拯救苦难，为什么你能理解观世音的慈悲之泪，却不能理解阿底提呢？”她的声音突然变得说不出地苍凉，“观世音置身净土世界，受万民膜拜，而阿底提却生活在地狱黑暗之中，承受着世人无知的咒骂、怨恨，你说，她们谁更伟大？”

相思一怔，一时想不到反驳的话，忍不住向卓王孙看去，却发现小晏双目中清光冷冷，竟一直注视着自己，不由全身一凛。她匆匆回过头，深深吸气道：“死神是职责所在，可这和你杀人有什么关系？”

曼陀罗的身子微微后仰，眼中的神光深邃而傲慢：“因为我就是死神阿底提在人间的化身！”

她的话虽荒谬无比，语气中却带有让人无法辩驳的力量，竟让相思无法回答。

曼陀罗支起身，走到相思跟前，将滚落在地上的“海棠”拾起来，轻轻放回棋枰上。她的动作温柔而仔细，仿佛一位在深闺中刺绣的少女。

刺绣的却是一幅诡异的欢喜道场。

她转过身，眸子中又凝聚起诱人的媚笑：“只顾说话，竟然冷落了客人，不如我为几位公子演奏一曲，就当赔罪。”她红衣一扬，已退回胡床上，将半张箜篌竖抱于怀，两手轻轻扶住琴弦，斜斜倚靠在雕花扶手上。

她微笑道："这张箜篌是唐代的古物，一位皇姓乐师曾用它演奏过。据说此弦一动，神鬼夜泣。"

杨逸之皱眉道："是李凭？"

曼陀罗笑道："公子好眼力。"她坐直了身体，轻整衣衫，神色也变得肃穆，突然双手一拨，一曲高亢的弦音顿时充满了地宫。

相思皱了皱眉，她万万想不到竟有乐师会作出这样一首曲子。

一首几乎不成调的曲子。

也许是少了十一弦的缘故，这支曲子变得说不出地古怪，仿佛只是一堆音符散碎地堆砌着，旋律高低回环，跳跃不定，音节之间似乎毫无关联。然而细听下去，又可以觉察到这凌乱的曲调中隐隐透出一股浓厚的杀伐之意，宛如远古战场，征战不休。

操吴戈而披犀甲，车错毂而短兵接。枹击鼓鸣，天地怨怒，神鬼号哭。

曼陀罗直视着前方，双手轮拨，越来越快，嘴里反复念着一些词句，似乎正是李贺的《李凭箜篌引》：

吴丝蜀桐张高秋，空山凝云颓不流。

秋娥啼竹素女愁，李凭中国弹箜篌。

昆山玉碎凤凰叫，芙蓉泣露香兰笑。

十二门前融冷光，二十三丝动紫皇。

女娲炼石补天处，石破天惊逗秋雨。

梦入神山教神妪，老鱼跳波瘦蛟舞。

吴质不眠倚桂树，露脚斜飞湿寒兔。

猛然间，十二条弦丝同时发出一声哀鸣，乐声和诗意一起在极高处猝然中断，宛如一个在山巅不倦旋舞的舞者，疯狂燃烧的生命终于到了尽头，随着天空中飘落的残叶一起轰然坠地。

万籁俱寂。

曼陀罗怀抱箜篌，对诸人颔首微笑，道：“这就是我要的一夜之资，诸位中可有人解出来了？”

难道这首怪诞之曲就是她开出的夜资？

能解，则可成为地宫的主人；不能，则要永留古墓。

难道，那些支离破碎的音符中真的藏着什么玄机？

众人似乎都还沉浸在诡异的乐声之中，不愿醒来。曼陀罗脸上挂着一抹讥诮的微笑，缓缓道：“诸位还有一个时辰的时间。子时一到，诸位就要留在这里，陪我。”

“其实，我很想大家能留下来。”她说最后那句话的时候笑得无比灿烂，仿佛是邻家美丽的小女孩，拉着你的衣袖说“我很想你能留下来”。

小晏抬头瞥了她一眼，目光渐渐移到那盘残棋上，沉声道：“是棋谱？”

曼陀罗脸色微变，随即又笑道：“这位公子既然听出来了，就请帮我解开此局如何？”

小晏轻轻摇头，目光又移回相思身上，道：“高手在侧，怎容我班门弄斧？你刚才所奏之曲，将前九十七手棋意藏于音符之中，郁公子又岂能不知？知而不言，或许只是觉得此局已了然于心，无须出手而已。”

卓王孙淡然道：“在下于棋艺之术可谓一无所知，怎堪这句了然于心？倒是殿下看来似已得正解。”

小晏微微一笑，道：“然而这位曼陀罗姑娘真正想要留下的人是郁公子。”

相思一怔，回头去看曼陀罗。曼陀罗似乎被言中了心事，笑容有些僵硬，随即又坦然道：“正是要请郁公子解局。”

这句话倒也在卓王孙意料之中。他也不多言，起身来到棋枰前。

曼陀罗微笑道：“白棋的布局已在桌上，而前九十七手黑棋我已寓于乐曲之中。如果郁公子没有记清，我可以再弹一次。”

卓王孙淡然道："不必。"他注视着棋局，似乎在思索什么。

四周又渐渐沉寂下来，所有人的目光都集中在那盘残棋上。那些鲜活的裸女群像在跳跃的烛光下水晶般熠熠生光，似乎渐渐恢复了生命。软玉温香的娇躯在交错的棋局上不住飞舞欢唱，肆无忌惮地挑衅着，也挑逗着。浓重的阴影紧紧跟随着她们飞扬的姿态，在棋枰上浸出了一摊摊暗红的血花。

相思只觉眼前渐渐充满了那些雪白的身体。她们俏笑宛然，娇喘微微，而她们死亡前所承受的恐怖与痛苦，也从这些飘忽的姿态、媚人的笑颜中袭人而来。

相思忍不住合上双眼，额间顿时一阵刺痛。

这时，卓王孙缓缓从旁边的支架上解下了一个雕像，正要放上棋枰时，只听小晏突然喝道："慢！"

卓王孙回过头冷冷地看着他，一丝慑人的怒意在其眉宇间一纵即逝。

地宫中顿时充满了让人窒息的肃杀之意。

小晏仿佛全然无觉，微笑着对曼陀罗道："你想用这局棋留下郁公子，似乎也太简单了些。"

曼陀罗的笑已经有些勉强："难道公子心中还有更好的棋局？"

小晏摇头道："这一局既然不能，天下也再没有棋局能够。"

曼陀罗看着卓王孙刚才欲放下棋子的地方，神色有些颓然，道："这样说我再不能留下郁公子了？"

小晏微微一笑道："棋虽不能，棋外之意却可。"

曼陀罗的眼睛又亮了起来，道："何谓棋外之意？"

小晏道："传说此局是三皇五帝时，尧为了遴选下一代圣王而设。当年这九十七手绝棋试遍天下，无人能解。"

曼陀罗道："这我自然知道。相传大贤许由也曾暗中三试此局而不得，羞愧之下方才归隐林泉，终生不问世事。"

小晏道："然而舜以布衣之身求谒，对棋三日，一子不落。开关之后，尧一见空枰，却立即将二女下嫁，并禅位于舜。尧一代圣君，其仁如天，其智如神，以棋求贤，意在托付九州。而舜不落一子而得天下，这棋外之意难道不比此局高明了许多？”

曼陀罗悚然动容。她本以为这一局是中原已失传了几千年的绝谱，没想到居然有人比她知道的还要多。

卓王孙蹙眉道：“一子不落？”

小晏悠然道：“不错，如今郁公子亦胸怀天下，可曾想过舜是如何一子不落，解开此局的吗？”

卓王孙对局沉吟，手中的棋子在半空中却再也放不下去。

小晏脸上露出一丝淡淡的微笑。他知道什么样的人、什么样的事才能激起卓王孙的兴致，看来他想得一点也不错。

而且不仅是卓王孙，全场的人咀嚼着他这几句话，似乎都已痴了。

时光仿佛在这一刻陷入了静止，所有人都在等待着卓王孙的解答。

唯有相思的注意力不在此。长久的寂静中，她心底渐渐涌起一种奇异的感觉。那是星涟留在她心底的青鸟之血正受到古墓寒气的召唤而慢慢复苏。

这寒气是如此之重，让她瞬间脸色苍白。但她不愿打扰卓王孙解棋，强行压制遍体森寒，退到一旁，背靠岩壁忍耐。但这种感觉越来越强，似乎已洞穿骸骨。不知过了多久，她终于发出一声压抑不住的呻吟，双手捂住额头，全身不住颤抖。

小晏缓缓起身，注视着她道：“果然是你。”

话音未落，他的身形已如蝶一般飘然而起，紫光悄然一闪，瞬间已退到了大门前。

杨逸之喝道：“放开她！”

曼陀罗只觉眼前一花，杨逸之已然追了过去。曼陀罗脸上的笑容顿时无影无踪。她虽然早已知道她的这三位客人都是绝世高手，但亲眼看到他们显露武功的时候仍忍不住悚然动容。就那么一瞬间，小晏居然能挟持了相思逃走，而杨逸之在突变之下居然能立刻追出宫去。两人的身影皆是稍纵即逝，瞬息便隐没在地宫的夜色中。

世间还有人有这种形如鬼魅的身法，而且还不止一个。

看来她还是小看了这几位客人。

她倒吸了一口气，忍不住回头去看卓王孙。

卓王孙静静地注视着棋盘，还在思索这棋外之意，仿佛刚才的一切与他毫无关联。就在那一刹那，门口突然传来一声山崩地裂般的巨响，地宫的石门竟已轰然落下！

第十八章

清电忽灭沉黑茧

相思觉得自己在无穷无尽的隧道中飞速穿行，周身却笼罩在一片透骨的奇寒之中。她不知道他要将自己带到哪里去。

极度的恐惧之中，她隐隐感到一股阴寒而温和的内力从他手上传来，自己额上的剧痛渐渐缓解了许多，仿佛置身在一片清冷而温和的海水中，几欲沉沉睡去。

也不知过了多久，她看到了厚厚墨云下的一缕微薄月光。

雨不知什么时候已经停了。

海风让她打了个寒战，意识也渐渐清醒。她发现自己居然在大威天朝号的甲板上，而且还被小晏抱在手中。

她面色微红，猛地一挣，道："放手。"

小晏一言不发，将她放下。他眼中已是一片冰冷的杀意。相思一触到他的目光，不由惊退了几步。她努力让自己止住颤抖，道："殿下你……"

小晏默默地看着她，那张完美得让人不敢谛视的脸在月光下显得如此清冷，几欲透明。

相思只觉心脏都要脱离了躯壳，她尽力控制着自己的声调道："你想干什么？"

他的紫衣如暮云微动，一步步向她走来："我只想证实一件事。"

相思愕然后退，道："什么？"

他眼中杀意更盛："看你是否是我要找的人。"

相思惶然地摇了摇头："我不明白你在说什么。"

月光鼎盛，他望着大海深处，美丽而优雅的脸上突然掠过一丝极不相称的烦躁：“你不用明白。”

他猛地回头注视着她，缓缓道：“脱衣服。”

相思惊退一步，脊梁已抵住了冰凉的铁栏，道：“殿下，你说什么？”

微风吹起他的紫袍，他的双眸澄如止水，连一点涟漪都无。他冷冷道：“把你的衣服脱掉。”

相思的脸上布满了惊骇，颤声道：“你……你难道疯了？”

小晏缓缓抬起袖，修长的指间透出淡淡冷光，面上尽是烦乱之色：“不要逼我动手。”

相思握住铁栏的双手都已发白——现在就算想要跳下海去也是妄想。她能阻止空蟾跳海，他就能阻止她。

何况，就算跳下去也没用。

相思绝望地合上双眼，就这样过了很久。他似乎也没有急着逼她——或许，他更想慢慢欣赏猎物的恐惧与绝望？

她突然睁开眼道：“好。”伸手将腰带解开，轻轻一褪，香肩已半露在月光中。

小晏脸上看不出一点表情，只是注视着她，目光寸寸下行，似乎要从她身体上找出秘魔的印记。他冷漠的目光下，相思感到一阵刻骨的屈辱，寒风吹来，她身体猛地一颤，一滴泪水忍不住滑过苍白的脸颊。

“住手！”

相思抬眼看去，脸上顿时一片绯红。

是杨逸之。

他终于追了上来，虽然有些喘息。他此刻的脸色几乎和小晏一样苍白，冷冷道：“放了她。”

小晏将目光移向大海，良久，对相思道：“你走吧。”语气轻描淡写，似乎他说的不是一个人，而是一只可以任人差遣的玩物。

相思拉起衣服，紧紧掩在胸前。她已经不再流泪，眼中只有愤怒。在这一刻之前，她无论如何也想不到这个气度高华、容光绝世的皇室贵胄竟会对她如此无礼。

这是她平生第一次受到这样的羞辱。然而此刻，她既不能报复，也不能痛哭。她用力咬住嘴唇，背靠铁栏慢慢往楼梯退去。

她的脚步突然止住。楼梯上迸出几声声嘶力竭的呼喊，然后是金属古怪的脆响和一阵极为凌乱的脚步。

那几声听起来不似人声的呼喊，恍惚竟组成了三个字，那是恶魔的名字。

阇衍蒂。

相思刚一抬头，一团黑影已向她扑来。黑影浑身乱颤，来势极快，连杨逸之和小晏也只能勉强认出那就是敖广。

敖广似乎已被吓得疯了，满脸的肌肉都扭曲着，金拐也不知丢到了何处，一条残腿支撑着肥重的身子，拼命往前跳。他口中不停地狂叫“阇衍蒂”“阇衍蒂”，似乎那无形的怪鸟就在他身后张开幽蓝的羽翼，一步步驱赶着他，将他赶下黝黑的大海。

敖广突然失去平衡，重重地滚在地上，身上的金玉薄片发出剧烈而尖厉的哀鸣。他抬起头，舌头似乎已被咬伤，浑身不住抽搐，呕出鲜红的血，口中呜呜咽咽，再难听清。

相思刚要躲开，他猛地从地上跳起来，向她扑来。

相思尖叫一声，大惊之下已忘了躲避。就在那一瞬间，杨逸之纵身跃起，猛地将她拖开。

这时，小晏突然出手。

一道寒月般的光泽从他袖底猝起，直袭向杨逸之的咽喉。他这一击的目的不是要伤他，却是要逼他将相思放开。

果然，杨逸之轻轻推开相思，身形如白云出岫，往旁边退开。

这一退的时机恰到好处，身法也潇洒而从容。

只是速度却慢了好多，慢得简直让人难以置信！

小晏的目光中也流露出惊疑之色，眼看袖中的蝶丝就要刺入他的咽喉，情急之下只得挥手一收。

然而两个人的速度实在是天地悬殊，小晏手中的蝶丝虽然避开，但那一掌的部分力道还是打在杨逸之的肩上。

砰的一声，杨逸之整个身体几乎被打得飞了出去。

小晏这一掌竟仿佛击在一个全然不会武功的人身上！

小晏凌风立定身形，眉头紧皱。以杨逸之的修为，要接下这一招并非难事。然而他刚才的武功简直弱到了不可思议的地步，就算刚历大战或旧伤复发也绝不至此。

这到底是怎么回事？

正在相思瞠目结舌之时，敖广已重重地扑到她身后的铁船栏上。

铁栏轰然巨响，敖广头上仿佛被猛击了一下，惨叫一声，身子剧烈抽了几抽，就软软地倒了下去。

他直挺着倒在相思脚下，面目说不出地扭曲狰狞，胸口却已没有了起伏。

他终于没有逃脱恶魔的追赶，在众目睽睽之下，脑后已受致命的一击。

而他身后空空荡荡，只有海风凌乱地吹拂着。清寒的月光将甲板上的一切拖出长长的阴影，似乎是恶魔悄然退去的影子。

甲板上再无声息，只有相思焦急的轻唤："杨盟主，杨盟主。"杨逸之倒在地上，似乎受伤不轻。

小晏长袖垂地，注视着杨逸之。紫影微动，已到了两人跟前。相思突然起身，用身体挡住他的去路。虽然她害怕得不住颤抖，眼中也含满了泪水，却丝毫没有退缩的意思。

她一字一顿地道："你到底要怎样？"

小晏冷冷看着她，双眸中充满了难以言表的忧伤。他伸手将她拉开，轻轻说了一句："你不会明白。"他的动作很轻也很柔和，相思却觉得一种不可抗拒之力沛然而来，瞬时已将她推到了一旁，全身连一丝真气都未被引动。

她知道自己绝对无法阻止眼前这个人，然而她又不能不阻止。

小晏走到杨逸之跟前，俯下身去，伸手试他的呼吸。相思怒喝道："住手！"手心中紧握的十二枚水晶月已被冷汗濡湿。

那十二枚水晶月是她最后的绝技。

她心中明白这一击最多也不过拖延小晏片刻的时间。或者只能激起他的怒火，让他做出更可怕的举动。她当然也知道杨逸之是卓王孙生死决战的对手，为了他去激怒这个比魔王更加可怕的皇族是一件极不明智的事情。

但是她不能退缩。

不是因为勇敢——她现在怕得要命，恨不得逃到小晏找不到的地方才好，只是她坚信知恩就应该图报，杨逸之既然为她而伤，她就决不能袖手旁观。

决不能，就如同……

记忆瞬时间恍惚，仿佛有什么温暖的东西在冲撞着心扉，却在刹那间消失得无影无踪，只留下一滴泪，悄然滑过腮际。

那是回忆吗？是什么样的回忆？为何如在眼前，却偏偏无法记起、无法言说？

相思刹那间无言，身子轻轻颤动着，手中的水晶月漾起一阵紊乱的光芒。

正在这时，楼梯上又传来一阵嘈杂之声。不知从哪里冒出了几十个人，瞬时已站在甲板上。那些人身上都穿着官服，手中擎着火把，把甲板上照得明如白昼。

四下惊声不断。其中一个冲上前去，试了试敖广的鼻息，道："断气了！又死了一个！"

另一个人道："岳大人还没有回来，现在如何是好？"

一个官阶略高的人道："立刻将尸体封存，等岳大人回来验看。"四五个人立刻上前，迅速将尸体抬了下去。

那人回头道："咦？那不是小晏公子，还有郁夫人？"

相思突然伸手指着小晏道："快将他抓起来！"

那人吃了一惊，道："什么？为什么抓他？"

相思扶起杨逸之，一字一顿道："因为凶手就是他！你们还不快动手？"

那些人相视了一眼，甲板上白光一闪，几十个人的兵器已经一起亮出。为首那人道：“小晏公子，既然有人指证你是凶手，就请你跟我们回去一趟。”

小晏站在夜风中，连看都没有看他一眼。

为首那人等了一会儿，突然一挥手。几十个官差顿时分为三组，迅速向小晏合围上来。第一组官差手一扬，十余条铁链宛如蛟龙出海，向小晏齐袭而至。第二组在圈外飞速游走，手中的判官笔蓄势待发，只待锁链将对手缠住，即可分点他周身穴道。最后一排人手持袖弩，远远护卫，以防不测。

这些官差虽然人数众多，出手却不仅整齐，而且很有秩序，看来他们练习这合围之术绝非一日之功。

他们并没有机会看到小晏当时一举歼灭黑帆倭寇的场面，也就不像别人那样害怕。

因此他们出手都很稳，很有力，也很自信。

也正因如此，相思才希望他们能阻止小晏，只要片刻的时间就已经够了。

然而还没待第一排的锁链飞到小晏面前，这几十个人竟一个接着一个无声无息地跌了下去，一动不动地躺在甲板上。

小晏默默站在中心，神情闲适而优雅，似乎连衣袖都未动过。

相思的脸色更加苍白，这根本就不像武功，而像是妖术。那些人就像是被妖法控制，突然间被吸去了灵魂。

眼前紫光一闪，小晏已来到相思跟前。他摇头轻叹道：“为什么要做这些没用的事？莫非真的是越美丽的女人就越愚蠢？”

相思全身颤抖，抬头直视着他，仍然没有丝毫退让的意思。

小晏看着杨逸之，冷冷道：“如果你还是挡在前面，不让我给他治伤的话，他肯定活不过今晚。”

相思冷笑道：“你……你以为我会相信你？”

小晏淡然道：“如果我现在要杀他，又岂是你能阻止的？”

相思哑口无言。

小晏缓缓绕过她，垂地的衣角无声无息地从甲板上滑过。

透骨的寒香让朦胧的月色也凉如冰水。

他突然伸手去扣杨逸之的手腕。相思惊呼一声，只见小晏的紫色长袖已如流云一般飘起，他紫色的身影宛如一只巨蝶，无声无息地向甲板下退去。

相思道："杨盟主！"正要追去，突然肩上一凉，全身再也动弹不得。一枚半月形水晶从她肩头落到地上，赫然正是她刚才握在手中的水晶月。

相思感到一阵绝望袭来。一滴冰凉的液体凝聚在眼中，却连滴下来的勇气都没有了。月影如霜，四周死一般沉寂。倒地的官差们神色痛苦不堪，还在徒劳地挣扎着。相思静静地倚栏坐着，海风掀起她未整的衣衫，隐隐有些寒意。

杨逸之为何冒险救自己？他的武功为何会突然减弱？他于重伤之下被小晏带走，会受怎样的折磨？如今，他还活着吗？这一切，她不得其解、不敢去想，也无能为力。

也不知过了多久，终于，楼道上又传来了人声。

"岳大人怎么现在才回来？"

岳阶长叹了一声："上个月广州府又出了一件大案，上头飞书传我去看看。"

"可是万花楼的事？"

"不错。而且案情极度复杂，虽然我百般脱身……"他叹息了一声，似乎其中还有许多难言的变故，"还是未能赶在子时之前回来。好在晚得不多，希望下一桩凶案还没有发生才好。"

那人淡然道："但愿如此。"

相思苍白的脸上顿时掠过一片嫣红的笑意，她终于不必再害怕。

那另一个人赫然正是卓王孙。

第十九章

碧落天桑荣复枯

甲板上隐隐有了火光。

岳阶看到满地被点穴的手下，不禁大吃一惊，急忙出手帮他们解开穴道。甲板上呻吟声、询问声顿时乱成一团。

卓王孙不去看他们，径直向相思走来。他的手一触到相思的身体，相思就感到一股暖意行遍全身，行动顿时恢复了正常。

卓王孙缓缓道："小晏？"

相思疲惫地道："是他，他还捉走了杨盟主。而杨盟主刚才的武功……"相思努力摇摇头，似乎至今仍难以相信。

卓王孙脸上不见丝毫的惊讶，点头道："刚才在墓穴中的时候，我已经发现了。"

相思讶然道："难道杨盟主也和我一般，功力无故外泻？"

卓王孙摇头道："与你不同，或者说，与所有人都不同。杨逸之全身本来就毫无真气。"

相思愣住了，她只知道江湖中的武功，修炼体内真气乃是第一根本。而杨逸之此时内力之高，天下已罕有其匹，若说全身毫无真气，实在是匪夷所思。

卓王孙继续道："虽然如此，我还是感觉出他的功力在墓道中急遽减弱，等到最后追小晏而出之时，实已是强弩之末。"

相思恍然道："难怪他那么久才赶来，不过武功突然减弱，这又如何可能……"她突然抬头道，"难道是杨盟主故意示弱，有所图谋？"

卓王孙摇摇头，淡淡道："无论如何，现在都该是我们去找他的时候了。"

两人正要起身，就听岳阶道："慢！"

卓王孙道："岳大人有什么指教？"

岳阶眉间隐隐有些怒意，道："你们三人搞什么玄虚与我无关，但船上的凶案是我分内之事，案情未清之前，谁也不得离开。"

卓王孙皱眉道："凶案？又有人死了？"

岳阶冷笑道："敖广已经暴毙，而当时杨盟主、小晏和尊夫人都在现场！"

卓王孙沉吟道："敖广是几时遇害的？"

"戌时。"

卓王孙道："但屏风上预告的是子时。"

岳阶冷笑道："我如今才明白，那些预告不过是转移注意，掩人耳目而已！"

卓王孙摇摇头，又问："尸身旁可有曼荼罗道场？"

岳阶回头看着那帮官差，那些人一起摇头。岳阶道："恐怕是因为这么多人在场，凶手来不及布置。"

卓王孙淡淡摇头："凶手杀死兰葩、庄易时，无论作案手法还是现场布置，都与屏风所绘一般无二。那么敖广之死，想必亦会参照屏风所示。凶手布下连环杀局，且敢于将杀人时间、手法提前公之于众，亦可谓大智大勇，决不会在此案破例。岳大人必定是弄错了什么。"

岳阶冷笑道："听郁公子之言，倒是对凶手颇为推崇。只是若是天不假力，纵使大智大勇又能奈何？"

卓王孙不再和他理论，将目光投向海天深处。难道敖广的死不在六支天祭之中？或者这一切不过是一个障眼法？

他沉吟了片刻，突然道："敖广的尸体在哪儿？"

"和兰葩、庄易的一起，在黄二房入殓。"

卓王孙淡淡叹息道："蠢材，当时敖广并没有死！"

岳阶脸色剧变，立时冲了出去。

敖广慢慢地从昏睡中醒来，只觉四周一片黑暗。夜色如最浓厚的迷雾，阴沉地笼罩在面前。

他摇了摇头，巨大的耳鸣折磨着他如在宿醉的头颅，浑身上下刺痛难当，没有一处舒服的地方。他不由得翻转了下身子，却砰的一声撞在了木板上。敖广吃了一惊，急忙用手探勘时，却发觉自己被关在一个密封的狭长窄小的箱子里。箱子宽仅两尺，刚能容他转侧，头脚都抵在木板上，手脚酸软麻痹，难受至极。

敖广的头脑中仍然一片混乱，丝毫想不起自己是怎么被送到这么个怪异的地方的。他伸手敲了敲板壁，一阵陈腐恶臭的气味传来，敖广突然想起一物，不由心下一阵冰凉。

棺材！只有棺材里才有这种气味。

那是尸臭，和兰葩、庄易身上一样的尸臭！

更要命的是，这种气味似乎正是从自己身体上散发出来的。

敖广不敢再想，伸出残臂，拼命地敲打着木板，嘶哑着声音呼叫着，却始终没有任何回应。恐惧宛如眼前的黑暗，越来越浓，似乎无数暗影伴着恶臭高踞在他头顶，在这黑暗的边际对他狞笑。

敖广打了个寒噤，不由自主地停下敲打，连呼喊也不敢了，另一个意念慢慢浮上脑海：难道我已经死了？

他颤抖着伸出手，探向自己的鼻端，呼吸温热而潮湿。他心中一振，自己还没有死，也不能死。他还有数不清的田产、成群的儿孙、如花姬妾，天朝号上几乎所有的人都还欠着他数不清的银两，一旦下了船，等着他的依然是呼奴唤婢的豪富生活！

必死的恐惧既然褪去，转之而来的就是求生的迫切意愿。敖广让自己冷静下来，缓缓从身上的金缕玉衣中抽出一段乌金丝来。这段乌金丝只有手指那么长，看上去非常软，然而在几十年的海上生涯中它不止一次救过他的命。

敖广精神一涨，将乌金丝绕在指尖，摸索着木板的纹理挖了起来，不消多时就挖了一道缝隙出来。虽然这条缝小得几乎连光线都透不过来，但还是让敖广欣喜若狂，手上更加用力。

不多会儿，棺木接缝处透出一线光明，棺盖上的长钉也已经松动。敖广大喜，奋力往上一推。

棺盖纹丝不动，敖广全身顿时宛如被浸入冰水之中。

接缝长钉都已松动，棺盖却如牢牢浇铸在了棺身上一般。这种情况只有一种可能，就是棺盖上正覆压着某种东西。

某种极其沉重的东西。

敖广仿佛看到某种魔物正张开了极大的双翼，蹲踞在黑色的棺木之上。他全身一凛，巨大的恐惧让他来不及多想，将手伸到木板上一阵乱挖。木板坚固，岂是区区指甲能够挖开？越是这样，敖广抓得越急，仿佛肉体的疼痛能让他暂时忘记慑人的恐惧。

突然，啪的一声脆响，左手中指指甲从根折断，血淋淋地翻起。所谓十指连心，这一下疼得敖广全身颤抖，暴跳起来。

棺中本来逼仄，敖广一头撞在棺顶上，霎时眼冒金星，疼得几欲晕去。不过这一撞之下，倒减淡了些手上的痛楚。敖广手指疼痛难忍，忍不住又是狠狠几下撞在棺顶上。

敖广虽然不会武功，但棺木本已单薄，又如此几经折腾，就听咯的一声，棺盖翘起，露出一条狭小的缝来。一阵酸腐阴潮的气息随后涌来，虽是难闻至极，但在敖广此刻嗅来却无异于芝兰之香。大喜之下，他用肩头用力顶了几顶，棺盖应声而落。敖广顾不得头上的疼痛，赶紧爬了出去。

房中散乱地摆着几具棺木，自己身在那具正当中间。他惊惧地向落在地上的棺盖看去，漆黑的木盖上却空无他物。

方才那巨大的压迫感到底从何而来？

敖广心中一颤，此时也顾不得多想，扶着墙站直了身体，就待逃出门去。

突然，身后传来一声阴森的冷笑。

敖广一惊，刚要回头，一根极细的丝线悄然缠在他的脖子上。敖广脑海中猛然闪过刚才甲板上的情形——海浪滔天涌起，铁栏宛如上古洪荒巨兽扑到自己的身上，一种莫名的力量瞬间流窜全身，将魂魄挤出身外。敖广用力挣扎，但身后的手越收越紧，一阵漆黑暖融的光闪过，敖广脑海中还残留着生之欢乐的迷思，就已再度气息奄然了。

岳阶冲到停尸间前，房门紧锁。他顾不得去寻钥匙，砰的一脚将房门踢开，一招“云飞鸟渡”，蹿了进去。

卓王孙悠然立于门外，似乎整件事都与他无关。

良久，岳阶垂头丧气地出来，对卓王孙一揖到底：“郁公子真是高见，老朽愧领教诲。只是凶手到底是谁，还请公子点拨。”

卓王孙回礼道：“郁某不过是偶言误中，至于凶手是谁，如此大事，可就不是郁某一言能决的了。”说着，飘身进入房中。

就见金玉碎屑散落满屋，宝光玲珑的碎屑竟然组成一个硕大的曼荼罗像，映着几具棺木，更显诡异。

敖广浑身焦黑，单腿站在曼荼罗的正中。

他皮肤黑如枯炭，身体扭曲，一条残腿也被齐踝切断，鲜血淋漓的截口立在曼荼罗道场中，支撑着僵硬的身子，摇摇欲坠，却并不倒下，看上去直如地狱变相。他的残臂伸展开来，在头顶结了个奇怪的手印。显得硕大异常的头颅尽力后仰着，颈中鲜血已凝结成块，还在不断滴下。那面目模糊的脸上竟带着一丝期待的笑容——那笑容诡异至极，宛如一个九岁孩童要从母亲手中接过糖果。

卓王孙悄然走近，仔细地看了他全身一遍，突然出指从他颈中的伤口里挑出一根还未全焦的发丝，凝目注视了良久。他的眼中慢慢浮出一丝笑意，转身走了出去。

岳阶早就等得不耐烦了，在房外不住踱步。见卓王孙出来，他急忙迎上去问道：“郁公子看过尸体了，可有什么高见吗？”

卓王孙淡淡道：“正是要向岳大人请教。”

岳阶拱手道：“那老朽就先抛砖引玉了。以在下对现场的勘查来看，敖广全身皮肤被烈焰灼烤过，颈中有一条极细的伤痕，从伤口附近的肌肉形状来看，应该是被一条极细的丝线勒毙的。只是在现场并没找到残留的凶器，也没发现任何脚印、手印，可见凶手心思细密。丝线如此触手即断之物居然能勒毙活人，可见凶手内力之深厚。若作案者真是如此来去无踪、谨慎细心、凶狠毒辣而又武功强横的高手，那就不是老朽所能够对付的了，还要请郁公子看在武林同道的面上，施以援手为幸。”

卓王孙淡然道：“在下援手毫无用处，却是不知杨盟主和小晏公子肯否援手。”

岳阶顿了顿道：“这两位和案情当然最有关联，不过在下已经派人去请了。”话音未落，杨逸之和小晏已到了门口。两人神色淡然，似乎什么事都没有发生过。

尤其是杨逸之。他身形如行云流水，飘逸而从容，哪里有丝毫武功消失的迹象？

相思惊讶地看着他，他却将目光挪开了。

岳阶道：“殿下，听郁夫人说，你打伤并掳走了这位杨公子。”

小晏冷冷道：“伤是伤了，不过……”

岳阶追问道：“不过什么？”

小晏叹了一声，似乎不愿多讲，道：“请杨盟主到我房间去，原只是为了替他疗伤。”

岳阶双目神光一涨，缓缓道：“这么说，两位刚才是一直待在殿下房间中了？”

小晏道：“不是。”

岳阶的眼睛越发亮了，道：“这么说来，两位到底是去了哪里？”

小晏道：“杨公子的确不愧为中原武林盟主，我替他过血不到片刻，他就已经完全恢复。”

岳阶道：“恢复了又怎样？”

小晏道：“恢复了自然就不愿再留在我那里。”

此事对杨逸之来讲是奇耻大辱，一旦恢复功力，自然一刻也不肯留下。

岳阶道：“然而殿下就这样放杨公子回去了？”

小晏冷冷道：“在下自然是愿意留杨盟主过了子时才走，只是力有未逮。”

卓王孙道：“杨盟主重伤初愈，殿下这句‘力有未逮’，是否过谦？”

小晏轻描淡写地道："本来以在下那点薄才，也不是完全没有机会。只是替杨盟主过血疗伤的时间虽不长，却多少有些累了，加之在下孤陋寡闻，实在没有想到杨盟主的武功已高到了如天风缥缈、来去无痕的地步，想留也留不住。"他看了杨逸之一眼，"非但没有留住，连自己也不得不留在房中疗伤。"

岳阶沉下脸来，道："如此说来，两位刚才交过手？"

小晏道："也可以这么讲。"

岳阶道："那么两位子时的行迹，都无第三人可以证明了？"

小晏并不出言，竟似默认。

杨逸之面色阴沉，更连看都不看大家一眼。

卓王孙叹道："非但他们两人没有，连在下也没有。"

岳阶顿时就像被人抽了一记耳光，脸色难看至极。无论这三人之间的关系如何云山雾罩，至少有一件事情是清楚的，那就是要三人离开大威天朝号的计划完全失败了！

不仅失败，而且凶手似乎还利用了这个计划，把本不可能做到的案子完成得轻而易举。

甚至，甲板上的每一个人无意中都成了帮凶。

窗外海风呜咽，似乎就是讥诮的笑声。

岳阶尽力止住恼怒，目光从卓王孙、小晏、杨逸之脸上一一扫过。三人的目光都静如止水，波澜不兴，似乎无论遇到什么事，都不会让他们的神色有丝毫改变。

岳阶的心一点点往下沉，他明白无论凶手是其中的哪一个，都必定是平生未见的强敌。而对于这样的强敌，光凭他一人，胜出的机会无疑少得可怜。

他缓缓将目光停留在卓王孙身上，道："不知郁公子有何高见？"

卓王孙道："我的高见就是该去睡觉了。"

岳阶皱眉道："睡觉？"

卓王孙道："夜深人静，海游无事，难道不正适合睡觉吗？"

岳阶道："血案当前，怎么可以说是无事？"

卓王孙冷冷道："即使有事，那也是你们的事。难道为了你们的事，我也不要睡觉了？"

岳阶还要说什么，卓王孙已拂袖而去。

岳阶伸了伸手，却终于不敢拉住他。

夜深人静时，卓王孙独坐在船舱中，眺望着窗外的明月。

今夜本是十五，月轮若白玉之盘，皓洁无瑕，却被天空中的云雾笼罩，光华隐没。

正如大威天朝号上的旅客，每一个都有潜心掩藏的秘密。

这些秘密看似并无关系，却似乎又在某种奇妙的因缘下编织在一起，构成一张密不透风的网。无论每个人的力量有多强大，一旦沾上这张网，命运都将不再属于自己。

万花楼中，留住他的棋局必然和大威天朝号上发生的命案有关。那个以曼陀罗为名的女子，耗费巨大的人力、物力，移万花楼于古墓，当然不是为了做烟花生意，而是有意等候他们到来。

也正是她的苦心安排，让这看似不可思议的凶案得以在规定的时间内完成。

卓王孙也怀疑过，她就是海上凶案的真凶。小晏劫走相思时，他并未立即追上，一是真心被棋局吸引，二是有意为之。有杨逸之在，相思应该会安然无恙，他要留下来试探曼陀罗，在解出"局外之意"的同时，也解开"天祭"的真相。

最终，从种种试探中，他得出结论：曼陀罗并未踏足过大威天朝号，也因此不是凶手。

还有一种可能，她只是凶手的帮手，在岸上布好圈套，以逸待劳，拖住三人，使真凶能够从容作案。

曼陀罗绝非易与之辈，能支使动她的人，又是谁？

而这一切线索，似乎隐隐都和一个人有关。

杨逸之。

想到这里，卓王孙不禁皱眉。为什么偏偏是他？

三连城之战后，他很清楚，天下之大，谁都有可能成为朋友，唯有他们两个不能。最好的办法就是假意忘记之前的一切，以陌生人的方式相待。这样，当生死决战来临时，才能真正全力以赴，再不容情。

但决战前的意外同行又将两人紧紧绑缚在一起。

说好了从此陌路，却再一次免不了宿命纠葛。卓王孙仰望明月，淡淡叹息。

“杨逸之，你又在隐藏什么呢？”

第二十章

枉劳人间白玉盏

接下来的两天，大船一直航行在茫茫远海之上。蔚蓝的海波泛金泻银，美丽无比。风暴终于远去，大海又恢复成了一个温柔和蔼的女主人，用阳光和微笑欢迎着天朝号上的客人们。

然而，这些客人在不知不觉中已少了三个。黄二的棺材也少了三具。他们在清晨的阳光下被葬入大海。

看着黑棺在平静的海波上越漂越远，渐成海天之际的三个小黑点，众人的脸色都异常阴沉。

棺材里的这三人生前都极不普通，然而现在也不过是白云碧波里的小黑点。在这艘离奇的客船上，生死是如此容易。谁都可能成为湿婆的下一个祭品，无论你有何等的心智武功、何等的身份地位。

六支天祭。

这四个字宛如魔咒，沉沉盘旋在众人的心头。一些海鸟在风中欢快地鸣叫，乌黑的双翼将点点朝阳的影子带到众人头上，又被微凉的海风吹散了。

步小鸾似乎感到有些冷，纤弱的小手在卓王孙掌中轻轻打着战。卓王孙牵起她进了船舱。

刚到走廊，就见唐岫儿和谢杉聚在屏风前，不知正在做些什么。

步小鸾偎依在卓王孙身旁，仰着头轻声道："他们在做什么啊？"

卓王孙道："我们可以过去看看，不过不能看得太久，你该回房休息了。"

步小鸾很乖地点了点头，两人来到屏风边。唐岫儿一直注视着谢杉的举动，也没在意两人的到来。步小鸾忍不住顺着看去，就见谢杉蹲在第四幅屏风前，手上裹着一层白布，蘸了种淡蓝的药水，小心地把屏风由下而上地擦刮着。

卓王孙似乎来了兴致，一时也没有再催促步小鸾回房。只听步小鸾怯生生地问了一句："你们在干什么呀？"

唐岫儿不耐烦地挥了挥手："别吵！你小丫头懂什么？别把那个草包名捕给我嚷过来了，他一插手，再明白的案子也越办越糊涂。"

步小鸾还要说什么，却见谢杉突然停下了，一脸惊讶。

唐岫儿问："怎么了？为什么停了？"见谢杉一言不发，连忙凑了过去，就见屏风右下角依稀露出几个字，有两个赫然就是"谢杉"！

谢杉清秀的脸顿时毫无血色，双手忍不住颤抖起来。唐岫儿低声骂了句："没用！"一把夺过谢杉手上的白布，三下两下将整个屏风抹拭干净。

一面森绿的曼荼罗图像显露出来，曼荼罗下一行血红的大字：子时、谢杉、玄四。

拳头大的字以猩红的颜色刺出，看上去极为触目惊心。谢杉踉跄后退，似乎连站立的力气都没有了。

画面上一片阴郁惨淡，青碧的颜色刺出的大片林木，构成一个狞恶的曼荼罗。林木中站着一尊无头僵尸，被藤蔓纠缠着。僵尸的双手捧在胸前，手中赫然竟是他自己的头颅！

那颗头颅已经被藤蔓撕扯得扭曲变形，唇边却带了丝讥诮的笑容，似乎面前有大苦在折磨着世间之人。黏稠的液体不断地从他的眼中滴下，在他的脚边化成新的藤蔓，缠绕撕扯着他的躯体。

阴沉的走廊似乎被这种森绿的颜色灌满，那些黏稠的汁液仿佛就要破壁流出。黑暗深处，仿佛有头颅尖锐的笑声隐约传来。

步小鸾啊地惊呼出声。卓王孙挥袖遮住了她的目光。唐岫儿虽然自命胆大，却也忍不住退了两步。

卓王孙踱上前去，仔细打量那扇屏风。

步小鸾颤声道：“这画好可怕。”

卓王孙淡淡道：“不过是画而已，你越去想，它自然越可怕，你若是不去想了，它们也无非是些颜料和木头。”

只听后面有人微叹道：“只怕不是这么简单，天地之秘，不是人力可穷尽的。”

卓王孙知道是小晏，回过头去淡然道：“论到博闻强识，那自然还是要请教殿下了。”

小晏似乎完全忘了那天在甲板上对相思的所为，若无其事地轻叹道：“这幅曼荼罗主杀戮，行祭之法在六支天祭中最为诡异。无人可知第四界天主是如何向湿婆的第四化身兽主献祭的，只知道……”他摇了摇头，轻声道，“此天祭图一出，杀伐之气充塞天地，万兽暴虐性起，互相残杀，直到血没天界。但是它出现在天朝号上，就不知是何等征兆了。不过从画下留字来看，似乎是说下一个应祭者将是谢公子。”

谢杉强笑道：“谢某并非弱质女流，也不是那贪财之辈，凶手将时间、地点说得这么明白，难道谢某就坐以待毙不成？大不了拼个鱼死网破，总不能让二位看低了。”

卓王孙拉着步小鸾向房间走去，长叹道：“你已经死了，因为你已经怯了！”

谢杉脸色苍白地坐在房中，不时叹息一声。唐岫儿在他面前走来走去，看他一副垂头丧气的样子，忍不住道：“看你平时吹得何等英雄了得，被人家写了个名字出来，就吓成这个样子，要叫我哪只眼睛看得上呢？”

谢杉道：“可是之前几个人都这么死了。唉，没想到这次出来惹出这么多事，要是我爹知道……”

唐岫儿秀眉一扬道：“又来了！别人被他唬住了，那就是该死，我们唐家若是也怕了这些江湖宵小的伎俩，蜀中唐门以后怎么在武林中立足？”

谢杉叹了口气，道：“你是唐门的，自然不怕。我哪里有这么威风。”

唐岫儿横了他一眼，道：“难道你不想做我们唐门的人？”

谢杉胸中一热，讷讷地说不出话来。唐岫儿趁机道：“表哥，我们不如就利用这凶手的嚣张气焰，趁机捉住他？”

谢杉吓了一跳，骇道：“你还想捉住他？”

唐岫儿哼了一声道：“你们还叫什么男人呢，怎么这么一点骨气都没有？有人要杀我们，我们捉他出来，这有什么不对？不要说他还惹到我们头上，单是这么嚣张地在我面前杀这个杀那个，就是很不给我面子！我若不抓他出来，枉称我这‘闺中诸葛’的美名了。”

谢杉道：“那你想怎样？”

唐岫儿转了转眼珠道：“其实也很简单，他说要在子时、玄四杀你，你就在子时时分待在玄四里。有我守在门外，就算不能当场捉住他，至少也可看得出他是谁来！那时看他如何遁形！”

谢杉叹道：“原来这条计策无论成是不成，我反正是死定了。”

唐岫儿道：“你自己的房间，好好地查一遍，又有我在外面，难道凶手还真的可以飞进去？再说你总是谢家的长孙，平时总是夸自己的武功多么了得，难道就只会任人宰割？他来杀你，你就不能杀他？”

谢杉被她说得有些讪讪的，也不禁觉得这方法的确有些道理。何况在一向心仪的表妹面前，他倒也真不肯泄了这口气。雄心陡起，他高声道：“既然如此，我们就看这凶手到底有什么神通，可以虚空杀人，就这么取了我的性命不成？”

唐岫儿盈盈一笑道：“这才像个江湖上的英雄好汉嘛。走吧，我们现在就先去仔细查看一下你的房间。凡事预则立，不预则废，我就不信我们如此准备，还能叫那凶手钻了空子！”

谢杉脸上终于露出了些笑容，跟唐岫儿一路向他的房间行去。

吱呀一声，黄四房间的门开了，岳阶站在门口看着两人的背影，眼中光芒闪动，喃喃道：“这丫头虽然一向疯疯癫癫，但这一招倒也真不失为一个好方法。若它真的奏效，我这老身子骨也可早点回家休息了。”

一声未了，就听身后卓王孙叹道：“世间之事，只怕没有眼前看来的那么容易。”

岳阶心下大疑，还要再问什么的时候，卓王孙摇了摇头，自顾自走了。岳阶沉思许久，也悄然走了出去。

亥时。

唐岫儿一身劲装，坐在谢杉的房门口，身上斜背着暗器囊，眼睛随着走廊中亮如白昼的灯火滴溜乱转。夜晚，海上的风声似乎也停止了嘶吼，四下一片寂静，唐岫儿只觉心中有种莫名的兴奋支撑着，似乎盼望着凶手早些显身。

忽然身后一声咳嗽，唐岫儿猛然转身，就见岳阶手中提了个小小的茶壶，还有个燃了火的红泥炉子，施施然地走到走廊上，将炉子支起，茶壶放了上去，一面叹气一面道："人老了就是不中用，这么好的夜晚却就是睡不着觉，煮壶茶消消这永夜也好。"

唐岫儿道："你要煮茶去厨房煮去，别在这里碍手碍脚！"

岳阶冷冷道："我倒不知道唐大小姐除了包了两间房子，什么时候将这走廊也包下来了。"

唐岫儿气道："你……"

岳阶再不理她，一矮身，竟然就在炉边坐了下来。那红泥火炉嗞嗞响着，茶香淡淡地透了出来，岳阶陶醉地嗅了一下，闭目道："人都有点嗜好，像我这样的老人，能够安安稳稳地坐着喝杯茶，那就是最可乐的事情了。"

就听一人接口道："何止是岳先生，在下素来也雅爱这茶中之道，不想今日竟然遇到了同调。"

就见卓王孙携着步小鸾和相思，也走了过来。

唐岫儿皱眉道："你也喜欢茶？"

卓王孙不理她，径自走到岳阶面前，赞道："岳先生这茶，应该是用的金牛亭下三十尺的扬子江水和蒙顶山山上的二月雨前，那是很难得的了。更难得的是这火炉和茶壶，若是在下所记不差，应该是前朝汝窑第一炉的珍品。当今世上，所存不过十件，不想竟在岳先生这里见到了，实是在下之幸。"

岳阶笑着欠了欠身，招呼卓王孙坐下，笑道："这是五年前我破了尚王府宝库失窃的大案，王爷特别嘉奖我，让我在找回的物品中挑的。尚王府藏珍号称天下第三，可老夫无子无女，平生所好就是这口茶，就挑了这套茶具。尚王爷当时万般不肯，但话已出口，也就只能听之。自我得后，这才第二次用。郁公子既是解人，少不得也要同酌一杯。"

卓王孙拱手笑道："既是岳先生如此抬爱，倒也不可拒却。只是壶炉虽好，却无杯盏，待我命内子回房取一套雨过天青的杯子来，我们好好酌一巡。"

相思答应一声，正待转身，就闻一阵香气透人，有人悠然道："如此天下难寻的茶会，怎么可以只用雨过天青的杯子？郁公子自然风雅，但在器用上未免简单了一些。"

清香微寒，自然是小晏到了。

卓王孙淡淡笑道："说到茶道，我倒忘了船上还有一位高人。传闻扶桑国举国嗜茶，茶艺出神入化，茶具更是华瞻雅丽，殿下皇室所藏，自然不是我等草莽之人所能比拟的。就请殿下来与我们这些愚民同乐如何？"

一时如明月清辉，照映满室，素寒淡香之中，小晏飘然入室。身后紫石姬长裙曳裾，手捧一只紫水晶的托盘，一同进来。盘中六只杯子，摆成雪花状。那杯子乍看没什么稀奇之处，却听卓王孙赞道："爱茶之乡，器物果然精良。这杯子初看毫无出奇之处，不过是云英盏，上面画了些花纹。但仔细看去，那些花纹并非自外镌刻上的，乃是杯子本身的云英天然带有。云英生而有花纹也并不奇怪，难得的是在名匠的曲意雕琢之下，竟然能形成亭台楼阁之景胜、花鸟虫鱼之姿态，那就实属旷世珍稀，难得一见了。岳先生的茶具虽然也难得，但毕竟纯属匠人所为，相比这样的天然与匠心共运，那自然就输了一筹。"

岳阶也笑道："老朽风烛残年，江湖野客怎可与殿下相比？那自然是气度差之，器用又复差之了。"

三人一齐大笑。紫石姬送上茶杯，将锦丝纹龙坐垫放在卓、岳旁边。小晏轻拂衣带，坐了下来，一时茶汤滚沸，紫石姬提起壶来，在三个杯子中浅浅斟了半杯，恭谨地送到三人面前。

岳阶刚要举杯邀客，就听卓王孙道："咱们在此煮茶度此清夜，我总觉得少了个人。殿下以为呢？"

小晏淡然道："杨盟主风格高标、清神俊朗，想必对这些清务也颇有心得。今日之会，若是少了他，异日传闻岳先生此会，殊为一憾。"

卓王孙一笑道："不过杨盟主这两日似乎不喜欢跟我们这些俗物聚在一起，殿下有什么法子将他召来？"

小晏淡淡笑道："郁公子若肯露一露真相，杨盟主必定奔马而来。"

卓王孙道："殿下何必自谦？海上游仙第一人，不足以形容殿下。有云献丑不如藏拙，郁某也不过略有自知之明耳。"

小晏微笑道："有郁公子坐镇中原，吾岂能不游仙海上？"

卓王孙道："殿下口舌锋芒，郁某真是愧不敢当。孰优孰劣，自然要请杨盟主这方家来正了。郁某就献丑一次，若不成功，再请殿下一显高明。"说着，吸了口气，缓缓道，"杨盟主，月明沧海，凝霜为茶，何不移尊共饮，岂不有愧这清风明月？"

他的声音也不是很大，但一声既出，仿佛天地间再也没有别的声音。一语既罢，满船都是回声。

走廊中烛光一明一灭间，就见杨逸之站在门口，脸上略有不悦之色，眉头微微皱起，似乎很不满意被别人打搅。

卓王孙一笑，回首对紫石姬道："邀白鹤同饮，请紫姬献茶。"

千利紫石脸上一抹淡淡的微笑，长袖一翻，已然出手，将烧得通红的茶壶托在手中，内力一激，一道滚烫的水柱击到空着的杯子中。内力源源不绝，茶水冲满了杯子，并不停歇，就如有什么透明的屏障隔在杯子四周，形成一道三寸高的水柱。千利紫石手一沉，紫砂壶重归火炉上。她盘膝坐下，对杨逸之做了个请饮的姿势。

杨逸之神色落寞，不见欢容，手一挥，平杯沿以上的水柱就如被无形的利刃划过一样，断成两截，忽如林花委地，浇入另外两个空杯中去。杨逸之走过去，也席地坐了，取过面前的杯子轻啜一口，道："茶是好茶，无奈太多。"说着，轻轻挥袖，举杯向空洒去。

茶水在空中散成满天流光，被热气包围着，就如云蒸霞蔚一般，幻化出千姿百态，一如明月照人，空云流黄。

杨逸之举杯一挥，满空云气忽全敛到了杯中，一丝不留。

他轻轻将空杯放在身前。

紫石姬虽自幼跟随小晏，见识广多，但这等光风霁月的手法，也是第一次见识，不由得深深动容。

卓王孙道："杨兄风采，得自天然，一见之下，不由浩叹。"他微微一笑，向杨逸之举杯，"今日雅聚，可谓芝兰同室，一时盛会。你我且尽此杯，休论来日之难。"

杨逸之微微叹息，把盏无语。

小晏悠然道："四人六杯，只可敬明月与海神了。"

卓王孙淡淡笑道："自然会有人来喝的。"

小晏皱了皱眉，就听走廊尽头方天随道："各位好雅兴，本官也睡不着，若是有剩余的茶水，也请赐一杯。呀！空蟾姑娘也下来了。"

空蟾一身黑衣，面悬黑纱，默不作声地走了过来。

方天随一袭白衣白帽，对空蟾一揖道："海上月明，良有可思，高卧虽好，终不如二三知己座谈。看他们几位如此热闹，姑娘不如也随喜一二？"

空蟾一言不发地过来，卓王孙起而肃客入座。岳阶见主客异位之势已成，也只好苦笑坐着。

紫石姬将杯盏移到各人面前，方天随谦了一声"叨扰"，却先将满杯挪到了空蟾面前，大有邀好之意。空蟾依旧冷冷的，并不理他。众人正要举杯，唐岫儿实在忍耐不住，大声道："你们究竟在干些什么？"

卓王孙道："难道姑娘看不出，我们在饮茶？"

唐岫儿提高了声音："你们饮茶为什么偏偏要选这个地方？这么一大帮人，凶手还怎么来？”

卓王孙指了指门，道：“你还是先去看看你的表哥还在不在吧。”

唐岫儿一惊，扑到房门前，猛敲了几下，道：“表哥，表哥，你可好？”

里面谢杉疲惫地道：“还没死。”

唐岫儿松了口气，回过身来正要再对卓王孙发脾气，就见他挥袖指了指墙上的自鸣钟：“还有一刻钟就到子时，我们专心饮茶，姑娘小心待漏。”

唐岫儿张了张嘴，终于还是忍住了气，拉过凳子坐在房门前，不时敲一下房门，谢杉也总是回一句“还没死”。众人虽然依旧谈笑不已，但每个人的目光也都聚在这房门上。

他们虽在饮茶，但目的却只有一个：让自己在别人的目光下，也让别人在自己的目光下。

茫茫大海上，所有乘客齐聚一堂，彼此耳目相属，监查凶手到底是谁。

卓王孙内息探出，笼罩全场，玄四房间周围无不在他的监视之下。回看小晏与杨逸之，一个笑意淡然，一个若有所思，显然关心之物也都不在这一杯茶上。

灯花渐落，方天随打了一个哈欠，步小鸾也有些倦了，四处乱看着。灯光下的黑影似乎也渐渐浓重，大家的笑声静寂下来，似乎连针落也能听见。更漏清冷的声音滴滴而下，似乎和人的心跳一起在空气中凝结起来。

第二十一章

春心一线悬成灰

子时快要过去，一切仍是安然无恙，卓王孙一瞥墙上，自鸣钟正好敲了起来。

众人还没有如何动作，唐岫儿已经跳了起来，一把拽住门锁，颤声问道：“时间到了，你还好吗？”

谢杉似乎不堪重负，道：“还好，还好，凶手的影子也没看见半个，快开锁放我出去。”

唐岫儿听到他的声音，一颗心方才落地，哆哆嗦嗦地从口袋里掏钥匙。谢杉似乎已经忍不住，快步跑到门口来，还不停道：“岫儿，开门，快……”

唐岫儿好不容易找到了锁孔，还没待把钥匙插进去，谢杉的声音突然就噎在了喉头，人也砰地撞在了门楣上。

唐岫儿刚好打开了锁，又气又笑地唾了一口：“没出息！哪里就急成这个样子？凶手没杀着你，看不吓死了你。”说着用力将门一拉。

一股腥气扑面而来，唐岫儿还未明白是怎么回事，谢杉的身体就僵硬着向她扑来。唐岫儿眼睛一酸，被喷了一脸温血。

方天随眼前一花，就觉得什么物什带着腥气滚到面前，还没来得及起身，已经把火炉撞了个骨碌，茶水四溅，烫得他跳了起来。定睛一看，飞来的竟然是一颗沾血的人头，头发垂挂在火炉上，嗞嗞声响中，一股焦臭扑鼻而来。

他正要大叫，却听得唐岫儿一声尖呼，直震得耳朵发麻。

唐岫儿随着谢杉的无头尸体一起倒在地上。

这下突如其来，众人都为之震慑，半晌才回过神来。

紫石姬飘身而前，将唐岫儿抱在怀中，探了探鼻息，对小晏点了点头道：“还好。”

小晏手指一弹，将谢杉的头颅从火炉中弹开，一转手，一道紫光从袖中飙出，将头颅缠住，拉了回来。内力自蝶丝中点点而下，刹时将血止住。

小晏手一抬，头颅倒悬空中，他皱眉看去。

头颅此时已被火烧得面目全非，但仍能看出死者眼睛中的惊恐，似乎在一瞬间就被什么力量掣离身体。

突然，小晏的目光落在头颅脖间的伤口上，似乎看到了什么奇怪至极的东西。

这时，子时还没有过去，钟声一声接着一声，还在沉沉地敲着，宛如在天朝号上奏响了永不休止的丧钟。

卓王孙与岳阶、杨逸之早已进了玄四房中，屋里毫无异样，窗户仍然反锁着，桌上翻开一本医书，旁边堆着一堆碎纸条。只有门口的一摊鲜血已变成暗红。

岳阶抢上一步，手指往桌前座椅上一抹，自言道：“靠背有汗渍，人确实是刚刚起身。”说着，身子往地上一探，贴地看了半晌，“脚印的确是从桌前到了门口。”他也不起身，噌地挪到门口，四面勘探了许久，摇了摇头道，“没有，这里根本没有任何伤人的利器。可是……”

他一叹之下，十分沮丧，方才的敏捷似乎也不见了，无奈地扶着门边的落地灯柱站了起来：“跟以前的案子一样，又是无迹可寻。不过……”他看了看四下如常的房间，空空荡荡，似乎少了点什么。

岳阶猛一抬头，突然想了起来：“没有曼荼罗！”

卓王孙摇头一指他面前的血迹。

一幅曼荼罗已随着血迹浸渍，赫然显露出小半个来。

岳阶一怔，眼看着曼荼罗越显越大，自己竟和谢杉的无头尸体一起待在八瓣绯红的花纹正中。他再也不管线索不线索，一跃而出，退到了门外。

突觉身后一道幽寒的声音响起：“岳大人不必惊慌。”

岳阶回头看时，却是小晏。但见他正轻轻用一方雪白的丝巾拭着手，淡淡道："凶手既然可以让屏风定时褪色，这借血渍显形的手段也就不足为奇。"

卓王孙刚好把目光从门侧的灯柱台上收回，注视着小晏，缓缓道："这显形曼荼罗的办法倒是没什么，不过这无形的杀人手段，殿下是否看出了些端倪来？"

小晏宛如此事毫不关己，淡然道："尸身别无伤口，系在一瞬间被极其锋利之物抹断脖颈。可是据诸位勘查，房间门窗反锁，四处也毫无异样，门外十数人守候，半刻也不曾离开，这行凶之人来去无踪，实在非我所能想象。驽钝之才，只有敬听郁公子高见了。"

卓王孙看了看他，道："行凶者只怕未必是人。"

小晏微微一笑道："难道郁公子真的相信鬼怪之说？"

卓王孙道："不是人，也未必就是鬼怪。"

小晏的脸色倏然一变，不再说话。

卓王孙回头对杨逸之道："杨盟主认为呢？"

杨逸之脸色微沉，轻轻叹息道："鬼怪也好，人也好，都不过妄造杀孽。"他脸上浮出一丝悲悯之色，转身离去。

小晏叹了口气，也随之而去。

卓王孙看着两人的背影，若有所思。他收回目光，从灯柱中拾起一撮燃尽的灯灰，出了房门。

岳阶此时正在外边验尸，方天随等人惊魂未定，手下人等更是叽叽喳喳，挤成一团。

步小鸾见卓王孙出来，哭倒在他怀中，颤声道："哥哥，我们快走，这里真的有鬼。"

卓王孙轻轻抚摸着她的头发，抬头看去，走廊墙上一个青铜图腾烛台在时暗时明的烛光下宛如鬼脸。鸡卵大的双目鼓突，向众人张开狰狞的笑容，仿佛在嘲弄，也仿佛在挑衅。

窗帷被午夜凉风轻轻撩拨着，透出窗后新月幽艳的冷光。无数黑影仿佛就在月光下的大海上欢快舞蹈，凌乱的舞步俨然就踩在众人心上。

涛声起落，万物呜呜咽咽，如唱哀歌。

难道天地间真有所谓的鬼神?

然而鬼神也似乎有出没的习惯，自谢杉殁后数日，唐岫儿尽管几次吵着要将屏风拆掉，下一幅曼荼罗却始终没能出现。大船在海上平稳地行驶，成群的海鸥送来清爽的阳光和海水的气息，似乎惨案就此终结，再也不需担心。然而大家依旧忧心忡忡，似乎都在这份闲散中等待着即将来临的恶讯，连早饭也少有人出来吃了。

相思坐在镜台前，微微侧头，将一只玉环取下来，一头青丝瀑布般地从椅背直垂到地上。她拿起一柄檀香木梳，将头发分成两绺，一半轻含在口中，另一半任它垂下。

她一抬头，看着镜中人的清媚姿态，灯光朦胧，更觉花容风致，极妍尽观，不禁一笑。不经意间手中微松，木梳竟顺着那垂地的乌光滑落到地毯上了。

她敛衽起身，正要去拾，只听门外一阵砰砰乱响，接着传来唐岫儿的怒喝。相思大感惊疑，不知唐大小姐又在闹什么玄虚，顺手将木梳拾起，绾在头上，走了出去。

走廊上吵吵嚷嚷的已经围了好多的人，相思悄步走到人群后面望去，就见唐岫儿满面嗔怒，一身丧服还未除去，头发蓬松，正抓住一位十三四岁的少年，拳脚雨点般落下，打得那少年闪躲不及。

唐岫儿似乎极为愤怒，一面打，一面气咻咻地道："不长眼的小贼，叫你敢闯到我的房间来，你想偷什么？"

唐门的武功何等了得，唐岫儿虽然没有施展出内力，但几拳下去，那少年已经鼻青脸肿。但那少年极为倔强，一手遮住脸，一手抓着屏风的底座，勉力让自己挺立着，也不辩解，任由唐岫儿踢打。

唐岫儿看他如此倔强，更是愤怒，手一紧，出手更加凶狠起来。

就听方天随睡意尚浓的声音从人群后传了过来："你们这些人又是闹什么啊，莫非又有什么恶事发生了？这眼见明天就要到海南了，就不能让本大人过几个时辰的安生日子？"

卓王孙道："恶事倒是没有发生，就是唐小姐正在练她的暗器靶子。"

唐岫儿猝然住手，一反手将那少年扯得一个踉跄，怒声道："你说什么？"她脸色苍白，身子也清瘦了好多。

卓王孙道："若不是暗器靶子，难道唐家的武功就是来打小孩子的吗？"

唐岫儿看着他，脸上恼怒交集，狠声道："他一大早偷偷摸到我的房间里，难道就不该打？"

岳阶从人群后走出来，上去打量了那少年一番，沉声道："你不是这艘船上的人。这茫茫大海上，你是从哪里来的？"

那少年冷冷看了他一眼，紧闭着嘴唇，一言不发。唐岫儿怒道："问你呢！快说！"说着，一个耳光打得那少年半边脸颊都肿了起来。那少年突然睁目看了唐岫儿一眼，眼中满是森寒之气。唐岫儿怔了一怔，又是一个耳光打了过去，骂道："野种！"

相思皱眉道："这么一个不会武功的孩子，唐大小姐真忍心打得下手？"

唐岫儿见众人都是说她的不是，更加恼怒，道："我就是要打！你看不惯吗？"

相思越众而出，道："打几下教训一下也就可以了，再打下去，恐怕这孩子就禁受不起了。"

唐岫儿颤声冷笑道："你为什么这么护着他？莫非这个野孩子跟你有什么关系？"

卓王孙脸色一沉，相思却并不在意，笑道："自然是没什么关系。唐小姐若是没丢什么东西，就放了他吧。"

唐岫儿道："好！我就买你一个面子，你说放了他，就放了他！"说着抓起那少年的头发，砰的一掌将窗子打开，就待将那孩子向窗外投去。

相思衣袖一带，一道劲风卷出，想在半途将那少年救下。唐岫儿一声冷笑，手在头发上一拂，空中就觉微淡的光芒闪了一下，仿佛星空一下子出现在这走廊之中，尖锐的风声撕扯得众人的耳鼓都要裂开。

相思脸上笑容不减，衣带飘飘，就听丁丁之声响个不停。唐岫儿甚至没有看到相思怎么出手，击出的暗器已被相思一枚枚接在手上，扔了满地。

唐岫儿喝道："给你！"手掌一圈，将那少年作为暗器向相思直掷过来。这时她愤怒已极，出手再不容情，这一掷满含内力。相思不敢硬接，双袖叠起，将她掷来的力道消解大半，一招饮虹霁涧，将他向一边送去。

就听哗啷一声响，屏风被撞翻在地。相思也不再和唐岫儿计较，赶过去将那少年扶起来，见他的额头已被撞破，当下怜惜地替他擦了擦。那少年的神色丝毫不动，任由相思拂拭。

唐岫儿看着他冷冷的脸色，不由自主地怒火冲天，纵身过来狠狠地将他一推，道："你这小贼被水淹昏头了？脑袋进海藻了？人家打你不知道疼痒，人家帮你也不知道疼痒，你们日本人不是人吗？"

突然，一脉寒气自脑后袭来，唐岫儿骤然之间就觉得身子如在冰海，舌尖僵硬，竟然再也说不下去了。就听小晏的声音自背后缓缓地传过来："唐姑娘，这孩子已经很可怜了，你们中国有句古话，叫作得饶人处且饶人，不妨就给在下一个薄面，放他一马吧。"语调虽然温和，但唐岫儿只觉森寒已经成形，如巨大的冰山压在身上，几乎连血液都要凝结，哪里还有余力说话？

卓王孙微微一笑道："殿下又何必跟小女子计较呢？"他这一句话出口，唐岫儿顿觉宛如春回大地，一阵暖风起处，身子终于不那么冰冷了。这下当真知道了天外有天，人外有人，心中怒火虽旺，却也再难说出一个字。

就听小晏悠悠道："郁公子既然出口，在下也就不计较了。"

两人对答之间，相思将那少年扶了起来，正问他叫什么名字、从哪里来、为什么漂到了船上。那少年紧闭着嘴，一概不答，相思也不以为忤，拿出金疮药帮他擦拭被打破的额头。

岳阶也走过来向那少年问话，那少年更是不理不睬。岳阶这几日来正为那几桩案子心力交瘁，又插进来这么个来历不明的小子，更是心头火起，皱眉道："你这孩子也真是不知好歹，本想为你说几句公道话，你却这般不理不睬，难道你半夜混进别人的房间，反而是有理的了？"

唐岫儿截口道："小女子有几句话正要请岳大人主持公道。"

岳阶道："你又有什么话？"

唐岫儿道："按照大明律例，一个陌生男子深夜潜入女子的卧房，是该还是不该？"

岳阶道："当然不该。"

唐岫儿冷笑道："那到底该判何罪呢？"

岳阶道："按律该由女子亲友杖责，打死勿论。"

唐岫儿高声道："好一个亲友杖责。可我一介女子，漂泊海上，唯一的亲人又已经莫名死去，如今受了这等欺负，却连还手都不能，真不知道这天朝号上还有没有天理王法！"最后声音转而凄厉，竟似在哭泣。

相思知道唐岫儿虽然对谢杉呼来唤去，心中却早已属意之。谢杉死后，悲痛之心让她几不欲生，几日来都将自己关在房内，不吃不喝，以泪洗面。今日她声色虽厉，实已骨销神殒，几乎不成样子了。

相思也不忍看下去，道："唐大小姐，你到底要怎样才肯放过这孩子呢？"

唐岫儿猛然抬头，泪光盈盈的眸子中俱是怨毒之意。她指着相思一字一顿地道："我要你替他还我一记耳光。"

相思脸色一变，道："我？难道我有什么地方得罪了唐大小姐？"

唐岫儿道："本小姐看谁碍眼就是谁，讲什么得罪不得罪？"

相思皱眉道："唐大小姐何必苦苦相逼？"

唐岫儿将脸转开，连连冷笑，双肩却不住抽搐："如若不然，就让这小子立刻下船。"

相思皱眉道："唐大小姐，这苍茫大海之上，你叫一个孩子如何活下去？这跟杀他有什么分别？"

唐岫儿冷笑道："你倒是菩萨心肠，只是不知道这菩萨心肠值不值一记耳光？"

相思正色道："如果这一耳光能让大小姐一遣怨气，就请动手。"

众人眼前一花，只见唐岫儿身形如闪电一般，已扑了过来。

一切突然又静止下来。唐岫儿的面色阴沉至极，她微转过头颅，看着身后。

她脖子上不知什么时候已多了一把明晃晃的匕首。

步小鸾站在她身后，雪白的衣袖中露出一只纤细的手腕，那把匕首就在她的手中微微颤抖着。她的脸色有些惶然，眼珠四下张望，似乎不知如何是好。

唐岫儿冷冷喝道："把手拿开！"

步小鸾似乎非常害怕，胸口不住起伏着，却固执地道："不！"她回头看了相思一眼，"你答应不打她，我就放了你。"

唐岫儿的脸色更加阴沉。她的武功本来远在步小鸾之上，然而刚才步小鸾的身法实在是诡异至极，毫无声息，已浑然不似血肉之躯。而自己情急之下，稍没留意，就被这个病恹恹的小丫头用匕首架住了脖子，真是平生之奇耻大辱。

唐岫儿双拳紧握，全身颤抖，突然道："好，我答应你。"

步小鸾本来已准备把手放下，突然又想起了什么，怯生生地加了一句："还有那位哥哥。"她用左手指了指那位少年。

唐岫儿脸色铁青，道："我也放过他！"

步小鸾高兴地道："那位哥哥，她说放了你。"那少年却只冷冷地看了她们一眼，突然转身走去。

相思一把没拉住他，道："你要到哪里去？"那少年昂然不答，径自走去。走过小晏的时候，他却微微一顿，横了小晏一眼，也未曾停留，就此走到舱外。

卓王孙袍袖一挥，已将步小鸾拉到怀中。他看了看那少年，又转头看看小晏，嘴角慢慢浮出一丝微笑，似乎这中间又有什么天地之秘为他所洞察。

小晏也一直看着卓王孙的笑容，道："郁公子可又有什么见解？"

卓王孙叹道："以在下之见，这个少年绝不简单，只恐在贵国之中，将来能胜于他的，也没有几个。"

小晏微笑道："公子龙凤之姿、天日之表，所识所重者自然都是天下豪杰。这少年得公子之品题，此日已经身价百倍。"

卓王孙道："只他这船上一行，就已经改变了很多事。"他伸手一指，"便在此处。"手指之处，正是方才唐岫儿揪打那少年时所推倒的屏风。

那屏风有两扇被少年撞得倒在地上，也没有什么异样。小晏面容不变，道："第五支天祭终于还是显现出来了。"袍袖一拂，倒地的屏风突然如有人扶，直立起来。

两扇屏风中赫然有一面的浮漆已经脱落，露出下面那幅狰狞的曼荼罗。

唐岫儿一直站在原地，一动不动。众人一时也忘了刚才的争执，只全神贯注地望着那扇屏风。

第二十二章

血池莲华梦中开

一道嫣红的光芒明灭不定，幽幽探向屏风外，带着一种温柔而诡异的召唤，让人不得不去凝视它浮动的影像。画面深处，一道紫光自地平线冲天而起，照透十方诸界。红色的云雾旋涡一般层层绽放，在紫光和红云的交界处，深黑的波浪和风轻柔地彼此交缠。

一个长须老人伸展着四肢，被一支金色的长箭钉在天幕正中。他的胡须很长，几乎盘满了整个世界，让人看不清他的脸。更怪异的是他那极细的手足也像苍白的胡须一样柔软，在空气中轻轻地飘荡着，回绕折叠，不知尽头，似乎要伸出画面来。

除了那支被埋在胡须和手臂中的神箭以外，画面没有一丝血腥，反而出奇地静谧，透出一种诡秘的温和。

小晏道："传说当年阿修罗王掀动神魔之战，将天人两界化为般若地狱，一切众生皆受其荼毒。湿婆神箭毁三连城，神箭上沾染了阿修罗王的鲜血，自此，只要为湿婆神神箭所伤，灵魂将永受折磨，不得超生。画中就是第五支天祭，也就是对湿婆战神化身的祭祀。"

他凝视着曼荼罗，顿了顿，脸上露出一丝讥诮的冷笑，又道："方大人十年进士、两榜功名，京官纳福已足，又放做外务，正是飞黄腾达之时，却不料就做了这战神之祭。"

"什么？"方天随失声道，"如何是我？"

岳阶也愕然道："殿下如何知道？"

小晏悠然地指着屏风下端道："就在这里。"

众人随着他的手指看去，只见屏风下端有个淡淡的三指掌印。掌印只浅浅的一层，若不仔细看去，当真还以为是方才唐岫儿与那少年厮打时留下的。

方天随忍不住盯住那掌印看，只觉那掌印淡淡中竟似带着种诡异的色彩，仿佛能将人的眼神吸引住。那掌印越扩越大，似乎就要破屏风而出。他忍不住打了个寒噤，就见卓王孙微微颔首，道："本船中能与三相连的，就只有房间号了。"

岳阶沉吟了片刻，道："这掌印或许真是预示死者房间号的，然而方大人虽是住在黄字三号房，但是天字三号的郁小鸾小姐、地字三号的千利紫石小姐，包括玄三的唐大小姐，个个都有可能是天祭的对象，殿下为何又偏偏知道是方大人呢？"

小晏淡然道："这只是在下的预感而已。"

卓王孙道："看来殿下除了文采武功之外，还能未卜先知。"

小晏冷冷道："要说预知危险的本领，在下又哪里赶得上尊夫人。"

岳阶不明白他俩在打什么禅机，沉吟道："不过这几位之中，只有黄三所居的方大人蓄须，同曼荼罗的内容正相吻合。若真是如此，看那画中之相，下手的地点当在方大人房中。只是这次却没有将时间说出来……这个……"

小晏看着卓王孙道："紫光冲天，乃是黎明破晓之时，生之将起，亦是死之将起。此乃在下之愚测，郁公子可以为然否？"

卓王孙淡淡道："殿下天纵聪明，自然是言出必中。"

岳阶冷笑道："只是这次凶手将时间预告得如此清楚，可谓步步进逼！老朽就是拼却这把老骨头，也定要与他周旋到底！"

卓王孙淡淡一笑，道："岳捕头又来了。"

岳阶拱手道："这次郁公子无论如何也要帮帮忙。凶手明知郁公子在此，却仍如此嚣张，显然不仅蔑视我岳某人，更加不将公子放在眼中。老朽斗胆请公子看在人命关天的分儿上，向受害人施以援手。好在凶手所示乃是黎明破晓的一瞬间，公子天纵奇才，想必定有完全周策，可以将凶手手到擒来。"

卓王孙道："那你可知道要向谁施以援手吗？"

岳阶一呆，道："难道不是方大人吗？"

卓王孙道："方大人则是岳捕头职责所在了。"

岳阶道："郁公子的意思……"

小晏微微一笑，道："郁公子的意思是，小鸾小姐自然不劳大人操心，紫石姬则有在下保护周全，剩下唐大小姐和方大人，则只有仰仗尊驾了。"

岳阶想了想，点头道："从上次谢杉一案来看，众人汇聚一处并不是什么好的法子，毕竟凶手就在我们之中。这样分头行事，彼此牵制，也许更要好些。"

卓王孙道："既然岳大人也以为好，那还不吩咐手下赶快准备？"

岳阶道："我立刻派人把守黄三、玄三的大门。"

卓王孙淡淡道："我是叫你让手下快去准备早餐。"

岳阶愣道："为什么要我的手下？"

卓王孙道："敖老板已死，就岳大人带来的人最多，不用来准备早餐岂不浪费？"

岳阶突然明白过来，脸上恼羞交集，却敢怒不敢言，只得道："郁公子休要看轻了在下，在下此番一定……"正要多说两句场面话，却发现大厅里的人一个个不知什么时候都散去了。

中午过后，海面上突然起了一阵浓雾。到了夜间，连海面都看不见了。天朝号在浓雾中摸索着，缓缓向海南进发。

这一带分布着数以万计的礁石，在雾气的滋润下变得湿滑无比，突兀地立在黝黑的海水中，时隐时现，让人感到海船像是在一只巨大的海兽的腹脏中穿行。

失去了敖广的指点，水手们都显得有些战战兢兢。毕竟这些礁石只要触上一个，就可能将巨大的天朝号整个撕开。何况水面下潜藏的暗礁更多，也更加致命。到了深夜，紧急停泊的笛声拉响，天朝号在浓雾中终于失去了方向，只能暂停在附近的一方孤岛上，等待浓雾散去。

看样子，明日凌晨到达海南的计划是要泡汤了。

相思静静地躺在床上，额间刺痛和疲惫彼此纠缠，让她处于半梦半醒之间。不知什么时候，船身微微一震，让她彻底清醒过来。

她睁开双眼，仿佛能看到不安宛如生根的藤蔓，在天花板上迅速生长着。她努力摇了摇头，眉心的疼痛更甚。她一手掩住额头，一手缓缓地将枕边的一堆衣衫整理好，仔细穿在身上，走了出去。

走廊里一点风声也没有，烛光也全灭了。寂静的走廊上，只有裙裾拖地时发出的窸窸窣窣的轻响。她缓缓从每一个房门口走过，潮湿的雾气和夜晚的寒露宛如幽灵一样缠绕在她身上，不时闪出点点幽光。

突然，她止住了脚步。

黑暗中她明亮的眸子宛如两颗晨星，闪烁不定。目光所触，房间里似乎透出一丝若有若无的光，刚好映出房门上两个暗淡的字迹：地三。

她犹豫着，不知是否要进去。这时，里边传来轻微的喘息声。声音很轻很细，透出极度的痛苦，仿佛来自一只垂死的母兽。

她用力一推，房门无声无息地开了。

房间里摇曳的烛火透过了蓝色水晶的灯罩，将整个房间映得虚虚渺渺，宛如注满了透明的海波。屋角那张大床上，垂地的帷幕已经被撕开，一重重散乱地缠绕在雕花的床梁上，整个大床看上去宛如一只幽蓝色的巨茧。

巨茧中央，一人趺坐，二指抵住眉心，另一手结印胸前。他身体周围三尺之内都铺满了一圈晶莹的寒霜。

相思打了个寒战，目光挪移开去，只见紫石姬侧身蜷缩在不远处，领口撕开，整个胸前全被鲜血濡湿了，赤裸的胸膛不停地起伏。她艰难地伸出手，似乎想抓住那人的衣袖，而刚一触到他的身体，就被一种无形之力震开去。

那人的轮廓在光华后若隐若现，然而相思还是认出，那正是小晏。

他似乎已经就寝，头上束发的金环已经解下，长发如云一般在身边散开。一身雪白的睡袍上幽光闪烁，让他看上去宛如冥界魔君，突现凡尘。寒光中，他长长的衣袖在身旁临风飘舞，宛如一双洁白的羽翼，张开在寂静的夜色中。

然而房间内分明一丝风都没有。

四周一片死寂，海波一般的蓝光被他渐渐凝聚，重塑。森然寒气竟似已凝形，化作空气中游弋着的无数冰雪精灵，又似乎化作诸天落下的万朵花雨，轮转、护卫在他身旁。

然而，那无边的寒气似乎都在颤抖。

他身边的微光也时强时弱，最终越来越淡。那张冰雕玉琢般的面孔上渐渐浸出了汗珠，仿佛他的身体正在承受着某种极大的痛苦。

一种连神魔都不能承受的痛苦。

紫石姬突然爬起来，用力抓开自己的衣领，努力向后仰着身子，嘶声哭道："少主人，为什么这样，为什么不肯要我的血？"

小晏痛苦地摇了摇头，轻轻将她推开。她却再次扑了上来，跪在他脚下，嘶声道："杀了我吧，或许这样就能解开月阙的血咒！"她满面血泪，仿佛正在承受着非人的折磨，秀婉的面容也整个扭曲起来。

相思已面无血色，颤声道："你对她做了什么？"

小晏突然平静下来，缓缓睁开双眼。他双眸中的泠泠神光就宛如这沉沉夜色，深邃、浩瀚，带着来自太古的无尽光芒。

相思全身一凉，惊退几步，但终于扶着门栏站立定身形，道："放开她。"

小晏看着她，苍白的脸上，悲悯和欲望痛苦地纠缠着。那种悲悯，仿佛是德望俱高的大师，在万人顶礼膜拜的时刻，突然中断说法，走下讲坛，用片尘不染的手指挑开长明灯，救起一只扑火飞蛾，无言地望着掌心那只垂死的生灵。

然而他眼中神光变幻，不时又闪过一丝魔鬼般的欲望。

那是对她身体的欲望。

相思似乎意识到什么，猛地转身向门外跑去。身后风声一带，他雪白的袍袖就宛如流云一般向她席卷而来。浓郁的寒香让相思忍不住打了个寒战，她刚要出手抵挡，全身已仿佛被蝶翼整个包裹起来，恍惚中只觉四周淡蓝的幽光不住旋转着。突然，她身体重重一顿，竟已被他按倒在那张帷幕凌乱的大床上。

他的眼睛离她只有两寸。

那广如沧海的眼波里有无穷无尽的痛苦与忧伤，仿如已洞悉了芸芸众生的一切悲哀，也承担着这些悲哀。两人目光相触，相思猛然觉得一阵迷惘。她似乎已忘记了恐惧和痛苦，只觉得眼前这个少年诡异的行止后边一定藏着难以告人的秘密。

一个让他甘愿承受一切孤独与痛苦的秘密。

就在这一念之间，她满心的寒冰竟如浸春水，缓缓散开。她几乎忍不住伸手去抚摸那双如星辰般的眼睛，想温柔地与他交谈，想尽力帮助他，减轻他所承受的苦难。就在这个时候，他轻轻一挥衣袖，身后的房门无声无息地关上了。他修长的手指上彩光蜿蜒，赫然正是一根蝶丝。

他似乎不忍看她，将目光挪向远方，指尖的蝶丝却毫不迟疑地向她眉心刺去。月光在他指间垂落，如从午夜窗前一纵即逝的梦境。你越是想要回忆，它就越是坚决地沉入你脑海的深处。

这种感觉是如此温柔而忧伤，就算到死也不会觉得有一丝疼痛。然而相思的心仿佛被这道柔和的月光扎开了一个口子，同情和温柔瞬间退去，惊恐、愤怒，还有甲板上屈辱的记忆猛然涌了出来。

她猛地一个耳光向他脸上抽去。

指尖传来一阵锥心的剧痛，她食指指甲几乎整个断开了。而他的脸上顿时也显出一条血痕。

一滴血珠迅速地流到他苍白的唇边。

血的颜色似乎很浅，在幽蓝的烛光下显出一丝病态的嫣红。他伸手在唇边缓缓拭了拭，整双眸子突然被烈焰一般的疯狂淹没了。他一把抓住她的头发，猛地将她按在床上，一手撕开她的衣领。昏暗中传来丝帛脆弱的响声，她的身体几乎完全暴露在昏暗的烛光里，凝脂一般的肌肤因为挣扎而变得粉红。

相思还没来得及惊叫出声，他冰凉的手已经轻而坚决地卡住了她的脖颈。

她惊恐地仰望着他。

他苍白的双唇突然变得红润无比，仿佛上帝呕心沥血造就的雕像终于涂上了最后一点色泽。那张容光绝世的脸终于完美无缺，就连诸神见到了都忍不住要叹息。

然而，此刻那张脸上只剩下疯狂。他眼中浓烈燃烧的欲望似乎是打开了两扇地狱的窗户，几乎压得她喘不过气来。

这种欲望不是情欲。

是食欲!

相思吓得几乎忘了抵抗。她剧烈地喘息着，双手在身边摸索，突然摘下发簪向那双眸子刺去。

这枚发簪淬有剧毒，是她护身的暗器之一。

小晏猛地一侧身，青光闪电一般钉在墙上。他披散的长发缓缓垂到她胸前，脸上一片慑人的寒意。突然，他用力抓住她两只手腕，重重地扣在床沿上。

相思痛得眼泪都流了出来。她全身一颤，张口向他肩头咬去。眼泪和血腥味混合成一种诡异的气味，让她全身一阵剧痛。她记不清自己是如何与他厮打的了，一切招数武功都全无用处，她只是疯狂地、用尽一切可能去伤害眼前这个人，或者说，伤害自己。

她知道自己也已经疯了，她死死咬住他，奇特的快感如暖流一般浸遍全身。她很想呕吐，但是一点也呕不出来，反而感到一种前所未有的饥渴——对他体内鲜血的饥渴。又或者说，自己体内的鲜血受了一种魔力的蛊惑，变得如此渴望，渴望与他的血合为一体。

难道他们两人的身体都已被同一种恶魔控制，是如此希望痛饮对方的鲜血?

这时，小晏冰凉的呼吸似乎正在自己双眉之间。

眉心一阵剧痛让她几乎叫出声来。难道他想洞穿自己的额头？或者是用牙齿撕开自己的脖颈？相思突然想到了紫石姬胸前的齿形伤口，想到了兰葩额前的血洞，一阵恶寒顿时从她脊背上蹿起。

紫石姬突然扑过来，拉住他的手，哭道："少主人，放开她，你要我吧，放了她……"

小晏似乎清醒了一点，他合上双眼，痛苦地道："你不能！只有她的血能解开这个封印……这是最后一次。"

"住手！"

一声宛如冰雷般的清啸在室内炸响。

相思仿佛能感到小晏全身的血液突然冷下去。他轻轻将她推开，一招手，床边那件绣着九瓣菊花纹的紫袍如蝴蝶一般飞起，瞬时已披在身上。他站起身，顺手将长发绾在身后，缓缓道："原来是郁公子。"

卓王孙正站在门口，冰凉的幽光罩在他身上，一如他冰凉的神色。相思脸色绯红，不知如何是好。紫石姬已将自己的衣服掩好，顺手撕落半幅帷帘，抛给相思。相思双手紧紧握着那幅残了的帷帘，全身颤抖着，突然飞一般地扑到卓王孙的怀中。她用那帷帘紧紧堵住自己的嘴，窒息和痛苦的感觉让她全身抽搐，仿佛随时都要昏倒。她就这样毫无声息地痛哭着，眼泪一串串滚落到他肩上。

卓王孙一言不发，缓缓解下自己的衣衫，披在她身上。小晏注视着他们，已恢复了以往优雅的神色。

他轻叹一声，道："如果你要杀我，这是最好的时机。"

卓王孙淡淡地道："我不必。"

小晏脸上掠过一丝暗淡，脸色顿时又无比苍白，身子再也忍不住，轻轻颤抖起来，而且越来越厉。他合上双眼，用最后的力量让自己能站得很直。广袖垂地，飞霜零落，他此刻的姿态仍如同寂灭前的佛陀一般，高傲而尊贵，无可挑剔。然而，他自己知道，如今正是他力量最弱之时。卓王孙只要轻轻一击，他就会如同一尊耗尽了生命的木偶一般倒下。他所有的秘密、痛苦、忍耐也会在这一刻烟消云散，毁灭殆尽。

他叹息一声，道："你现在不出手，等日后我有机会，还是会杀了她。"

卓王孙道："非此不可？"

小晏顿了顿，沉声道："非此不可。"

卓王孙不再说话，突然一声轻响，门已被关上了。

黑暗中只传来紫石姬凄凄的啜泣。

第二十三章

谁识蜂蝶抱花舞

相思第二次醒来时，已是黎明时分。

一缕淡淡的霞光透过窗帘，在床前铺开一道光晕。四周是如此寂静，仿佛能听到尘土落地的微响。如果不是身上还盖着卓王孙的衣衫，她还以为昨夜是做了一场噩梦。

门外变得非常嘈杂，似乎很多人在奔走呼喊着。

难道船真的触礁了？

相思从床上跃起，披上衣服出了房门。

走廊中间，一大群人围在方天随房门口指指点点。岳阶满面怒容，正怒声斥责几个手下。他和那几个手下都眼圈青黑，一脸疲惫，似乎整夜都未休息。

大股鲜血从门缝里浸出，蜿蜒着一直淌到众人脚下，仿佛一条猩红的小溪。旁边，几个差役拿出佩刀，小心地将门板拆下，一用力，门板顿时翻转过来。

屋中一片凌乱，浓重的腥臭扑面而来。那张被血浸得发黑的木板上赫然用羽箭钉着一具尸体。

长箭仿佛是从尸体背上生长出来的，箭头已深深扎入门板，乌亮的箭身透胸而出，箭尾却呈现出一种奇特的弧度，宛如尸体里伸出了一条古怪的钩子。

钩子的顶端嵌着一根羽毛。

那根羽毛乍看仿佛由极细的金丝编成，却比金丝更加明亮。金光中心是一团血红的花纹，在朝阳里宛如火焰跳跃，熠熠生辉。

这种羽毛比孔雀翎还要华丽十倍，绝不可能出自世间的凡鸟身上。

难道它来自传说中凤凰的尾羽？凤毛麟角，自古用于形容最珍稀的物品。而这支铁箭既以凤毛为饰，就绝不是一支普通的羽箭。一根小小的羽毛似乎就带上了神奇的力量，让人忍不住去想，或许它真的来自一支魔箭。

天上地下，唯有湿婆大神在摧毁三连城时射出的那支诛神之箭，才配称为真正的魔箭！

传说中，阿修罗王用苦行的力量超越了宇宙的一切法则，迫使梵天实现他的愿望。他要求拥有一座永远不灭的城池。梵天警告他，这个世界上没有什么是永恒的。于是阿修罗王与诸神定下契约——这座城池只有湿婆之箭才能毁灭，而且必须是一箭毁灭。

后来，阿修罗王在天上和地上用金、银、铁先后构建了三个要塞，将之合为一体，称之为“三连城”，这座阿修罗最强的堡垒从此用来对抗天神的命令。

诸神恐惧，大地之神化为战车，日月之神为车轮，山神为战旗，蛇神为箭矢，凤凰为箭羽，大梵天亲为驭者，到雪山之巅恳请湿婆出战。

湿婆带着神军，兵临三连城下。这时天帝的军队几乎已全军覆没，湿婆神高坐在诸神化成的战车上，向这座号称永恒的城池射出了一支诛神之箭。

三连城轰然坍塌。

一年后硝烟方才散尽，大地重见阳光，一切俱回归虚无，唯有这支魔箭仍牢牢钉入地心。失败后的阿修罗族退守地底，用噩梦般的苦行守着这支魔箭，等候着三连城的重建，一等就是数千年。[①]

而如今，尸身上却钉着一支同样神奇的羽箭。难道，这正是湿婆之箭重新显形于世？

血泊之中，无数道箭痕组成的曼荼罗生硬而张扬地布满了整个门板，赫然正是三连城的形状。

---

① 阿修罗族最后的王裔重建三连城的故事，详见《华音流韶·风月连城》《华音流韶·彼岸天都》。

岳阶的脸色铁青，俯身查看箭下的尸体。这终年与尸体为伍的名捕也不由悚然动容——尸体的须发竟然被人根根拔去，整张脸肿胀得不成样子，鲜血覆盖了大半个面孔。那些长须脱离了主人的身体，一夜之间就已灰白，无力地裹缠在尸体的四肢上，宛如苍白的流苏。死者的右手已经不翼而飞，尸体残缺的四肢极度古怪地扭曲着。如果关节和骨骼没有寸寸尽折，人类的肢体绝不可能扭曲到这种地步。一些地方的皮肤已经破开，露出碎裂的骨骼经脉。那些须发在这些碎裂的关节上缠绕着，仿佛是从伤口中延伸出来的无数触角，在清晨的空气里毫无生气地蠕动着。

那种蠕动的感觉仿佛就来自自己的胃里。相思再也忍不住，扶住走廊上的一盏灯座剧烈地干呕起来。

岳阶突然瞥了相思一眼，冷冷道："郁夫人的容色如此憔悴，莫不是昨夜也没有睡好？"

相思站直了身体，轻声道："岂如岳大人辛苦。"

岳阶冷笑道："在下辛苦是整夜守在方大人房前，不知郁夫人辛苦的又是什么？"

相思想起昨夜的一幕，真是宛如噩梦，一句话也说不出来。

卓王孙在她身后道："内子不过为舍妹的病情操心罢了。岳大人如此辛苦，想来对此案的原委已颇有所得？"

岳阶颓然摇头道："毫无头绪。只知道方大人被此箭射穿心脏而死，而尸体尚温，显然惨案刚发生不久。"

卓王孙注视着那半截箭尾，缓缓道："茫茫大海上，箭从何来？"

岳阶一指窗户道："就是这里。"

对面的那扇窗户紧锁，锁孔上有一个拇指粗的孔，隐隐透出一束阳光。岳阶道："孔痕尚新，经过刚才的丈量，孔的位置正好与方大人胸前的羽箭同高，极似射入的箭孔。"他摇了摇头，又道，"然而，既然窗户紧锁，来人又是如何隔物见人，将方大人准确地钉死在门板的曼荼罗花纹中心？此箭能够贯穿窗户、穿透人体而又深入门板，此人的腕力又是何等了得！更为不可思议的是，这一箭若真是从箭孔上射来……"

他脸上泛起一阵恐惧之色，只因那个答案不言而喻。

这一箭若真是从箭孔上射来，那么射箭之人必定是从海上射入这一箭的。海浪无根，他又从何处落脚发力？从箭痕的角度推测，此人怕不有几十丈高。踏波挽弓，高逾十丈，那是什么？

是神？是魔？

他长长叹息一声，道：“不可思议，不可思议！”

卓王孙将目光挪向凌乱的房间内，道：“不知他是要找什么。”

岳阶愣道：“谁？”突然想起了什么，“对了，这次还真丢了不少东西！”

卓王孙淡淡一笑：“想不到阇衍蒂不仅会杀人，也会越货。”

岳阶皱眉道：“公子休要说笑。失窃的东西包括方大人行李中最贵重的几件宝物，每一件都可谓价值连城。还有方大人的官印官服、上任的文书，本都装在藤条大箱里，而今尽皆不翼而飞。”

卓王孙对那些毫不感兴趣，沉吟片刻，道：“有没有什么不贵重的东西？”

岳阶皱了皱眉头，四下看了一遍，道：“还有原本放在床头的一个青铜灯座。”

卓王孙道：“灯座？”

岳阶道：“正是每个房里都有的那种青铜灯座，虽然做工也算精巧，但相对其他物件来说，可谓一文不值，而且沉重异常，倒不知凶手为何不辞辛苦地将它拿走。”

卓王孙道：“岳大人终夜守在房门口，屋里被翻成这样却毫无所觉？”

岳阶苦笑了两声，脸上的表情却简直像哭：“只因为将屋子翻成这样的不是别人，正是方大人自己！”

四周听者俱是一震。

卓王孙笑道：“原来方大人并不怎么相信岳捕头的保护。”

岳阶摇摇头，神色十分尴尬：“方大人的确想要在黎明之前搭船逃离大威天朝号，那些宝物正是方大人亲手收拾到藤条箱子里的。”

卓王孙道：“方大人身为海南巡抚，要在附近海域召几艘船自然是轻而易举。”

岳阶苦笑道："何止！方大人调来了半数海南沿岸的军舰。当时虽然大雾漫天，不辨南北，但子夜的时候，其中一艘还是找到了大威天朝号。方大人大概从窗口看到了船上的信号，于是提着箱子就往外走。当时我还在唐大小姐门前巡视，据手下说方大人极其烦躁，稍上前问讯就大发雷霆，并扬言若不让他下船就要下令将船上的人全部逮捕，也不许别人护送。"

岳阶叹道："官大一级，泰山压顶，何况这里已是海南地界，我那些手下也只有眼睁睁地目送方大人离开。"

卓王孙沉吟着："这么说岳大人没有亲眼看到方大人上船？"

岳阶摇头道："不是，我接到手下的通报立刻赶了过去，那时方大人正在那艘小船上。一同前去的还有唐大小姐。"他无可奈何地瞥了一眼旁边的唐岫儿。让受保护人一刻不离自己左右，看来岳阶已经足够小心。

然而当事情过于怪异的时候，一点小心是毫无用处的。

岳阶脸上的神色更加凝重："若不是我们十余人亲眼所见，我至今仍无法相信当时眼见的就是事实。"

卓王孙道："难道那艘船还有什么玄虚？"

唐岫儿突然冷笑着截口道："他分明上了一艘鬼船！"

众人神色一变。

岳阶缓缓摇头道："那艘船上灯火全灭，微弱星光之下，船舱窗户尽开，不见半个人影，分明是一艘无人驾驶的空船！"

要知道在这样的天气、水域里，若真有人灭灯行船，根本不须片刻就会触礁撞为碎片。然而浓雾弥漫之中，一艘空船在茫茫大海上漂荡前行，却准确寻找到了天朝号。

莫非船上的船员早已死去，它是在无数幽灵的驾驶下才来到此处？

岳阶的脸色更加难看，道："方大人却似乎全然不觉，仿佛真的看见了迎接他的船员，直接进了黑黢黢的船舱，当时他脸上还带着又期待又得意的笑容。昨夜浓雾弥漫，风浪也很大，我还以为是自己眼花了。"

卓王孙微微嘲讽："当时岳大人若是肯上船看看，也许就看出些端倪来了。"

岳阶长叹道："等我安顿好唐大小姐，赶到船边，正要冲上去拉他回来的时候，方大人却已自己走了出来！"他不住摇头，似乎仍难以相信昨夜的一幕，"不过一刻的时间，方大人的神态就与方才判若两人！他佝偻着身子，不住摇头，步履也沉重了很多。我手下上去问话，他也不理，自顾自地走进房间，用力锁上了房门。"

卓王孙道："难道方大人在那艘空船上看到了什么？"

岳阶疲惫地道："或许正是因为方大人突然发现那是一艘空船，而自己在大雾之中根本无法驾船离开，逃生的希望破灭，所以极度沮丧。不过，若真是空船，它又是如何乘风破浪，在大雾中找到天朝号的呢？"

卓王孙道："无论如何，上船之后方大人还是安然无恙？"

岳阶道："是。回房之后，方大人房中也没有丝毫异动。然而到了凌晨，我手下有人发现门缝里有血渗出来。开门之后，方大人已死，箱子也不见了。可惜至今为止，整个房间里除了那个箭孔以外，什么蛛丝马迹都没有找到。"

一旁，唐岫儿似乎受了些风寒，微微咳嗽着，道："可笑。"

岳阶变色道："唐大小姐莫不是有什么发现？"

唐岫儿讥诮地一笑，道："仅凭岳大人这种找法，休说捉住凶手，就连自杀的可能性也不能排除。"

岳阶沉下脸来，道："自杀？难道方大人站在窗外往屋里射了一箭，然后还要关上窗户，再用比飞箭更快的速度跑到门板前闭目等死？"

唐岫儿冷笑道："岳大人安知窗上的这个箭孔一定是羽箭射入时留下的，而不是射出？"

岳阶怔了片刻，道："那支羽箭从何而来？"

唐岫儿咳嗽了片刻，道："或许是方大人自己的。"

岳阶冷笑道："荒谬！"

唐岫儿不紧不慢地道："如果方大人晚上睡不着，站起来用弓弩往窗外射了一箭，再推开窗户将弓和多余的箭扔进大海，然后关窗退回门板前，用剩下的那支箭将自己钉死……”她说到这里，阴阴冷笑了一声。

岳阶打了个寒战，道：“方大人为什么要自杀？”

唐岫儿冷冷道：“谁知道呢？或许方天随就是凶手，良心发现畏罪自尽。或许这也是个圈套，有人想让大家以为方大人已经死了，呵呵，可是谁又能肯定这具血肉模糊的尸体就是方大人呢？”

陡然间，她的声音更加阴沉：“谁都是血肉模糊，谁又知道谁真的死了，谁又没死？或者那些死人都躲在天朝号的某个角落，等我们也一个个钻进那些敞开的棺材里去……”

岳阶勃然怒道：“唐小姐，你不要在这里耸人听闻！如果方大人是自己往外射了一箭，那满身骨骼碎裂、右手消失又如何解释？难道方大人能在自己心脏上刺下一箭，再一点点捏碎自己的骨头，向密闭的窗外扔出自己的右手吗？”

唐岫儿咯咯笑道：“或许是那艘幽灵船上的船员一个个从那箭孔里飘了进来，一起动手将方大人的骨头扭断了……”她的神情、笑声都显得疯狂而迷乱。众人面面相觑，都觉得唐岫儿悲伤、惊吓过度，神志已经有些失常。

相思忍不住道：“唐小姐，你还是回房休息一下吧。”

唐岫儿站在原地一动不动，宛如一尊枯瘦的石像。相思叹息一声，伸出手去想拉她一把。

唐岫儿突然全身一颤，眼睛直勾勾地瞪着前方，似乎眼前出现了什么可怕的幻影。她缓缓道：“我知道这支箭是谁射的了！”

岳阶惊问：“谁？”

唐岫儿脸色惨白，颤抖着嘴唇吐出两个字：“庄易。”

第二十四章

生死歌哭动地来

相思忍不住道："可是庄先生已经死了！"

"不！"唐岫儿突然发出一声尖叫，众人都被她反常的言行惊得一怔。她的脸色越来越苍白，声音中竟似带了种神秘的魔力："就是他！当时小晏上船之时，围攻他的倭寇曾对着大威天朝号发过一枚炮弹，你们还记得不记得？那枚炮弹乃是红衣大炮所发，三枚齐至，连山都可以轰平！可是庄易凭着简简单单的一支雕翎箭，竟然远隔几十丈将炮弹射落。当时我听到庄易的箭声，拔身欲挡，那种凌厉至极的劲道宛如海潮汹涌一般直压而下。我从来没见识过如此强劲之力！"

岳阶皱眉道："庄先生的箭术大家都知道，不必你再来赞赏。"

唐岫儿冷哼道："然而你们知不知道，那箭根本不是人所能施展出来的，而是魔！"

岳阶喝道："唐大小姐不必再危言耸听，庄易那一箭在场众人皆亲眼所见，与神魔毫无相干！"

唐岫儿倏然转头，直勾勾地看着他："当时我一回头，就见他脸上竟然露出一丝极其诡秘的笑容。你们都没看见，但我看见了，他的脸上有着一丝极其可怕的笑容！你们还记得不记得，庄易死后，整个大威天朝号上都找不到他那张从不离身的后羿神弓，也找不到那对阇衍蒂之眼！你们知不知道这又是为什么？"

她的脸上浮起一阵病态的嫣红，声音越来越急促，仿佛突然想到什么极度兴奋之事。她的声音陡然尖锐起来，仿佛一条抛入空中的丝弦："因为他本就不是这人间的人！他早就将自己的身躯和精神全都奉献给了魔界，奉了魔王的命令来取回阇衍蒂之眼的！现在既然拿到了，当然就要重新回到魔界了！”

她突然爆发出一阵疯狂的大笑，似乎很为自己的结论而得意。笑声一发不可收拾，仿佛极其短促尖锐的风在船舱中急速地回旋着，阴森森的，竟带了种特别的诡秘气氛。

步小鸾看着她急遽睁大的眼睛，不由自主地打了个冷战，悄悄地向卓王孙靠了靠。

相思强笑道：“唐大小姐，你先冷静下来，方大人的事我们慢慢商量……”

唐岫儿身形一纵，已来到相思面前。她的眼睛牢牢盯在相思的脸上，却丝毫神光都没有，暗淡得仿佛黑白夹杂的铁珠。相思忍不住面上变色，唐岫儿却爆发出一阵更尖厉的大笑：“慢慢商量？慢到什么程度？慢到我们大家都被折断手足，钉到天祭柱上吗？”

相思只觉她的眼睛已丝毫不能转动，仿佛是一具尸体，因和魔鬼缔结的契约，又回到这个世界上。相思心中不由一阵慌乱，勉强答道：“我们并未跟别人结怨生仇，问心无愧，为什么要害怕鬼神？”

唐岫儿的脸色苍白如纸，脸颊肌肉抽动，似乎在笑，又似乎在哭，她长声道：“我们都是神的罪人，犯下万劫不复的罪过！”她忽然发疯般跑到窗子前面。相思怕她冲进海里，急忙要去拉她。唐岫儿却稳稳地站在窗边，瞳孔张得极大，仿佛在捕获什么人眼难以看到的东西。她空洞地盯着波涛汹涌的海面，喃喃道：“你们不会明白，只有我能够看到！这烟波微茫的海上正是神的牧场。生者是活动在祭桌上的血肉，死者在你们的呼吸中跳舞。已经丢失的生命将因神的诅咒而复生，他们将在最漆黑的夜中跳出来，撕开你的胸膛，啜饮你的热血！”

她猛然回过头来，原本清丽的容颜也变得扭曲而狰狞，步小鸾忍不住发出一声尖叫。突听外面哐啷一声响，步小鸾退开一步，回头向卓王孙的怀抱扑去。

卓王孙却已不见了。

相思急忙扶住步小鸾，悄声安慰了她几句，偷眼向唐岫儿看时，就见她正低着头喃喃地自言自语:“他们都没死……庄易没死,方大人没死,谢哥哥也没死……没死……他们都躲着……躲在黑暗中，等着我们……”

相思的心中突然生出种强烈的不安，四周的空气仿佛突然变得无比黏滞，枷锁一般将她整个身体桎梏住，连同她的神志一起拖向那无穷无尽的地狱。

在这死亡之旅的折磨之下，终于有了第一个发疯的人。可再这样下去，谁又能保证自己不被杀死或者吓疯呢？

相思猛力摇了摇头，阻止自己继续胡思乱想。房中混浊的气息刺激得她额头隐隐作痛，步小鸾将头完全埋在她的怀里，不住颤抖着。相思勉强镇住心神，一面轻声安慰着步小鸾，一面携着她的手快步走了出去。唐岫儿喑哑而抽泣的笑声从背后传来，相思竟然不敢再回头。

卓王孙负手站在走廊尽头，他的面前赫然就是那扇警示着死亡的屏风。小晏跟杨逸之也一起注视着屏风，四周暮色沉沉，毫无一丝生气。

相思忍不住问道："难道……难道这屏风又显出什么兆头了？"

卓王孙缓缓抬头，道："不错。唐姑娘这一闹，只怕真的惊动了九重天上的神明。"

相思上前一步，猛然就见那屏风上的第六幅天祭图上闪出一双眼睛。这眼睛极端疯狂而暗淡，就像是大笑中的唐岫儿！

相思退开一步，强忍住惊叫。整幅天祭图就仿佛从这两只眼睛中化开一般，呈现在她的面前。无尽的血色连绵铺开，一眼望不到边，没有深浅浓淡，也没有形状，仿佛一阵狂风被某种极度神秘的力量禁锢在屏风上，它却不甘心如此压抑，不断地扭动、撕扯，企图咬碎这一切，冲出去！这感觉是如此强烈，竟似带了莫名的仇恨，激绕冲荡在相思的身周。相思注目良久，那血红竟从屏风中脱出，围绕在她的身边，以人力所无法企及的速度旋转起来。

一瞬间，仿佛整个天地都被这血色充满！

相思几欲惊呼出声，那血色猝然萃合在一起，组成一个极其高大的女人的影子。一阵充斥天地的笑声刺穿相思的脑海，那女人转身看了相思一眼，突然将自己的左手撕下，放到嘴边用力咬噬起来。

相思终于忍不住惊呼出声，眼前的幻象就如潮水般倏然消散。卓王孙皱着眉头道：

“你看到什么了？”

相思惊魂始定，颤声道：“我看到无边的血泊，一个女人正对着我笑，还吞食了自己的手！”

卓王孙皱眉道：“什么女人？”

相思颤声道：“屏风上的女人！”

卓王孙道：“她？她可不会对你笑！”

相思瞥了一眼屏风，却忍不住再次惊呼出声。那屏风上用淡墨隐隐勾勒出一幅女武士的画像，她站在一轮辉煌的金色曼荼罗中，右手持着黑色的长矛，腰上悬着一柄利剑，昂首挺立。但她的脸上一片模糊，唯有一张鲜红的嘴，唇齿分明，紧紧咬着一截残手，仿佛要将它狠狠撕碎——赫然正是她自己的左手！

她左手齐腕而断，一朵幽蓝色的花朵深深插入断臂之中，五瓣花朵打开，仿佛是一只重新长出的怪手。花萼下，鲜血点点滴下，将她的双足染红。血迹纵横交错，似乎这整张画就是用她的鲜血滴成。大片猩红浓烈张扬，几乎就要溢出画面。而这片红海中的一点幽蓝盛开在她的断掌上，更让人触目惊心，仿佛地狱血池中的妖夜莲花就要浴血绽放！

相思盯着看了一会儿，那红色竟似又要动了起来。她心中一惊，急忙转开目光，颤声问道：“这又是什么预兆？”

卓王孙淡淡道：“那就要问问这两位了。”

杨逸之恍若未闻，卓王孙却似乎对他极感兴趣，道：“杨盟主武功冠绝天下，又颇以心思周密细致见称，这些年江湖中日平一日，全是盟主统御之功。不知盟主对于今日之事，可有什么高论？”

杨逸之淡淡道：“你要问我的话，直接问好了，不必用这些虚套。”

卓王孙道：“盟主倒是真君子。只是盟主明知道我要问，却还是不肯说，这又是否君子之道呢？”

杨逸之沉吟着，缓缓道：“屏风显像，每次都是昭示杀人之法，这次想必是要断人左手了。"

卓王孙道："每次昭示，都要书出要杀之人和杀人之方法、时辰、地点，盟主既然说了杀人之方法，不妨也谈谈另外三个问题。"

杨逸之默然片刻，道："这个我就看不出来了。"

卓王孙淡淡道："何不多看几眼？"

杨逸之注目屏风，微微皱起眉头："一幅图画，有什么可看的？装神弄鬼，难道还真是沙寂尼闼显身作法？"

卓王孙的嘴角挑起一抹讥诮的弧度："沙寂尼闼？那是谁？"

杨逸之悠然长叹，不再说话，径直转身向自己的房间走去。白衣落落，迅速融入了暗淡的暮色之中。小晏凝视着他的背影，似乎想从那袭白衣中看出什么来："沙寂尼闼乃是曼荼罗教对破坏神湿婆的专称，不知道杨盟主是怎么知道的。"

卓王孙将目光收回，淡淡道："殿下不是也知道吗？可见这也不是什么了不起的秘密。"

小晏微笑道："郁公子的秘密也不少。兰葩不是说过，公子有着湿婆之容颜？"他注视着卓王孙，似乎想从他的神情中看出些端倪来。

卓王孙淡然道："殿下不也有着释迦太子的容貌？"

小晏的神色微微一变，随即一笑："那你该皈依我才是。"

卓王孙抬首西望，道："此船正去往佛法之方①，不知极乐净土是否容我？"

两人相视一笑，这惨淡的气氛与接连迭变的奇事，竟似乎对两人一点影响都没有。

相思看着两人的笑容，不住颤抖的心也逐渐放松下来。步小鸾却一直紧紧抓住她的衣襟，怎么都不肯放开。

卓王孙道："不知殿下对这一次的屏风显像又有什么看法？"

---

① 大威天朝号从江苏出发，前往广西一带，往西行驶，而西方是佛教圣地，故有此说。

小晏道："依我看，这次只怕是最后一支天祭了。"

卓王孙道："何所见而言此？"

小晏道："凶手这次只昭示了手法，而不言时、地、人。似乎是不言，我却认为不是不言，而是未到言时。"

卓王孙道："何所知而言此？"

小晏道："六支天祭之数已全，凶手的目的就快要达到。不过这还不是最重要的原因。"

卓王孙道："请教。"

小晏微笑道："最重要的原因，只怕是船上的人越来越少，再杀下去，只怕要杀到尸骨上了。到那时，螳螂捕蝉，黄雀在后，杀人者只怕反而被人杀。"

卓王孙淡淡道："郁某商贾末流，浮槎海上，不过贩售奇货，逐利往来，又何必与人争锋？倒是殿下纵天人之姿，凡尘污秽飘飘不染，恐怕正是凶手所忌。"

小晏笑道："中原望族，虽多不凡，但江南郁家若有公子这般人品，恐怕早已出将入相，致天下太平了。碧梧不洁，凤凰不栖，公子身边这两位女伴就绝非江南郁家所有。"

卓王孙淡淡道："两位女伴，怎能界定郁某之身份？"

小晏道："我只是觉得这两位姑娘清绝妙艳，绝非金钱所能罗致而已。闻道中原武林中有一圣地，其中女子颇多，而且多以皓月为名，其主旷绝海内，倒跟公子有些相似。"

卓王孙自然明白他说的是何处，面容丝毫不动："殿下虽非中原之人，倒对中原之事知晓甚悉。"

小晏微笑不语，注视着他。卓王孙迎风而立，青衫猎猎飞扬，万里海天似乎不过是他的影子。小晏虽然自负旷世之姿，亦不由得微觉慨叹。

他微笑道："如此，这船上的凶案也就略有头绪了。"

卓王孙道："殿下又是何所见而言此？"

小晏略微沉吟，反问道："公子如何看这第六幅天祭图？"

卓王孙的面容也肃穆起来，他的目光盯在屏风上，许久，才绽开一丝笑颜："我以为，必将会有第七支天祭。

"而这支天祭的供品就是凶手本身！"

第二十五章

洛女秋魂凌波立

岳阶气急败坏，逐个细查每个人的行踪，连房间墙壁的缝隙里都搜查了几遍。除了唐岫儿神志不清回房休息外，众人谁都不愿离开，三三两两地站在走廊中，或若有所思，或偶尔交谈一两句。蓝天碧波在舷窗外铺开壮丽的画卷，风光波影中，时光点滴流逝，恼人的夜色又如期而至，徐徐降临在船舱里。潮湿的雾气股股合拢，似乎无数的水滴在空气中跳跃。夜风凌厉地呼啸着，将漫天水雾不断撕裂开，又凌乱地糅合到一处。

死亡的种子在腐气沉沉的夜色里缓缓生长。

突然，窗外传来一声轻笑。

小晏目中寒芒一闪，满室云光闪烁，广大的袍袖招展，宛如一朵轻云向外飘去。旁边人影急动，卓王孙已如箭般逸出。

小晏虽然早就猜知卓王孙的身份，仍禁不住一惊。卓王孙后发先至，也不见怎么用力，竟已超到了他身前。

卓王孙并不回头，朗声道："殿下好俊的身手，如此轻功，偏又举重若轻，当真是人间罕见。"

话音刚落，两人的身形已站在甲板上。

晚上阴沉的风鼓起海浪，带着呼啸的声音拍击着大威天朝号。这艘当今最大的船只仿佛一片飘摇的树叶，被吹得四处游走不定。

风雾凄迷，夜色如狂。

卓王孙的身形突然定住。

船舷之上竟影影绰绰地站着一个人！

那人的身形十分纤弱，立在只有杯盏粗细的船舷栏杆之上，摇摇欲坠，仿佛只要微微一动，就会落入大海。一袭暗红的衣衫就如破碎的风筝在风雾中狂舞，却带了种神秘的力量，始终不会被吹散。

卓王孙并没有追过去，他凝神看着那个影子，仿佛发现了什么极其诡异的事情。

那个人影突然动了。

它竟然跨出船舷，向大海迈了一步。

然而，它并没有坠入海涛，而是依旧悬立在虚无之中！夜色沉沉，人影暗红的衣衫被海风猎猎扬起，宛如一面破碎的羽翼。

一步，又是一步！

影子步步前行，似乎脚下浓浓夜色已凝聚成形，托起它血红的身影。而它悬空的双足下，高如山岳的海涛正澎湃汹涌。

人影缓缓飘走到海天之际，突然顿了顿。这一顿之间，它的下半身已然消失在苍茫海雾深处。

那剩下的半截身体依旧挺立在夜风中，宛如海波中抱珠而泣的鲛人，僵硬无比，也诡异无比。风雾激涌中，它残余的身体还在一寸寸消失，最后只剩下一颗长发飞扬的头颅和高举起的一小截左臂。

卓王孙清清楚楚地看到那颗头颅在一圈微光的包裹中转动了三下，诡异的动作中，竟然还带着少女晨起落枕般的慵懒。

海风呼啸而过，眨眼已将这一切全都吹成虚无。这一幕实在诡异万分，让人无从相信，却又无法不相信。良久，小晏长长叹道："我终于知道屏风上为什么只昭示杀人的手法了，因为其他的东西，都是现在才示出的。"

卓王孙道："殿下请明示。"

小晏道："方才那人影虽淡，但我清晰地看到它转动了三下头颅，想必这就是它所要昭示的机缘。”

卓王孙道：“转动三下头颅，能昭示什么？”

小晏道：“那人脚踏着黑云消失，黑与三相连，黑者玄也，也就是玄三之意。黑者又为夜，与三相连，想必就是半夜三更时。那么第六支天祭的昭示就完整了：三更之天，玄三之屋，左臂折断，生人献祭！”

卓王孙皱眉道：“你真的看到了一团黑云在那人的脚下？”

小晏一怔，道：“难道你没有看到？”

卓王孙叹道：“方才那人脚下，根本没有什么黑云！”

小晏更惊，道：“这怎么可能？”

卓王孙遥望海天之际，慢慢道：“这想必也是凶手玩弄的伎俩之一。我们只要不理它，伎俩也就不成其为伎俩了。”

小晏看着卓王孙，缓缓道：“想不到，阁主有湿婆之容貌，也有湿婆之威仪，竟将这些杀局只当是海上倦游的余兴。但大威天朝号上的几条无辜人命，在下决不能置之不理。”

卓王孙抬起手，注目掌心，悠然笑道：“他只管杀他的，你只管管你的，我却只管坐我的船，偶尔拿来当作赏心乐事，也可调剂一下船上无趣的旅程。正好凶手也渐渐有趣起来，所设计的方法比前几次都要精巧许多，实在令人赞叹。”

小晏道：“阁主好兴致，想必只要凶手不侵犯到阁主，阁主便任由他作为。但既然阁主与两位女伴都在这艘船上，又怎能真正置身事外？”

卓王孙冷冷一笑：“他若敢令我不在事外……”伸出的手掌猛然握紧。风暴在这一刻骤然停歇，一股浩大的力量破空逼来，庞大的大威天朝号仿佛都在这一瞬间强行静止！

卓王孙手一松，大海重归于暴虐之中，但他的眸子冷冽至极，无声无息地宣示着他王者的意志。

小晏注视了他片刻，淡淡道：“阁主当真不愧是阁主。”

卓王孙展颜一笑，满空杀意顿时消散无痕："我不是阁主，你也不是幽冥岛主，浮萍相聚，来去自定。既然轮到唐岫儿了，我们不妨去看看她，看这个脾气极大、爱打抱不平的大小姐在自己不平的时候是个什么样子。"

小晏轻叹道："若我猜得不错，恐怕这位大小姐现在已经不能打抱不平了！"

两人下了船舱，向唐岫儿的玄三房走去。屏风发响时众人都奔了出去，只有唐岫儿未曾出来，后来杨逸之冷然避开，相思陪步小鸾回房，其余人等尚聚在走廊的屏风前众说纷纭，一直没有顾得上唐岫儿，她这时应该还在自己房中休息。

至于那个人影是谁，怎么能平步走到烟波浩渺的海中，宛如海妖一般消失掉，两人却如未见一般，丝毫都不提起。

玄三就在楼梯的左侧，房门却不知在什么时候关上了。小晏微微皱眉，两人举步向前，却突听房中传来嗒的一声响。两人对视片刻，同时出手将门推开。

鲜血！

房屋中是大片血迹，从屋角一直徐徐流淌到门口。唐岫儿就站在血泊中，浑身血红，腰间横穿一柄长剑。她的身体已开始僵硬，右手却死死撑住一座黑色的衣架，仿佛这就是她的长矛，她随时还会挥动武器和敌人搏斗。她的肩头也被这座衣架的一角刺穿，身体半挂在上面，这样才保持了她的尸体站立不倒。

她上半张脸已被人用利刃划得支离破碎，只剩下一片模糊，下半张脸却完好无损。沾血的嘴唇泛着妖异的色泽，雪白的牙齿完全龇出，恶狠狠地咬在一只手上。那半张残缺的面孔狰狞地扭曲着，仿佛一腔怨气都聚集在上下齿之间，要将那只手撕咬粉碎，看上去真如地狱变相，恐怖至极！

左臂手腕以下已被人生生截断，却又强行套上了一盏蓝色的水晶灯罩。灯罩本有八瓣，却被敲去其三，凑足五瓣之数，看上去仿佛一朵在残臂上生根的蓝色花朵，得到了鲜血的滋润，正要徐徐绽放。

她身上受伤甚多，血流从四处汩汩而出，沾湿了她的双足，还在向四处延伸，直到将整个地板浸成一片血海。小晏忍不住叹了口气，缓缓闭上了眼睛：“第六界天主对性力之神的祭祀。”

卓王孙注视着现场，尸体惨状与屏风极其近似，显然经过了精心布置。渐渐地，他的目光中也透出些许凝重。

此刻，门外传来一阵极其尖锐的叫声。卓王孙的脸色倏然改变！

这叫声是步小鸾的！

她仿佛受了突如其来的惊吓，一声接着一声地哭喊着：“哥哥！哥哥！”

小鸾的身体是万万不能承受任何惊吓的！

小晏就觉身边卷起一阵凌厉的旋风。他一回头，就见卓王孙的身形平地拔起，宛如闪电般向天三房间飙去。轰然声响中，玄三、天三的房门被卓王孙的一冲之势击为齑粉。

卓王孙轻柔的声音在天三房间中响起：“别怕，我在这里，没有人敢伤害你。”

小晏叹了口气，缓步向天三走去。

就听步小鸾哭叫道：“相思姐姐……相思姐姐不见了！”

卓王孙道：“不要怕。她一会儿就会回来，你先躺下，我这就命人叫她来。”

步小鸾一把抓住卓王孙的手，哇地哭了出来：“姐姐不会回来了！姐姐被魔鬼抓走了！”

卓王孙拍着她的肩，柔声道：“你又做噩梦了。”

步小鸾死命抓住卓王孙的手，叫道：“我没有，我要是再做梦，魔鬼也会抓我走的！刚才相思姐姐在房里陪我，我要喝水，相思姐姐刚刚拿了杯子给我倒水，就突然消失了！哥哥，我好怕！”

卓王孙的脸色终于沉了下来。

步小鸾如此哭喊，若相思只是去了别处，一定早已赶了过来。看来凶手的魔爪终究还是伸到了他的身边。也许凶手本来的目标是步小鸾，相思只是恰好做了替代品而已。

卓王孙缓缓将步小鸾搂在怀中，两手环抱，将她的脸遮住。步小鸾在他怀中轻轻抽泣着，卓王孙一动不动。有一瞬间，整个世界仿佛静止了。随后，卓王孙脑后的长发宛如墨云一般飞扬而起，一道狂猛的力道从他身上鞭挞而出，瞬间席卷了整个天三房间，然后就如狂溢的龙卷一般向船舱奔腾而去。

大风呼啸，卓王孙真气鼓荡，猛地一振，整个大威天朝号扑簌震动。卓王孙厉声喝道："出来！"

无人敢应。

在这帝王般的威严面前，无论是谁都只有畏惧战栗！

卓王孙大步走出房间，手一挥，那扇画满六支天祭的屏风凌空飞到了他的手上。卓王孙冷笑道："你还要装神弄鬼到什么时候？"两掌猛地一合。

那屏风哗啦啦一阵响，顿成无数碎片从他手中跌落。

小晏轻叹道："公子这又何必？怒气是解决不了什么问题的。"

卓王孙厉声道："要你来教训我！"一抬手，一道真气翻转飙射，向小晏恶扑而下。小晏袍袖一展，在卓王孙的掌风中猎猎作响。他的身形宛如一道月光，无声无息地向粉末处退去。

卓王孙冷叱一声，劲力宛如雪片一般凌空而降，顷刻将小晏全身裹住。

小晏摇头道："且慢……你看这是什么？"

一阵寒辉闪动，卓王孙就觉真气微微一滞，同时看清小晏落脚之地正是屏风摔碎之处。小晏左手从碎片中捡起一物，当下紫袖一抖，满天的真气消散于无形。他轻轻叹息一声，正要拂去手中的尘土，突然一道凌厉无比的暗潮汹涌而至。

小晏猝不及防，后退了一步，手中之物已经被卓王孙抢了过去。

那物折叠弯曲，是一片片极小的铁片连缀在一起，本来藏匿在屏风中间，这时被卓王孙强猛的掌力摧毁才显露出来。这些铁片彼此之间仿佛有种神秘的吸力，一旦脱了屏风的桎梏，立即一块一块衔接起来，组成一幅完整的图案。

无数铁片连缀成一个椭圆的曼荼罗，烈焰的颜色仿如欲海翻腾，万千献祭者的头颅就在火焰中攒动沉浮。日轮与月轮同时照耀，中间是一头炽白如日的喷火公牛，矗立如山冈。

上面端坐着世界毁灭之主、众神之首——湿婆。

大神幽蓝的长发在火影中飞舞，额头上一只半月天眼，既顾怜一切有情，也摧毁一切罪恶。双肩上蜿蜒着一条赤金蛇，正昂首吐芯。那柄摧毁三连城的巨弓化为无边光彩，从神手中散出，覆满三界。万兽就匍匐在他的脚下。

这就是孤独、残忍、庄严、公正的神主，是毁灭、性力、战争、苦行、野兽、舞蹈力量的拥有者，湿婆。

小晏注视着神像，似乎某种记忆正在一点点开启，他缓缓道："郁公子原来和湿婆不像的。"

卓王孙冷笑道："的确不像。你又想借此顾左右而言他吗？"

小晏道："公子请仔细看看，想必会从这上面看出许多东西来的。"

卓王孙道："我为什么要看？"

小晏道："难道你不想知道相思姑娘的下落？"

卓王孙讥嘲道："那不正该问你？"

小晏微微皱眉："公子是怀疑我是凶手？"

卓王孙不答，轻轻拂袖，拼合好的神像再度化为彩色碎屑，漫天飞舞。他踏着铁屑，一步步走向小晏："你即便不是凶手，也能用血感应出她的下落。我只用捉住你，放血逼问就好，又何必玩这种无聊的解密游戏？"

小晏迎着他的杀气，从容不迫地道："有理。然而你我一战，不是一时三刻就能有个结果的。若是耽搁了时间，让相思姑娘反遭毒手呢？"

卓王孙冷笑："那我将船上的人杀光。你们之中总有一个是凶手，也算是给她报了仇！"

他的手突然抬起，只是最简单的一招起手势，但上至舱顶，下至地板，都突然裂开。劲气交糅杂合成凌厉的风墙，向小晏压了过来。小晏一抬手，冰蓝色的寒光应手而起，向风墙上挡了过去。但那一击之力实在太过巨大，小晏也不能正面阻挡他含怒一击，于是身形一转，顺着来力平平往后退去。空中突然微微一暗，一道剑气直插而下，混合着小晏的寒光轰然爆开，将卓王孙的掌力化解开。

只见杨逸之缓缓落下，皱眉道："怎么会是你们两人动手？"

卓王孙道："来得正好。既然你我迟早有一战，又何必千里跋涉，多费周折？不如就在此地决胜。"他看了一眼小晏，对杨逸之冷笑，"不如你和他联手，也好多几分胜算。"

小晏倏地撤回蝶丝，道："此时却不敢奉陪，还是尽快想法营救相思姑娘的好。"

杨逸之脸色一变，衣袖下的手指不由自主地握紧："她怎么了？"

小晏正要答话，卓王孙冷冷打断："营救什么？你们既然真在意她，不如陪着殉葬。"

小晏叹息道："难道郁公子认为天下只有自己身边的人是值得守护的，别人都是泥土吗？"

卓王孙冷笑道："那你不妨试试，在我手下到底守护得了谁。"

小晏默然了片刻，沉声道："若是我能指出凶手是谁呢？"

卓王孙道："说！"

小晏淡淡道："就是他！"他的手指笔直伸出，所指的赫然竟是杨逸之！

岳阶正匆匆从甲板上走下来，闻言冷笑道："殿下觉得是杨盟主，老朽倒觉得是殿下呢！"

小晏微笑道："岳神捕急匆匆的是到哪里去了？"

岳阶冷笑道："我自然没有你们这样神俊的身手，等我到了屏风这里，你们已经到了甲板上了，等我到了甲板上，你们已经回到了方大人房中，等我再赶到舱中，你们却已去了小鸾姑娘房中了！江湖上的朋友们抬爱，枉送了个神捕的名号，哪知不但见不着凶手的影子，就连三位的影子也一概见不着了。"

他摇了摇头，目光突转凌厉，盯在小晏的脸上："但我老眼未花，脑袋偶尔还会想些事情，若是我猜测不错，只怕这凶手不是杨盟主，而是殿下！"

小晏脸上微笑不减，道："岳神捕必定有备而来，不妨陈说一下怀疑我的理由？"

岳阶道："虽然你容貌出众、武功绝世，但老朽从你上甲板的那一刻开始，就已经怀疑你了——因为你身上有血腥味。"

他顿了顿，接着道："也许老朽这么说，大家不太明白，但老朽凭着几十年的经验锻炼出来的直觉，还是有几分准的。你身上有股淡淡的血腥气，瞒得了别人，却瞒不过老朽。"

小晏容色不动，淡淡微笑道："我身上怎么会有血腥气？"

岳阶冷笑道："那恐怕只有你才知道了。不过我听过一个传说，殿下失踪十八年，本来天皇已更立太子。但不知为何，殿下突然回来了，说动天皇更立东宫之位。天皇虽然更钟爱殿下，但朝中大臣各拥一主，互相争执不下。后来天皇在神宫中斋戒七日，终于得到神示，传召两位皇子入宫，在护国神器八咫镜前立下誓言，让你们各赴国外，约定一年期限，实践誓言者得承大宝，并分别赠以两件神器八坂琼曲玉以及草薙剑为信物。明人面前不做暗事，殿下来此难道不是为了那个誓言？"

小晏微微一笑，点头道："不错。岳先生当真了得，鄙国远在海之孤角，岳先生都知之甚悉。"

岳阶冷笑道："我们老江湖，仗的就是消息灵通罢了。两位皇子所诺之事，虽然是贵国皇室第一机密，然而还是不免传出风声！"

小晏面色微变，瞬即释然微笑道："愿闻其详。"

岳阶一字一顿道："传说贵国八咫镜中，实际上居住了一位邪神。那位邪神名叫月阙，本是昆仑山上青鸟族三支后裔之一，出于迫不得已的原因，才远离故土，寄身东瀛。由于她能够向天皇预言军国大事、兴衰吉凶，贵国皇室一直暗中将之奉为神明。这一次，正是这位邪神月阙假托天谕，要两位皇子立下诺言，来到中原帮她完成一个不可告人的使命。殿下既然负如此重任来到中国，只怕不是简单地游山玩水吧？老朽所闻到的这丝血腥气，便是从此发出。"

小晏微笑道："岳先生可真会联想。"

岳阶道："不是联想。老朽办案多年，若没有确凿的证据，怎能只凭这等臆测就定如此大罪？老朽敢于狂言，就是因为馨明殿下犯了一个大大的错误。"

他叹道："殿下不该将一船的人都想得如此愚笨，竟然要玩之于股掌之上。谢杉为人不错，家世清白，武功也好，待人接物冲淡平和，但不知怎么得罪了殿下，殿下竟然要在众人环伺之下将谢杉杀掉。这也未免太狂妄了些！"

小晏道："那时我也守在门外，怎么能说是我杀的呢？"

岳阶道："这就是你的聪明之处！但不巧的是老朽从一开始就对殿下极其留意，注意到了殿下的武功秘密。"

小晏道："我的武功有什么秘密？"

岳阶道："风冥蝶！殿下杀死倭寇的功夫，就是这种冥蝶！这种蝴蝶只产于幽冥岛的万年玄冰中，所吐出的丝比冰蚕丝还要坚韧，而且极细无比，易与真气相合，杀人于无形。这种蝴蝶所产极少，大多数人连听都没听说过。但老朽办案多年，结交的都是江湖上的游侠，听的见的也就比常人多得多，所以对风冥蝶颇有风闻。不知老朽说得对不对？"

小晏微笑颔首道："岳先生说得很对。"

岳阶道："谢杉独在房中，我们守在外面，前后不过一盏茶的工夫，谢杉就身首异处。这说来虽然诡异无比，但殿下若是事先将一只风冥蝶放入屋中，命它暗暗在空中结一根丝，恰好齐谢杉的颈部，那丝何等细小，谢杉那时心慌意乱，自然无法察觉。时辰一到，他急于脱困，径直奔向房门，房中光线昏暗，必然看不到蝶丝。风冥蝶丝锋利至极，谢杉欣喜焦急之下必然慌乱，脖子撞在蝶丝上，便被割断。等外面的人听到动静，抢入里面时，殿下再乘乱将蝴蝶收入袖中，岂非神不知鬼不觉？"

小晏脸上的神色略变了一变，笑道："你猜得不错，不过这只蝴蝶却不是我放的。"

岳阶冷笑道："天下产风冥蝶的地方只幽冥岛一处，若说有人能从殿下手中将蝴蝶夺走，这未免也太不可思议了吧？而且当时我清清楚楚地看到殿下进入房间之后，向蜡烛上张望了一眼，然后神色变了变，难道这不是心中有鬼？"

小晏叹道："我就知道你不会相信。不过我可以告诉你，我当时的确看出杀谢杉的是风冥蝶丝。"

岳阶冷笑道："你自然不会说那蝶丝是你放的了。"

小晏不去理他，继续道："风冥蝶性喜冷色而极厌暖色，凶手将门口两座水晶莲花灯罩换为一红一蓝，然后将冥蝶包在蜡丸中放在烛台内。谢杉和唐岫儿检查完房间之后，烛火渐渐将蜡丸融化，风冥蝶被两种光线激诱，一面吐丝一面向对面飞去，等它在门口结成丝后，却正好扑入对面烛火中，被烧化成一撮灰尘。我所注目的以及后来郁公子从蜡烛中拾起的也正是这撮灰尘。若岳大人不相信，可以问问郁公子。"

岳阶道："若是只有这一处疑点，也就罢了，但老朽不断观察回想，却发觉你的疑点甚多，不由得老朽不怀疑。而且老朽还怀疑凶手不止一个人，你还有同谋！"

小晏笑道："同谋？谁？紫石吗？"

岳阶道："她是你的同谋，这还用说吗？我怀疑的是郁夫人！"

卓王孙怒道："闭嘴！"

岳阶慌忙摇手道："郁公子息怒！老朽只是就事论事而已。我也想不出为什么他们是同谋，但就老朽观察所得，只怕当真有此事。"

卓王孙冷冷道："讲！若你信口开河，我第一个杀的就是你！"

岳阶拱手道："老朽哪敢？公子请想，第一桩命案，庄易死于甲板上，正在殿下房间的上面，殿下却说丝毫没听见动静；第二桩命案，兰葩死，乃郁夫人发现；第三桩命案，敖广死时，甲板上只有殿下、郁夫人、杨盟主三人，而杨盟主被殿下一掌击伤，已无力作案；第四桩命案，谢杉之死，大家都在，姑且不论；第五桩命案，方大人虽然死时没人发觉，但有人看到之前郁夫人去过千利紫石的房间，而当时殿下也在其中，而且当时情形之古怪……郁公子既然亲眼所见，老朽也就不再多说什么。然后海妖显形、唐姑娘死、郁夫人失踪，殿下都在现场。"

卓王孙沉下脸，道："你到底要讲什么？"

岳阶慢慢道："我只是想说，似乎每一件案子都跟殿下与郁夫人有关。也就是说，他们之中至少有一个，每次都在案发现场！”

小晏苦笑道：“船上就这么几个人，能跟谁无关？”

岳阶道：“但你们两个的关联似乎太多了。而且若是殿下与郁夫人是凶手，那么很多不可解释的现象就都可以解释了。”

小晏道：“你可以解释什么？”

岳阶道：“以殿下顷刻杀人数十之功夫，杀庄易当然也不是什么难事。若是别人在殿下的屋顶上杀庄易，殿下听不到，那是很难解释的一件事，但若是殿下自己杀人，然后自己‘假装’听不到，那就不是多难的一件事了！”

小晏默然片刻，点头道：“有道理。”

岳阶微微一笑，道：“兰葩之死，我怀疑根本就是郁夫人所为。郁夫人开门之时，兰葩尚未死，郁夫人杀死她，再假装偶然看到尸体，好像也不是什么困难的事情吧？”

小晏又点头道：“这样说来，是不困难。”

岳阶道：“谢杉乃风冥蝶所杀，我就不多说了。至于敖广之死，当时甲板上只有敖广、殿下、郁夫人、杨盟主四人，殿下假装与郁夫人争吵，然后由郁夫人拖住杨盟主，殿下乘机下手。敖广虽然在大风大浪里经过了，但哪里领教过殿下如此高明的神功？殿下自然一根小指头就可以杀掉他，是不是？”

小晏道：“中肯地说，我要杀他，的确很容易。”

岳阶逼上一步，道：“也许殿下觉得自己或许在这几场命案中多露了些马脚出来，所以就寸步不离地跟着郁公子，好洗脱自己，却还是忍不住露了一次！”

小晏道：“哦？”

岳阶道：“殿下跟着郁公子，不但是为了洗脱自己，还是要引开郁公子，好让郁夫人乘机去杀唐岫儿，然后再自己躲起来。”

小晏淡然一笑道：“我跟着郁公子，如何又引开郁公子？”

岳阶笑了一笑，道：“因为那位海妖就是殿下！”

小晏皱眉道：“这是从何说起？”

岳阶道："武功分正邪两派，正派的着重在内力招式上，邪派的则着重于各种歪门邪道。后来武功传入边陲外国，经过历代演变，形成几种极其神秘的门派。他们的武功神异诡邪，让人难测难当。其中一派传到扶桑国后，被变化而成忍术，尤其诡秘异常。忍术中有种术法叫作腹语，可以从腹中发出声音，练到极处，甚至能让声音从身体以外发出。更诡异邪恶的是他们的镇派之宝，叫作摄魂术。传说这摄魂术修炼之后，能够让受法者脑海中产生幻想，幻视幻听到这个世界上根本不存在的东西。郁公子所听到的发自甲板上的轻笑恐怕就是腹语术，而后来所看到的海妖幻影，只怕是贴身在旁的殿下的摄魂术而已。只是殿下的摄魂术虽然高明，但郁公子的修为毕竟不弱，殿下的摄魂术还不能通达其中，所以郁公子虽然幻见了那位海妖，却没看到海妖脚下的黑云。"

小晏微微摇头道："你真的这么认为？"

岳阶道："你们这般做法，正好为你们洗脱了嫌疑。因为郁夫人失踪了，成了受害者，谁都不会猜想凶手也是受害者之一！所以你们只选择了失踪，而不是死！只是其他受害者都在屏风显形后立刻被发现了尸体，唯有郁夫人例外，这岂不是有些太奇特了？何况老朽早就注意你们了！曾有几次，我都亲眼看到你看着郁夫人的眼神、郁夫人看着你的眼神都远非平常朋友之间可及，想必郁公子也曾有所见！"

卓王孙眼中突然寒光一凛。

小晏缓缓道："我这么做的目的何在？他们与我素不相识，我何苦滥杀无辜？"

岳阶得意一笑，道："那只是因为你的目的并不是他们。或者因为他们撞破了你的秘密，你不得不杀他们灭口！"

小晏道："那我的目的是什么？"

岳阶道："杨盟主，其实你真正想杀的人是杨盟主。因为杀了杨盟主，你就可以实践那个不可告人的诺言，强过你的皇兄，而争得扶桑国的国主之位。但你忌惮杨盟主的武功，不敢正面下手，所以策划出一个又一个精巧的骗局，就是想要迷惑大家，转移大家的视线，搞得人心惶惶，你正好从中渔利！"

小晏摇头道："这样的皇位，争之何益？岳大人，若在下真如你所说，在敖广命案之时，我就可以在甲板上格杀杨盟主，何必再有后面这些事？"

岳阶道："因为你不敢。"

小晏道："不敢？为什么？"

岳阶道："你早就试探过杨盟主的实力，你怕他是在故意示弱，诱你出手，所以你最终才没有下杀手。你做事太谨慎了，越显而易见的时候，你反而越不肯相信。"

小晏微笑道："越显而易见的时候，我反而越不肯相信……你这句话倒真是说对了。但你想没想过一个问题，就是若是这一切都是我策划的，我为什么要用六支天祭的名号？"

岳阶冷笑道："你只是借着兰葩的疯言疯语往下演戏而已。"

小晏微笑道："那我又是什么时候在屏风上画好那后来显露的六幅图呢？"

岳阶的身躯猛然一震，这实在是很致命的一点错误，可惜岳阶并没有想到！

小晏脸上的笑容不减："有很多事你都说对了。我跟郁夫人的确有某种感应，但也仅仅是感应而已，其中缘由关系到一个邪恶的血咒，却不是你能理解的。我也的确非常注意杨盟主，因为我同你一样，从第一桩命案开始，就认定他是凶手了！"

岳阶喃喃道："这又为的是什么？"

小晏没有回答他，转而对杨逸之道："杨盟主，在下如今指证你是凶手，盟主是否要先为自己辩解一二？"

杨逸之淡然道："我不必。"

小晏注视了他一会儿，叹息一声，道："杨盟主，你少年之事我已尽知。你虽然行事不择手段，但有今日之成就毕竟得之不易。若你肯依在下一件事，那么我就将这个秘密永藏心底，再不向任何人提起。"

杨逸之冷笑道："什么事？"

小晏目中神光微动，缓缓道："我要你伏罪自裁。"

第二十六章

龙吟瀛台海神泣

此言一出，房间中良久没有声息，众人的目光都汇聚到杨逸之脸上。

杨逸之遥望窗外的大海，缓缓开口道："我不是凶手，也不会自裁。"

小晏摇了摇头，道："事已如此，也非我本愿……"他叹息一声，"六支天祭本是曼荼罗教向大神湿婆所献的最高祭祀，是六界天主献出肉身与灵魂，分别取身体上的不同部位，共同拼成湿婆本生图，完成对湿婆六大化身以及本神的祭祀。

"在这一次的天祭中，庄易缺损左足，祭祀风暴之神化身；兰葩缺损额头，祭祀苦行之神化身；敖广缺损右足，祭祀舞蹈之神化身；谢杉缺损脖颈，祭祀兽主化身；方天随缺损心脏，祭祀战神化身；唐岫儿缺损左手，祭祀性力之神化身……若我们再不营救，郁夫人就将成为第七支天祭对象，缺损右手，祭祀湿婆本尊——毁灭之神。"

卓王孙的脸色阴晴不定，岳阶却道："花费这样的苦心，凶手的目的又何在呢？"

小晏淡淡道："赎罪。这种祭祀本来是为了抵赎六界滔天罪恶，后来天祭的时代虽已遥不可考，但天祭之说一直流传于人间，用于向神抵赎罪过。曼荼罗教教义以为，若能完成六支天祭，无论何等罪孽，都将因鲜血而洗清。这次六支天祭正对应了大威天朝号上的六宗命案，可以推想，设计这六支天祭之人必定是一位曾犯下滔天大罪之人！"

岳阶疑道："滔天大罪？我们中谁犯下过滔天大罪？"

小晏微微一笑，不去回答他，道："曼荼罗教素不与中土来往，然而其中藏有许多武功秘籍，传言可以改天换日，顷刻成就一位高手。但曼荼罗教行迹诡秘，规矩森严，从来不纳外人，所以江湖中垂涎者虽多，真正能接近曼荼罗教的却是少之又少，更不用说染指秘籍了。但有这么一位少年，却因缘际会，被云南曼荼罗分教收留，而且甚得分教教主的赏识，传了教中大法。那少年本不通武功，却因为修炼了教中法典，不数日就成为江湖上首屈一指的高手。但那少年不甘心雌伏一隅，终于叛逃曼荼罗教，回归中原，携绝世无敌之武功，迅即声誉鹊起，创下了好大的名头，虽然不能说是中土第一，但也差不多了。是不是，杨盟主？”

小晏的目光随着话音盯在杨逸之的面上，目光闪烁，竟似有种讥嘲之意。

杨逸之的面色淡淡的，似乎没有听见。

岳阶却暴跳起来：“你说这少年就是杨盟主？你……你竟敢血口喷人！”

小晏淡淡道：“是不是血口喷人，杨盟主自然知道。我只是听说杨盟主乃大明兵部尚书杨继盛之子，三岁习于书，十三就求了功名，却从未修炼过武功……但杨盟主在十四岁时离家出走，浪迹江湖，数年后就神功绝伦，冠于一时，终于成就了盟主之位。试问中土武功中，可有如此速成的吗？而且盟主的武功根本不修气练息，而以风月光华为剑，中原心法可有如此诡异者吗？”

岳阶怔了一怔，喃喃道：“也许杨盟主有什么奇遇也未可知。”

小晏微笑道：“奇遇是有的，但不是在中原，而是在云南苗疆，也就是曼荼罗教的分教所在。”

岳阶道：“纵然如此，你又如何得知？我看你多半是瞎编乱造！”

小晏道：“杨盟主如此有名之人，我虽身在小国，却也慕名已久，忍不住就查了查他的生平。嘉靖二十五年十月十三日，杨盟主和一个女子曾在云南神木峰下的小店中住过两天，交给店主四两银子，让店主喂养马匹，然后入山去了，却从此再没有回来，可有此事？”

杨逸之举目远眺，不予回答。

小晏微笑道：“杨盟主不回答也无妨……后来盟主得入曼荼罗分教，盗学法典，成就武功，然后叛出教中，是些什么经历，我就不知道了，相信也没有几个人能知道。但盟主再履中原时，已是身怀绝世武功，这是事实。可能盟主离开之时还曾多布疑阵，让曼荼罗教以为盟主已死。曼荼罗教素不至中土，盟主虽然如日中天，其教众却不虞其知。但世间之事当真难料，竟在这大威天朝号上遇到了一位曼荼罗教中之人！”

岳阶脱口问道：“谁？”

小晏慢慢道：“兰葩。”

他转身对杨逸之道：“盟主不会否认认识兰葩吧？”

听到这两个字，杨逸之的冰霜之色也不由得为之动容。小晏微笑道：“我就知道以盟主之正直聪明，必然不会否认。盟主见到兰葩后，知道事已败露，又不知兰葩有没有通知其余教众，所以不能仅仅杀之灭口。于是只好设计这六支天祭，来为自己洗脱罪责。生死所关，这本是人之常情，但盟主为一己求存而屡杀无辜，却也残忍太甚。枉杨盟主声誉武功冠绝一世，却和那些杀人越货的盗贼毫无分别。”

小晏长长叹息，眼中似有不忍之色。

岳阶怒道：“你这还不只是一面之词？”

小晏道：“敖广之死，甲板上只有我们四人，我是看到杨盟主欲向敖广下手才出招阻挡，而杨盟主却立刻假作受伤，令郁夫人不明真相，处处阻挠于我。后来我为盟主疗伤，盟主却瞬时恢复功力，将我击伤后离去，这些行止是否也太可疑了一些？”

岳阶怔道：“这……这……”

小晏继续道：“这船本是杨盟主所雇，盟主有足够的时间来布置曼荼罗图。庄易之死，乃为大物击杀；方大人之死，凶手自窗而入，但窗外直临大海，凶手势必要以绝顶轻功自船顶翩然而下。这两次皆需绝世之武功，不一定非是盟主所为，只是盟主亦可以为而已。谢杉之死，虽为风冥蝶所杀，但在下的冥蝶上船之时就已失窃，这点在下曾向郁夫人提过。如岳大人所说，旁人要从在下手中拿走风冥蝶自然是万难，但若杨盟主暗做手脚，自当别论。而最后两桩命案，我、郁公子、岳大人都互相耳目可属，只有杨盟主恰好不在。试问此时盟主又在做什么呢？为什么两桩命案发生后，盟主又出现了呢？”

他这几点一提出来，当真是咄咄逼人，连岳阶一时都哑口无言。

小晏的目光盯在杨逸之身上，沉声道：“盟主所居地一房在屏风右第一，兰葩所居玄一在屏风左第一，兰葩命案时，郁夫人第一次推门看到的景象跟后来大家一起来的时候并不一样，这本来很难解释，但若是考虑到一点小小的手法，就不难解释了！”

岳阶忍不住问道：“什么手法？”

小晏道：“屏风！”

岳阶：“屏风？”

小晏缓缓点头，道：“屏风！我们忽略了一个很简单的事。舱中光线暗淡，舱身又是圆的，我们习惯于用这扇屏风来确定方位。屏风下边第一房是玄一，上边第一房是地一，屏风对着的是天三、黄一。但若是有人有意地将屏风挪了个位子，将屏风放在地一跟地二之间，那么若是不太注意，就很容易将地一当作玄一，而将地二当作地一！”

岳阶皱眉思索了片刻，道：“的确是这样，但这又有什么用处呢？”

小晏微笑道：“极有用处！郁夫人第一次进入的，其实是地一，也就是杨盟主的房间。盟主早就在房中布置好了，也就是兰葩脸色铁青地趴在曼荼罗中的场景。等郁夫人惊叫着跑出去之后，盟主再将屏风迅速移回原位。以盟主之能，当然可以在瞬间就做好。等郁夫人率众人回来时，自然就进入正确的玄一房中，那时看到的，也就是脑颅洞穿的兰葩的尸首。但此时又有谁会想到去杨盟主的房中查看呢？”

小晏道：“不知诸位是否留意，郁夫人第一次看到兰葩的尸首时，兰葩的头颅还没有洞穿，如何能有鸟掌一般多的鲜血流出？”

岳阶一怔，恍然大悟道：“兰葩的皮肤剥取得极其仔细，并未伤及主要血脉，那时的确不应该流那么多血的！”

小晏道：“唯一的解释，就是此时郁夫人看到的虽然是兰葩的头，身体却并不是兰葩的。这些血就是拼凑中流出的。”

岳阶突道：“难道……难道有两具尸体？”他的声音中都带上了止不住的颤抖。小晏点头道：“不仅是两具尸体，也是两份布置、两个房间！”

岳阶颤声道：“多的那个房间是地一，但多的那具尸体呢？”

小晏道：“岳先生还记不记得本来船上还有位小姑娘，传说牙齿利得很，但后来再未出现过……在下方才所谓杨盟主残忍，也正是指这种手无缚鸡之力的无辜者。”

他又叹息了一声，将目光转开，再不看杨逸之一眼。

岳阶再要争执，却发觉小晏的推断实在很有道理，几乎就是不可置辩的。他张了张嘴，终于还是没有说出话来。

小晏道：“本来我也不会如此猜想，岳先生还记不记得那位日本少年？他跑进唐大小姐的房中，被狠揍了一次。”

岳阶道：“自然记得，但不知他与此事有何牵连？”

小晏道：“那少年本是来投靠我的，却不想舱中房间看上去都大同小异，所以才错入了唐姑娘房中。当时我脑中灵光一闪，似乎想起了什么重要的事情，但就是回想不起来，后来我多方印证，终于想明白了其中的关节。只是这六条性命，却再也救不回来了。”

小晏轻叹一声，面露悲悯之色，不再说话。至此，他这一番推论完完整整，无论动机、手法、时间、方位，都已锁定杨逸之，岳阶心中亦生出一阵疑惑，不由得转头望向杨逸之。

杨逸之脸上的神色丝毫不变，似乎没有听见两人在说些什么，又似乎这一切与他根本不相干，他只是个看客而已。

岳阶忍不住轻声问道：“杨盟主……您看您有什么辩解的吗？”

杨逸之负手一笑，昂首傲然不言。岳阶很是尴尬，摸了摸头，张了张嘴，似乎突然下定了主意，大声道：“杨盟主，虽然老朽在你眼中不值什么，老朽的武功也根本不能与你相提并论，但你若是犯了罪，这些人真是你杀的，老朽就算是拼了性命也要将你绳之以法！但你要明白一件事，老朽捉拿的是凶手，不是盟主或者殿下。你若是有什么要辩解的，不妨就说出来，老朽一概洗耳恭听。”

他虽然说得大声，杨逸之却如充耳不闻，反而将眼睛闭上。岳阶还要再说什么，小晏轻轻拦住他，道：“杨盟主若是不肯说，你怎么求他都没用的……幸好，不说话也可以证明很多事。”

他话一说完，就动了。

一动，就如在九天之上！

当今耸动天下的两大高手，终于交手！

小晏手一抬一放，大片带着森寒冷气的紫光从他的手中溢出，宛如天河一般闪烁纵横，向杨逸之卷去。刹那间，船舱中一片晶莹闪亮，所有的器物仿佛都镀上了一层宝蓝色的辉光，看去明丽鲜艳无比。小晏的眸子在这辉光中就如月光一样幽丽深广，似乎在为无辜受苦的死者垂怜，又似在为眼前的作恶者叹息。

所有的光芒都暗淡下去，仿佛被一种无名的力量突然收聚起来，压缩至杨逸之的身前。

杨逸之左手握起，突然张目，船舱中就如划过一道极其灼亮的闪电，刺得岳阶眼睛都睁不开。杨逸之的手漾起一团晕光，似前似后，如在如不在，他的身形仿佛突然迷蒙起来，影子般悬立于空中，小晏的冥蝶真气却丝毫不能沾其身。

小晏脸色微沉，手一提，光芒仿佛应手而起，化作实物一般向杨逸之包裹而去。

风冥蝶丝。

传说中来自幽冥之都的诡秘武器，化自诸神眼泪的上古神兵。大片闪光的蝶丝组成极大的网状，向杨逸之围裹过去。杨逸之并没有闪躲，他只是竖起食指，当胸一划。骤然间，他的手指竟仿佛黑暗中的明灯，将所有的光芒都集中在一起，天地众生都为之暗淡无光。

风月剑气！

这无痕之剑与风冥蝶丝一起出现，如水脉般席卷了整个船舱，犹如包含了露珠的花蕊，将整个世界反照于其中。杨逸之的剑气尚未发出，全身衣袂已被鼓涌而起，整个人仿佛交错的光影，时显时隐，出世之姿一如神仙中人。

他人虽未动，劲气却如龙卷风般盘旋，似乎随时都要击出。

小晏的紫衣宛如蝶翼一般飘拂起来，在耀眼的强光中穿来插去。他袍袖展开，如舞宝轮，万千蝶丝就如道道祥光，奉持着他淡紫色的华裳。顷刻间，整个船舱已被完全封闭住，劲气如旋涡随着他垂地的紫袖不住凝结，然后片片斜卷着飞出，跟杨逸之的剑气交错在一起。

两人一动一静，小晏从容试探，杨逸之却在静心等候着最好的杀机。两人尚未正面交手，但满天的杀意已让人不得喘息，看得众人心神俱失、惊心动魄。劲气澹荡而来，让众人忍不住步步后退。

就听小晏叹息道：“盟主有这样的身手却不肯造福天下，真是可惜！”

岳阶就觉身上的压力倏然一重，小晏如天外飞仙般腾身而起，夭矫盘旋，化作一道云光，向杨逸之电射而下。

杨逸之倏然完全静止，所有的光芒急速向他身体中汇聚。

岳阶虽然修为与两人相差天地玄远，但也知道已到了决生死的关键时候。

船舱中压力奇重，岳阶一瞬间连呼吸都停了。这一瞬仿佛永恒一般，在岳阶的脑海中固定住，又如宇宙初开时两位神祇的会面，带着空住之劫横空而来。

光芒一闪而灭。

杨逸之跟小晏的招式瞬间相接，却又同时收手。

时光仿佛被撕开了一条裂缝，倏然静止。

两人中间站着一个人——赫然竟是卓王孙！

至于卓王孙怎么出的手，三人此战到底是个什么结果，却不是岳阶所能看得出来的了。

卓王孙袍袖轻拂，船舱中充斥的真气点点消散，他的声音坚定而明澈：“殿下虽然推论得不错，但我曾勘查尸体，尸身脖颈上并没有拼接的痕迹，而移动屏风的也不是杨盟主。”

杨逸之和小晏都没有出言。

岳阶突道：“那是谁？”

卓王孙道：“却是死人从血泊中爬起，自己移动的！”

第二十七章

金风吹天落紫雷

“死人？”岳阶惊道，“你说兰葩？她不是已经死了吗？”

卓王孙道：“你还记得唐岫儿说过的一句话吗？‘生者是活动在祭桌上的血肉，死者在你们的呼吸中跳舞。已经丢失的生命将因神的诅咒而复生。’或许正是因为这句话，才让凶手对她起了杀心。她说者无意，但在凶手听来，无疑揭示了一个秘密。”

岳阶问道：“什么秘密？”

卓王孙道：“死者复生。”

岳阶一怔道：“郁公子是说，这就是凶手的秘密？”

卓王孙道：“你有没有注意到，船上发生了这么多事，但有一个人却如不存在一般，从来没有引起我们的注意？”

岳阶想了想，身子不由得一震：“空蟾？”

卓王孙叹道：“以前是空蟾，但从第二件命案之后就不是了。”

岳阶恍然大悟，道：“你是说凶手杀了空蟾，然后自己来假扮她？”

卓王孙淡淡一笑。

岳阶搔了搔头，道：“可是……可是凶手是谁？”

卓王孙道：“凶手是谁并不重要，重要的是他现在在哪里。”

岳阶脱口道：“他现在在哪里？”

卓王孙没有回答，小晏突然以手加额，闭目摇头道：“郁夫人在甲板上！”

岳阶回头讶然道：“你怎么知道？”

小晏的面色已然苍白如纸，道："你不用管我怎么知道的，快去，晚了恐怕就来不及了！"

岳阶哼了一声，道："危言耸听，这样的胡话我也信，只怕就太傻了。"

卓王孙跟杨逸之却同时转身，裂电一般的掌风挥出，两人同时到了甲板上。

就听一声惊呼，显然是位女子的声音。

岳阶心中一震，急忙掠了出去。身后小晏缓步跟来，脚步声中竟然有种莫名的沉重。

就听香料箱的另一头传来一声长笑，卓王孙、杨逸之同时顿住。只见相思仰卧在香料箱上，一动不动，凌乱的衣衫宛如一朵忧伤的花，盛开在阴沉杀意之中。

她身旁赫然站着一个人影。

那人影正是当日从海面上消失的海妖！

海妖一袭破碎的红裳，面目隐藏在帆底的阴影下，只有手中握着一柄短刀，精光闪亮，正虚对着放帆的绳子。

卓王孙跟杨逸之脸上变色。那绳子一断，整张大帆便会急速摔落，落点赫然便是相思横卧之处！那帆能推动整条大威天朝号行驶，自然极为巨硕，足足有普通帆的十几倍大，这时浸透雨水，沉重至极。帆底处的一条托木更是坚韧如铁，借力一落，力道何止万斤？只怕相思立即就会被拦腰切开！

卓杨二人虽然武功盖世，却也不禁心生忌惮。

海妖又是一声长笑，道："怎么，不敢上前了？怕我杀她？"

岳阶道："你是谁？"

海妖笑道："我是谁与你们无关。想不到你们能这么快就找来，我本想你们会去搜索舱底的。我知道你们有很多的疑问，为了奖赏你们这么快找来，可以准许你们问三个问题，如何？"

她的口气中满是骄傲讥嘲之意，岳阶却不敢计较，正要开口询问，就听卓王孙沉声道："兰葩，莫非这就是你的目的？"

兰葩？

此人竟是兰葩？岳阶霎时脑海中一片空白。

海妖也怔了一怔，脱口道："你怎么知道的？"声音嘶哑，竟混合着一丝惊疑。

卓王孙淡淡道："其实我早就应该猜出来了。六支天祭乃曼荼罗教之秘，若是别人作案，不会以此为原本。熟知六支天祭的，船上只有两人，杨盟主和你。"

海妖索性一仰头，月光照在那张美丽而妖艳的脸上，赫然正是兰葩。

她尖声笑道："那你为什么不猜是杨逸之？"

卓王孙淡淡道："因为我信得过他。"

杨逸之的身子微微一震，兰葩却尖声大笑起来："你信得过他？你信得过他？"笑声疯狂，又似乎带了微微的酸楚。

卓王孙道："我本也无意揭穿你。你所设的每一个局都精妙至极，有些竟然连我也猜想不出，船行寂寞，倒也不妨看着。但你不该犯到我头上的。"

他脸色一沉，一字一字道："犯我者死！"

兰葩咯咯笑道："犯你者死？天朝公子，你真以为你是湿婆大神吗？好，那你现在过来杀我吧，过来啊！过来啊！"

卓王孙皱了下眉头。这时的兰葩看上去几近疯狂，真和当初判若两人。

兰葩又尖笑道："你不敢过来吗？"她突然拉开衣裳，露出身上那幅狰狞的曼荼罗来，望着杨逸之颤声道，"你过来杀我啊！大不了我再受一遍这种苦楚，有什么不可以的？"

她的声音突转低沉，带着咝咝的尖响，仿佛毒蛇一般："天下之人，无不该杀，我恨不得一个一个杀绝！"

卓王孙凝视着她。他从未被人如此冒犯过，但兰葩狠毒的眼神让他忽然兴起了一丝好奇。这个几近疯狂的女子，究竟是出于什么目的，布下如此残忍而精妙的连环杀局？

他瞥了相思一眼，狂乱的海风中，那纤细的身躯是如此柔弱，水红的衣衫被风雾打湿，凌乱地横陈在甲板上。她身体上方就是万钧巨帆，墨黑的杀意沉沉垂下，将她单薄的身体笼罩上一层阴霾。如今，就算以他的修为，也无法立即将她救出。他暗中叹息一声，搜寻着出手的机会："在你杀绝之前，能不能回答我几个问题？有几宗命案，我至今也没想明白是如何做到的。"

兰葩阴声道："你不想救你的女人了？"

卓王孙淡淡道："我只是在想，你想没想过在船上装满炸药，最后同归于尽，将我们全都杀绝。"

兰葩大笑道："生命如此珍贵，怎么能用这种暴殄天物的方式来杀？一定要为每个人设一个精妙的局，慢慢地杀死，那才不负神明造人的初衷！"

卓王孙道："那我就放心了。只是造出如此精妙的局，却只有自己一个人知道，不是太曲高和寡、无聊落寞了吗？"

兰葩冷笑道："你们这些蠢人又知道什么曲高和寡？"

卓王孙微笑道："所以请兰葩姑娘说上一说。"

兰葩神情变幻。诚如卓王孙所言，她设计出这么精妙的杀局，将数位绝顶高手戏弄于股掌间，心中得意至极，确实极想向人倾吐："好，你要问什么？"

卓王孙道："多谢。谢杉之死乃是为风冥蝶所杀，杀死他的风冥蝶自然是空蟾从馨明殿下处偷来的，兰葩姑娘杀了空蟾，冥蝶也就落到了姑娘手中。唐岫儿乃姑娘乘乱杀死，这些都容易想通。其余的命案，在下就想不通了。"

兰葩道："你能想明白这么多，已经很了不起了。你想问什么？"

卓王孙道："庄易乃是被高手以重物横击而死，姑娘的心思虽然聪慧，武功修为却不是很高。姑娘是用什么方法杀他的呢？这是在下一不解。"

兰葩笑道："我就知道你们这些江湖高手自命不凡，就知道武功内力，其余的什么都不知道。你可知天地之威远远大于人力，凡人是无法与天相抗的吗？"

卓王孙道："这个在下略知一二。"

兰葩冷笑道："海水。"

卓王孙："海水？"

兰葩道："庄易自以为得阇衍蒂之珠，就可以借神魔之力而不老不朽，可是他一介凡夫，上古至宝哪里是他消受得起的？他只顾拼命将珠子往自己额上镶嵌，企图将之与眼睛合而为一，不想那阇衍蒂之珠上含有极强的麻痹作用，到了一定时候就能让人晕迷。庄易拿着它在自己的额头上揉捏，不老不死没有，却将自己生生迷晕了过去。"

她冷笑了两声，继续道："而后我绑住他的右脚踝，通过杆顶安好的转轮，将他吊上杆顶，再用力往海里一摔。那个蠢货就跟断线的风筝一样，从几十丈的高空中摔到海面上，一下就骨肉尽碎！我切下他的左足，一是符合天祭之意，另外也是为了掩饰脚上的勒痕。可笑的是你们一直在找那件古怪的凶器。而这件凶器就日夜摆在你们面前，却无人发觉。"

"那就是大海！"兰葩指着海面，爆出一阵得意的大笑。

卓王孙点了点头。的确，越是常见的东西就越不会引起怀疑。他的确没有想到庄易身上的伤痕竟是如此造成的。他微叹道："人体从几十米高处掉到海面上，已与坠落到地面上无太大区别。借天地之威力而行，纵然绝世高手也无法企及。更妙的是，如此安排，只用抛尸入海，无须打斗，在狂风巨浪的掩饰下，也不会发出特别的声音，引起别人的注意。姑娘果然天纵奇才。

"至于第二次命案中屏风之挪移，内子第一次进的是玄二，第二次进的才是玄一。毕竟地字房和玄字房还是略有区别，而两间玄字房更加相似。但是姑娘的身体既然在此，却如何能令那具尸体跟姑娘一模一样呢？这个在下又是百思不得其解。"

兰葩笑道："你什么时候看过我的身体了？沐浴那次吗？那只是因为我早就见过空蟾的身体。上船之前，她曾被几位高手捉住，那正是我们曼荼罗教的人。他们在她腿上留下了这个伤痕。我上船后找机会彻底查探了一遍她的身体，再照样做了一个。我在沐浴时展露出来，是故意让你们都看见。当时你们注目于我背上的曼荼罗，自然不会想到细查伤痕是真是假。日后你们看到血泊中的尸体，那是如假包换的真伤，却哪里能看得出破绽？你们想不到兰葩假扮空蟾，其实却是空蟾假扮兰葩吧？"

卓王孙不语，良久，苦笑道：“早知如此，当初姑娘沐浴时，在下就应该多看几眼的。”

兰葩冷笑道：“我也巴不得公子多看几眼。”

卓王孙道：“空蟾受人所逼上船盗取屏风，并在屏风边莫名晕厥，也是姑娘的妙计了？”

兰葩道：“我们交给她用来剥取屏风的药物本就是一种迷药。她昏迷中被我查看身体之后，误以为被人所污，以她的性格自然痛不欲生，寻死觅活，那夜差点儿在郁夫人面前露出马脚。她曾对郁夫人讲‘这艘船上不仅有恶鬼邪魔，还有更可怕的东西’，其实她想说的是还有‘衣冠禽兽’，只可惜这四个字正要出口，却被庄易给打断了。”

她微微一笑，道：“若说我的所行都只是顺从湿婆大神的旨意而已，不知诸位相不相信？”

卓王孙道：“天意虽有巧合，但此案之所以如此精彩，主要还是归功于兰葩姑娘的及早安排。”

兰葩道：“的确不太晚。小鸾小姐第一次误进的玄一房间，那里其实已是按空蟾房间的样式安排。除了那幅曼荼罗外，房中完全是一个昼伏夜出的女贼住处，这个郁公子难道就没有看出来？”

卓王孙叹道：“要一眼在兰葩姑娘手下看出些东西来谈何容易，比如那个更漏。”

兰葩冷笑道：“郁公子想得不错。那个更漏的确已被我改造过。说来容易，只不过是在更漏中间加上一个透明漏管，一头大些，一头小些。小的那头要算好每个时辰只会少漏六分之一个时辰的沙，于是六个时辰之后，就会正好晚了一个时辰。郁夫人自以为午时出发，实际上已是未时。只要计算得当，更漏自动翻转后，另一头的改大的漏管会将漏沙渐渐补充起来。这时，更漏每一刻都比平常漏得略快，但在短短一瞬间是很难发觉的。一切的痕迹，都在这一翻一转中掩盖得无影无踪！”

卓王孙道：“姑娘真是心细如发，小小更漏上也费了如许功夫。想来那些从房间中凭空生长出来的棺材也是姑娘的杰作了。”

兰葩道：“棺材早已运到船上，只是被我一一拆开，又将一面漆成地板的颜色，到时候再分别钉起。那天我正在钉第一口棺木的时候，被杨盟主和尊夫人听到，我只有临时躲入棺材中。好在当时尊夫人阻挡了杨盟主，没有开棺来看。”

卓王孙点头道：“这些设计无不精妙绝伦，不过在下最佩服的还是姑娘找出来的那盘尧帝选贤棋。”

兰葩摇头笑道：“广州万花楼这一局，兰葩实在不敢邀功，最后全仗小晏公子一句‘局外之意’，否则一切绝不会完美至此。”

卓王孙道：“曼荼罗教护教魔尊为天、阴、欲、死四魔，姑娘想必司掌情欲，那位陪我下棋的曼陀罗姑娘自然就是传说中的死魔了。”

兰葩淡然道：“你们既然已经见过了，又何必问我！”

卓王孙道：“敖广呢？”

兰葩咯咯笑道：“这个恐怕说出来你们也不会明白！”

卓王孙道：“不妨说说。”

兰葩道：“关键之处就是敖广一直穿在身上的金缕玉衣。其实他上船不久，那身金缕玉衣就被偷走了。”

卓王孙道：“自是空蟾的妙手。”

兰葩道：“关键不在这里，而是我又给放回去了。”

卓王孙道：“放回去？”

兰葩笑道：“是的。只是小小地动了点手脚。敖广重见金缕玉衣，大喜之下也没多想，就穿在了身上。我做的手脚其实很小，只是将他的金缕玉衣引了些线出来而已。船舱之中铺满了真丝地毯，他身上也披着丝袍，丝与金线互相摩擦，就会生出一种奇异的能量，金缕玉衣质性特异，能够慢慢累积这种能量，越积越多，到后来若是跟铁器相碰，就会引发微小的雷电，殛人成伤。

“我本意是让敖广碰到铁器，疼痛之下吓得跑入我布下的埋伏，却不料敖广多在海上行走，笃信鬼神，金缕玉衣上累积的能量到了一定程度后，就刺痛了他的皮肤。敖广见周围无人，皮肤却一阵阵地疼痛，顿成惊弓之鸟，以为真的是有鬼神降临，慌乱中跑上了甲板。却不料大威天朝号的船舷正是钢铁铸就，一触之下，激发成电，透体剧痛，将他吓破了胆，晕倒在甲板上。只是岳先生的手下实在蠢笨，竟然看不出人是晕是死，就将他搬到了停尸间去，却正好歪打正着，给了我另一个杀他的绝好机会。

“这一局虽然精妙，却只能施加在敖广身上，因为船上所有人中唯独他没有武功，且又胆小多疑。若是你们这样的高手，自然不会被这一点小小雷电吓倒。敖广被送到停尸间时，屏风预告的时间还未到，直到子时，他才真的死去，成为我这六支天祭中最为得意之作之一。”

卓王孙皱眉沉吟，道：“姑娘所言实在是匪夷所思。在下广行江湖，却从未听说过这等力量。”

兰葩狂笑道：“我们曼荼罗教的种种神功秘法，岂是你们这些凡夫俗子所能窥知的？”

卓王孙道：“那方大人之死呢？以姑娘之武功，难道真能凭一支箭射杀方大人？”

兰葩摇头道：“我不能，但是他自己能。”

卓王孙皱眉道：“他自己？”

兰葩道：“提箱子的不是方天随，箱子中的才是方天随。提箱子的是我。”说到这里，她有意顿了顿，看着众人露出的惊讶之色，得意一笑，继续说道，“那艘幽灵船中所有的幽灵当然都是我造的。”

卓王孙道：“那些船员一到就遭了姑娘的毒手，看来姑娘早已等候多时。不知姑娘是如何知道那船到达的时间和方位呢？”

兰葩道：“当然是方大人自己告诉我的，就连带着箱子和宝物逃走的主意，也是我给他出的。”

卓王孙叹道：“姑娘所扮的空蟾真是无情也动人，难怪方大人情不自禁。”

兰葩冷哼道：“此人贪财好色，死不足惜。我在幽灵船上劫了他，将他装在箱子里，进房后布置好一切，然后再脱身而出。那只箱子被我装入青铜灯架，沉入海中，也就再无破绽了。”

卓王孙道：“这青铜灯架的用途我也猜出来了，姑娘本来可以不管那口箱子的。”

兰葩冷冷道：“只恨方大人的箱子太小，让我不得不折断他的手足。而我拳脚上的功夫又实在粗浅得很，不慎将箱子里染上了血迹，才不得不将它沉入海底。”

卓王孙叹道：“那时方大人还没有死？”

兰葩道：“自然。屏风上预示杀人是在黎明之时，我怎会失信于诸位？我在房中一直陪伴这位方大人，直到黎明才将他杀死。拿你们的话讲，这叫仁至义尽。”

将一个人的手足折断，放在身边慢慢等死，是何等残忍。但她说这句话的时候，居然连脸色也没有变一下。

卓王孙摇头道：“可是后来我们进去时房间门窗紧闭，姑娘是怎么出去的？”

兰葩笑道：“难道在房间外面就不能关上窗子了吗？郁公子难道不能？”

卓王孙沉吟道：“我能，可那要借助内力。”

兰葩道：“内力我没有，但我有机械相助。窗口那个箭孔，并不是什么神魔在海上蹈空射入，而是由我从房间内射出的。因为有湿婆之箭射穿三连城传说先入为主，你们才会被其迷惑。这个小小箭孔却是此局关键所在，它不仅仅能造成箭从海上发出的假象，还可以成为一个支点，帮助我在房外关上窗闩。我将一根普通的丝线缠绕在窗闩上，另一头依次穿过窗闩的入槽和箭洞，然后跃出窗外，拉住丝线缓缓下到二楼。这时，窗棂会被我自身的重力拉上，等我落脚到二层空房的窗台后，窗闩已被拉入凹槽，我再抽走丝线，这样就不会留下痕迹。有机会我一定为郁公子演示一下。”

卓王孙道：“希望会有机会。听姑娘这么一说，我便明白为什么内子会突然消失了，因为房中有机关。”

兰葩道：“这个你虽然猜对了，但你到那房中检查的话，无论如何都找不到机关在哪里，你信不信？”

卓王孙淡淡道：“何必麻烦？不如姑娘直接说了。”

兰葩道：“其实那间房的整个地板就是一个大的翻板，机关一按，地板翻下去，人也落到下面，然后另一块板子翻上去，依旧是一块地板。翻板的边在墙壁下面，整艘船都是木板所制，根本看不出丝毫破绽来。”

卓王孙道：“小鸾所在的床呢？”

兰葩道：“床却嵌在墙壁上。”

卓王孙叹道：“实在高明，郁某拜服，现在就只剩下一个问题了。”

兰葩道：“海妖？那只是一面镜子，虚无之镜。”

卓王孙皱眉道：“虚无之镜？”

兰葩道：“关键是那团雾气。其实那团雾是我用教中秘法做成的，其中有一种极细的银粉，让雾气形成一种光幕，能够模糊地倒映出影像。这和信徒们看到的所谓佛光实际是同一个道理。那天我在甲板上预先布置好，在很短的一段时间中，这层雾气能够恰好将某个特殊位置的人映出，却不会映到别的人。”

卓王孙苦笑道：“于是我们看到你往海里走，其实你是向甲板的另一侧走了？”

兰葩展颜道：“我轻轻松松地走下去，杀了神志模糊的唐岫儿，然后掳走郁夫人。我往下每走一步，你们看到的海妖影像就会从脚到头消失一段。当我的身影被香料箱子完全挡住，海面上的倒影也就完全无影无踪。有当今天下两大高手目送我去行凶，倒也真是件有意思的事。”

卓王孙叹道：“也难怪馨明殿下能看到海妖脚下有一团黑云而我看不到，原来馨明殿下看到的是香料箱映出的暗像，经过雾气曲折后，仿佛黑云；而我身材略高，就没能看到。”

兰葩笑道：“正是如此。说穿了不值一文，当时却必定吓君一跳。”

卓王孙道：“如此全盘贯通，只是……姑娘如此做，又为了什么？”

兰葩的面容突转狞厉：“这个不用你多管！我就是恨世间的每个人，我恨不得将他们一个个都杀掉！”

卓王孙轻叹道：“我说过一个人若太注重一件事，往往就会被这件事迷惑。姑娘诚然设局精致、神思超绝，却还是太沉溺其中，终于为其所困。”

兰葩冷笑道：“我沉溺其中？我为什么要沉溺其中？我杀了这最后一个祭品，天祭就完全完成，我也再不用烦恼什么了！”

第二十八章

花心飞断红脂湿

卓王孙叹息道：“你太得意了！你不应该这么得意，也不应该说这么多话的！”

一句话说完，兰葩惕然而惊。

卓王孙没有什么动作，只是略带讥嘲地看着她，兰葩却知道某件事情已经起了彻底的变化——小晏跟杨逸之已经不见了。

这番话实在说得太长了，兰葩也太得意于自己的杰作。

太注重一件事，就一定会为之所惑。这道理很多人都明白，事到临头却未必能想起。

兰葩脑中闪过一丝悔意，一咬牙，刀疾挥而下，斩向帆绳。

甲板突然咯地一响，相思猛然沉了下去！甲板上竟突然多了个洞，从洞中展出无数寒丝，将相思裹住，瞬间已然不见。

兰葩手上一紧，已被握住。兰葩猝然回头，就见杨逸之静静站在她身边：“你这又是何苦？”

杨逸之神情淡然，却忍不住声音中的一丝颤动。

兰葩挣脱出来，短刀向杨逸之刺了过去。

她嘶声道：“我何苦？你管我是何苦！”她一面说着，一面猛力刺出，刀刃光寒，杨逸之静静看着她，似乎没有闪避，却没有一刀能够及身。杨逸之看着她，澄净的眸子里泛起一丝痛楚，叹道：“往日之事，已成梦幻，你何必如此挂心？”

兰葩猛然住手，刀尖在新月的寒光下乱颤不止。她摇了摇头，冷哼一声道：“你当年可以弃我如敝屣，如今又何须问我为何挂心！”

杨逸之猝然合眼："当年之事，我已发誓不再提起，只是你如今在天朝号上滥杀无辜，却让我如何帮你？"

兰葩看着他，突然放声大笑，似乎听到了天下最好笑的话。

她猛然止住，转头对卓王孙嘶声道："你们看到没有，这位江湖上的君子、武林中的盟主、翩翩浊世佳公子、正义的最高执言者，依然站在这里满口的仁义道德，说要帮我。可不知道杨盟主敢不敢对大家说说当年是怎么帮我的？"

杨逸之默然片刻，道："当年你的确对我有恩。"

兰葩冷笑道："当年你被父亲赶出家门，四方流落，又寄身军营，即将被主将遣往边境送死，是我将你带走，不顾责罚将你收留入圣教。但我知道，你心中从未有一天感激过湿婆大神的恩典。"

杨逸之轻轻叹息："杨某生在礼仪之邦，信奉的是仁义道德、诗书教化。"

兰葩冷笑连连，道："杨盟主所信奉的只怕是本教的神功宝典吧？"

杨逸之神色一恸，不再答话。

兰葩冷冷一笑，抬头仰视着遥远的夜空，似乎在回忆什么。她缓缓道："当年我不过是云南分教教主座下的一名小徒，武功低微，好在为人伶俐，教主特许我四处游历。救了这位杨盟主之后，我看他一心想出人头地，于是求师父收他为徒。据师父说，杨盟主资质之高为她平生未见，前途当不可限量。然而杨盟主出生官宦之家，过的是走马牵鹰的富贵生活，体质极弱，又从未修习过任何武功，未免要多受许多磨炼。只要循序渐进，过了内力这一关，四十岁后便可无敌于天下。我知道师父看重他，比自己受了嘉奖还要开心，从此对他事事照顾，亲如兄妹。师父看出我们情愫已重，暗中已默许日后让我们结成夫妇。然而没想到我这位师弟、将来的夫君，也就是如今的杨盟主已经等不及了！"

兰葩将脸转向一边，过了好久才平静下来，低声道："他为获取力量，简直到了痴狂的地步，一心只想速成，但碍于基础太差，一直收效甚微。我不忍看他日夜消瘦，满身伤痕，于是在夜里偷偷爬上百丈悬崖，偷下教中神物万芒金果，骗他吃下……"

兰葩仰了仰头，假作整理鬓边散发，拭去了眼角的泪痕。

她顿了顿道："一次又一次，我记不清曾受了多少次罚，吃了多少的苦，但我从来都没有后悔过。甚至，我根本没有向他提过这一切。我不想用这些来换取他对我的感激，我要他爱我这个人，而不是我做的事……

"他一直对我不冷不热，可我不在乎。我只要能在他练功的时候远远地看着他，就满足了。虽然我早就知道，他武功越强，我就越留不住他，但我毫不在乎。"

她幽幽叹了口气，道："因为我早就知道一个女子能留住男子的，绝对不是武功、才华、容貌，而是她的心。"

卓王孙叹道："若是天下的女子都能如兰葩姑娘这么聪明就好了。"

兰葩全身如被针刺，猛地一颤，似乎在用力把话从苍白的唇中挤出："我当然是聪明绝顶，聪明到可以设计混入本教圣地，默记下圣教法典，回来后再将数万字的梵文一字不差地默写给他！他拿到这本秘籍的时候就宛如平时接过我给他洗的衣裳似的，看不出一点喜悦，也不问这是从何而来。但我知道，其实他欣喜若狂。他等了多年的东西终于拿到了！"

兰葩猛然收回目光，死死直视着杨逸之，脸上似乎在哭，又似乎在笑："其实他在想什么我都一清二楚，但是我就是甘愿受他的骗！"

杨逸之猝然合眼，似乎想说什么，却又终究没有说。

良久，兰葩幽幽地长叹了一声，继续道："我后来才知道，这是我平生所做的第一件后悔的事。"

卓王孙道："这件事情终究还是被你师父发现了？"

兰葩摇头道："那已是很久以后的事了。我后悔的是……以前他对我还可以说是半理不理，自从得到那本秘籍之后就对我冷如冰霜，就连在远处看他一会儿，也会被他赶走……我甚至对他保证无论日后有什么罪责我都一个人承担，不会连累他，可是他根本不听我说话。我直到如今也不明白我到底做错了什么。"

兰葩痛苦地摇着头，周围的海浪翻滚纠缠着，一如她凌乱的思绪。

杨逸之静如止水的眼睛中也闪过一丝隐痛。

可惜兰葩没有看到。

她静静地站了一会儿，让夜风吹干了眼泪，道：“当他武功初成之日，也就是他叛出圣教之时！事情败露，我本想跟他一起逃走，然而他已不知去向。我被师父捉回，绑在天台上受重重天刑。那时我才十六岁。我一个人在天台上呻吟辗转了三天三夜。我知道，他当时逃得不远，我知道，他听得到我在叫他的名字……

“我不求他回来救我，只要他远远地看我一眼，我就可以安心去死了，然而他一直没有出现……

“后来师父可怜我，将我放下来，命我将他捉拿归案，将功赎罪。然而我直到那时也没有恨过他，一心只想设下种种计谋暗中帮助他逃脱。否则当时以他一人之力，要在曼荼罗丛林中逃出圣教追捕根本就是妄想！

“我暗中指引他，一直将他送到边境上。夕阳下，我骑在圣火兽上目送他离去。我知道那是我看他的最后一眼。我痴痴看着他，感觉到自己的心也随着他一起离开了，永远都不会回来。我希望他走得越远越好，我希望他能够快乐，我希望他能够忘掉我，我希望他日后名震天下，就算我终老山林，再不能见他一面，我也满足了。”

她痛苦地闭上眼睛，似乎沉入了那绵绵的回忆中。但她的面容渐渐狞厉起来。心底泛起的阴暗记忆，让她的身躯剧烈地颤抖起来：“他当时就在离我一尺之外，却根本没有回头，我就这么等，流着眼泪等。我以为我会在这里一直站下去，站到天荒地老……可就在这时，我身后突然有两支冷箭向他飞来，那是教众特用的天羽毒箭。我想都没有想，飞身去帮他挡落毒箭，然而这个时候……”兰葩的声音突然哽在喉中，双肩不停抽搐，她猛然抬起头，一字一顿地道，“就在我转身的瞬间，一柄长剑穿透了我的身体。我倒在地上，剧烈的创痛将我钉在地上。我无法回头，心中却无比清楚——是他，一定是他，趁我转头之时，在我脊背上刺了一剑！刺了一剑！”她双目睁得极大，大滴大滴的眼泪滚落下来。

杨逸之目光隐动，握紧的指节不住颤抖，但终于没有说什么，目光转向大海深处，避开了她眼中的神光。

兰葩看着他，冷笑了一会儿，又啜泣了一会儿，最后轻声叹道："直到倒地的一瞬间，我还在寻找他的目光。我想，如果他能过来扶我一下，看我一眼，让我在失去知觉前再看他一眼，让我能在他那如神一样睿智、坚忍的眼睛里看到一点不忍、一点悔恨、一点伤心……哪怕只是一点点，我就会原谅他。可惜，没有！他就这样走了，再也没有回来！"

兰葩的泪眼里突然透出凌厉的冷光，她嘶声道："我罪上加罪，被送往总教，本应受万蚁挖心而死，然而总教圣主垂恩，不仅赦免了我，还将我重加栽培。在他的开示下，我知道了六支天祭的奥秘——它是天地间最高的血祭，能唤醒司毁灭的神主，摧毁一切，让罪人得到最深的折磨。授圣痕刺青之时，我咬着牙发誓，如果我再见到这个天下第一寡情薄恩之人，就让他饱受天祭的折磨，痛苦而死。我活着就是为了等待这一刻。好几年了，我每日每夜都无法入睡，望着房顶一遍遍设计这份献给湿婆大神的六支天祭……"她的声音突然变得很轻，"你们知道吗，就算这次的天朝号上有一万种变化，最后的结局还是和如今一样，因为这些变化，我都想尽了！"

杨逸之转过头，注视了她片刻，目光有些暗淡，他缓缓道："你设计六支天祭本不是为了折磨我。"

兰葩厉声道："那是为了什么？折磨我自己？"她又是一阵狂笑，眼泪却淌满了整个脸颊。众人都默然无语。兰葩把绝世的智慧用在复仇之上，想尽了所有的可能，却在面对仇人的时候不能自已，功亏一篑。

毫无疑问，这六支天祭在折磨杨逸之的同时，也深深地折磨着她的灵魂。

她爱得太深，因而永无法忘记那个孱弱而温和的少年，无法忘记他坚韧的目光，无法忘记他那落落白衣。

杨逸之等她笑够了，缓缓合上双眼，突然长叹道："我已与你毫无关系，你不必为我赎罪。"

兰葩的身体宛如被电猛击了一下，似乎瞬间就被抽空。她双唇微微张开着，双手僵硬地停留在夜空中，身体缓缓向地面滑去。

杨逸之的袍袖似乎动了动，或许是想去扶住她。

然而，她却猛地跳了起来，厉声道：“不错，我和你毫无关系！我根本不是为你赎罪，我只是要你死！”

杨逸之看着她，一字一顿地道：“我发过誓，永不提起当年的事情，所以我永生不能向你做一句辩解，只有死在你手上，才能让你不再恨我。但现在还不能。三个月后，如果我还没有死在这位郁公子的剑下，我必定会回来做你最后一支天祭的祭品。”

兰葩退了两步，看着他发出一阵狂笑：“你？你不配！最后一支主神之祭的祭品必不能为戴罪之人，只有最纯洁、最善良、最美丽的人才能得到湿婆大神的欢心。”她瞥了相思一眼，冷冷道，“就算她，也不是上上之选。本来从一开始起，我就将最后一支天祭的祭品安放在那间特殊的房间之中了！”

卓王孙的脸色陡然一沉。

兰葩看着他，笑了笑：“天朝公子，看来世上也并非没有你关心之人。如果刚才躺在这里的是郁小鸾，不知公子又会怎样？”

卓王孙眼中冷光闪烁：“如果刚才是她，你就要担心你自己现在会怎样了！”

兰葩脸上毫无惧色，突然往他身后看了一眼，笑道：“小鸾小姐看来睡醒了，也来凑这份热闹。”

卓王孙一回头，只见步小鸾拥着披风，怯生生地站在他身后。卓王孙立刻上前将她抱在怀里。

兰葩冷笑道：“郁公子如此疼爱令妹，却不知有没有兴趣听听在下为什么要放过这最纯洁善良的祭品？”

卓王孙沉下脸，一字一字道：“闭嘴。”

兰葩爆出一连串尖锐的狂笑，道：“只因为，六支天祭不杀必死之人！”

卓王孙想要将步小鸾抱开，然而已经来不及了。

兰葩疯狂的笑声宛如尖刀一般刮刺着每一个人的耳膜：“你骗了她一辈子，为什么还不肯告诉她，她根本活不过明年的春天？”

她的声音划破云天，夜色猛然沉重下来，一切都仿佛失去了生命一般，静静地在寒风中瑟缩。无边无际的凌厉杀气宛如已经成形，沉沉压在众人头顶，让人几欲窒息。

步小鸾怔怔地看着她，苍白的脸上缓缓滴下一粒清泪。

突然，卓王孙的长发飞扬而起，袍袖疾风流云一般一挥而出。

甲板上一声巨响，宛如钧天雷裂！

两面几十米高的巨帆轰然折断，直压下来。猎猎风声让众人几乎立不定脚步，齐齐向后退去。狂风中，兰葩笑声不断。她猛然抱住杨逸之，脸上尽是疯狂之色：“我要你陪我一起死！”

杨逸之默默地注视着她的双眼，却没有推开她。

巨帆宛如神明合十的手掌，向两人覆落。

兰葩痴痴地看着杨逸之，看着她最炽的爱、最伤的痛，看着她终生爱怜、如花般的年华中唯一的执着。

她为他成魔，亲手收获一条条生命。

然而她唯一不想伤害的，终究还是他。

而今满拥入怀，他一如当年的白衣少年，那么温和，那么单薄。他宛如一缕洁净的月光，不会拒绝，也不曾回应她炽烈的爱火，只小心地回避着不去伤害她。

宛如荆棘折断，只刺进自己的身体里。

拥抱满怀，便是爱怜，是一生不曾放手的欢喜。

就这样一起沉没吧，不管他曾离开多久，不管他已是如何风华绝世、天下无敌。深拥怀里，不必放开，紧得像是灵魂缠绕在一起。

兰葩苍白的脸上突然浮现出一丝嫣红的笑意，她伸手将他推出去。巨帆轰然落地，隆隆巨响将她最后的叹息掩盖得无影无踪。

只有杨逸之一个人听得到——

“我还是不能杀你。

“天祭已竟，你无罪了。”

无边无尽的尘埃在夜风中渐渐散去，她的身体平躺在甲板上，被切开了一个巨大的十字。雪白的巨帆轻轻覆盖着她残缺的身体。

帆上油彩绘制的曼荼罗本已暗淡，如今有了鲜血的浸染，重新鲜亮起来，在甲板上徐徐铺开，仿如一面绯红的喜幛。

杨逸之忍不住跪了下去。

曼荼罗静谧地在他的身旁盛开，一如多年前绽开在那位少女光洁的背上，在淡淡的曙色中结出光明与黑暗、痛苦与欢乐、记忆与遗忘、存在与消逝、毁灭与新生。

并且，渐渐滋生蔓延。

但杨逸之知道，这一切都与他无关。他如时空的旅者，已永远被它们遗弃。

他本无罪，只是不能提起。

他亦有罪，这个痴情的少女是他注定不能爱的，却无法让她不爱他。

岗仁波吉峰。

一座恢宏的宫殿隐藏在雪山深处。

宫殿高数十丈，穹顶几乎触到了青天，与辉煌的日光连成一体。殿前是一片广阔的园囿，并无花木，只供奉着一尊巨大的湿婆造像。

神像高与穹顶持平，四臂舒张，正舞于火焰与光环之中。额头三眼，分别注视过去、未来、现在。其中两眼睁开，只有注视未来的天眼仍紧闭着。青石雕就的长发在身后的云霞中猎猎飞扬，栩栩如生。

曼荼罗教的信徒们正恭敬地向神像供奉鲜花。由于神像过于高大，衬得这些人宛如蝼蚁。

突然，大地震动起来，一道蓝色光芒直冲云霄。

信徒们惊讶地发现，神像额头的天眼，缓缓睁开了。

距离神像数里之地，耸立着一座恢宏的冰雪神庙。

神庙高可参天，当中竖立着一根巨大的冰柱，从地心一直贯穿到高山的顶端。四周巨大的冰岩相对而峙，透出变化不定的幽光，拱卫奉持着当中的那根冰雪巨柱。

曼陀罗跪在冰柱下，潜心祷告，身上血红的衣裙与冰雪形成了鲜明的对比。突然间，蓝色光芒冲天而起，照亮了整个雪原，也照亮了曼陀罗面前的冰柱。曼陀罗霍然起身，眺望远方，良久才颤抖着跪了下去，对天祷告道："六支天祭终于完成，万神之主湿婆大神即将苏醒！"

她的声音因惊喜而颤抖，回响在空寂的神殿里。

除了她，这里再无他人。

却有一个声音响起："不，这只是一个开始。"

声音异常尖锐嘶哑，让人闻之心惊，细寻时，竟像从冰柱中传来的。

曼陀罗一震，跪了下去："请神使开示。"

冰柱中的声音道："六支天祭召唤出的只是神的意识，却没有力量。圣主要想成为完整的湿婆化身，还有很多事要做。"

曼陀罗毕恭毕敬地道："感谢神使提醒。恕我不能在此地供奉您了，我得回乐胜伦宫向圣主贺喜。"

冰柱中的声音带有一丝嘲讽："圣主正接受神之记忆贯体，须闭关一段时日，任何人都不能见。"

曼陀罗有些不甘心："那我能为圣主做些什么呢？"

冰柱中的声音沉默了片刻，似乎在思考，又似乎在看清一些复杂的线索。

"把那个叫相思的女人带回乐胜伦宫来。"

曼陀罗一惊："天祭不是已经完成了吗？为什么还要她？"

冰柱中的声音道："我说过，天祭完成后，圣主只得到了神的意志，还没有神的力量。而解锁这力量的关键就在她身上。"

曼陀罗错愕地仰望冰柱。

在她看来，相思不过是兰葩偶然选定的祭品，和唐岫儿、空蟾等人没有太大区别，只是圣主觉醒为湿婆化身计划中一枚无关轻重的棋子。为什么神使会降下这样的启示——她才是毁灭之力觉醒的关键？

冰柱中人似乎看透了她的疑惑，淡淡回答："我也不明白，但这的确是神的意志苏醒后记起的第一件事。我虽暂时无法见到圣主，却能通过某种感应旁观到这段记忆。"

这个说法有些匪夷所思，曼陀罗却没有怀疑。多年来，她已习惯性地相信，神使有着秘魔的力量，能勾连天人两界，带来神的旨意。圣主在尝试成为湿婆化身的过程中也一再仰仗神使的开示。

曼陀罗沉吟了片刻："那抓回她之前，是否要请示一下圣主？"

冰柱中的声音道："我只提醒你一句，距圣主出关还有半个月的时间，其间变数重重。若相思死了，或落入他人之手，毁灭之力无法取回，圣主是不会放过你的。"

曼陀罗没有再犹豫："我这就再去一趟云南，用一切办法将她带回此地。"

冰柱中的声音没有再响起，似乎再度陷入了沉睡。

大威天朝号上，夜色已深。

小鸾已经入睡，脸上满是泪痕，即便在睡梦中，也不时发出一声啜泣。相思坐在床边，小心翼翼地照顾她。在小鸾睡得沉稳的间隙，她偶尔抬头望向卓王孙，欲言又止。

他坐在窗边，借月色看着一卷书。

她有很多话要对他说，却犹豫着是不是该开口。终于，她轻声问道："先生，我还是放不下一件事——我到底认不认识杨盟主？"

卓王孙沉吟了片刻。

这沉吟让相思忐忑起来。她能敏锐地感觉到，他并不想谈这个问题。她低下头，轻声道："对不起，我以后再也不问了。"

卓王孙淡淡一笑，笑容中看不出丝毫责怪："其实，我也想过这个问题。"

相思有些错愕地看着他："你也想过？"

卓王孙收起书卷，陷入沉思。

他们当然是认识的。在嵩山、塞外、三连城上，两人曾拔剑相向，亦曾并肩作战。但自从他将弓上之箭对准杨逸之眉心时，两人之前的一切就已画上休止符。

在大威天朝号上，两人再度相遇。他虽改名换姓，内心却并没有一丝改变。

变的是杨逸之。这个光风霁月、心怀悲悯的男子展现了与之前截然不同的一面。一尘不染的白衣之下，似乎藏着许多不为人知的秘密与阴霾。

他也怀疑过，但最终选择相信。兰葩至死也不明白这是为什么，其实卓王孙自己也不是很明白。

若不能成为朋友，至少做一个可以信任的对手吧。

卓王孙轻轻叹息，对相思道："我已经不疑惑了，也许有一天，你也会和我一样，找到答案。"

鸥鸟欢鸣，一块陆地自海面上徐徐显露。

"地平线！"小晏脸上终于露出了一丝笑容，众人更是已欢呼起来。这最最常见的物事竟然令人有种无比慰藉之感。

海上两个月诡异而恐怖的旅程毕竟还是结束了！

而曼荼罗教领地青绿阴森，宛如张开了一幅远古的巨图，已遥遥在望。

对岸丛林的阴翳里，曼陀罗悬坐在一株古树上。她怀抱断弦的箜篌，正低头弹奏着一首不成调的曲子。巨大的树荫发出一阵轻响，她轻轻抬起头，遥望海天之际。一个小小的黑影越来越近，正是劫后余生的大威天朝号。

她轮指一拨，箜篌发出一声凄厉高亢的哀吟，剩下十二弦一齐断裂，永远沉寂了下来。那张永远如女童一般天真秀丽的面孔上，透出了一抹阴森的笑意。

她将箜篌挂上树枝，轻轻跃下，向莽苍丛林中走去。

林中大丛曼陀罗花，正开到荼蘼。

这是一片充满死亡与杀戮的远古莽林，也是由八瓣之花构成的秘魔法阵。千百年来，这里由神、魔共同守卫，擅入者死。

在这里，六支天祭不过是一个开始。

（《华音流韶·海之妖》终，后事请见《华音流韶·曼荼罗》）

蜀道闻铃

前言

这个外传发生在《彼岸天都》之后、《海之妖》之前。按照故事联系性而言，更应附录于《彼岸天都》之后。但由于《彼岸天都》的篇幅实在太长，所以只能将它附在《海之妖》的末尾了。

杨静是杨逸之的妹妹，后来嫁给吴越王府校尉孟天成为妻。在《彼岸天都》中，相思受孟天成嘱托，前往蜀中看望杨静。

《蜀道闻铃》虽然是《华音流韶》系列的一部分，但也是一个独立的短篇。在我18岁的时候，它被创生，应该是整个《华音流韶》系列中最早成文的一篇。由于成文太早，它带着与之后所有文字都不同的风格，有一些生涩，有一些纤细，有一些刻意，却是那么的纯粹、真诚。

每当重读这篇文字，我就能想起18岁的我，躲藏在小小的阁楼中，带着对文字的梦想，带着对未来的期盼，也带着羞涩与犹疑，铺开写着数理化公式的作业本纸，一笔笔镂刻自己心中的水晶楼台。

在再版的时候，我已经成为一个职业的作者，能更从容地驾驭许多宏伟的场景，却不想对这篇少女时代的文字做太多订正。

因为我相信一句话，也许很久很久以后来看，所有技巧、布局、雕饰都是骗人的，只有那一份少年心事，才是天长地久的悲哀。

相思来到这间屋子里。

暗淡的光线中，唯一看得清楚的是一扇窗。窗纸已然发黄，密密地关着，四周透下一匝光晕。漠漠的尘土就在光晕中悠然地沉浮着，有一些飘扬起来，轻轻停栖在一枚古铜风铃上。

“请坐。”一个温柔而庄重的声音从屋角的暗色中透出。相思的眼睛已经适应了房间的光线，她看到那里有一张檀香木制的床，淡紫的罗帐上银暗色的花晕已经模糊成一片，房间的女主人拥着褪成暗红但依然整洁的被子，亲切而有礼仪地微笑着。

“孟夫人……”隔着罗帐，相思没有看见她的脸。

她淡淡一笑，从床头递过一盏茶：“我这里没有客人来，所以，平时这是我的杯子，请不要介意。”

“夫人客气了。”相思接了过来，在罗帐挑开的一刹那，她看到了传说中的杨静——她也许曾经是非常美丽的女人，曾经。现在，她的眸子暗淡无光而且深得可怕，右腮上几道深深的划痕从眼角延伸到唇边。

相思努力克制着自己，没有让手中的茶盏颤出声来，杨静坦然一笑：“很早以前就是这个样子了。”

“难道生下来……”相思察觉到自己的失仪，立刻打住了话头。

“不是，生下来的时候，我可以看一些东西，可以看太阳。”她的神情娴静而淡漠，似乎早已不在意。

她轻叹了一声：“我坐在窗户里边，看了十五年的太阳。”

“夫人当年的身体是不是很弱？”

她点点头，示意相思喝茶：“小时候，我的脸色比现在还要苍白，是个半死的病人。那个时候，我什么地方也不能去，只能在灰暗的房间里学一点书画。奇怪吗？其实，我更应该学刺绣的，但是我总是刺破手，也就算了。”

“夫人果然是书香世家……”

她的笑容有点苦涩：“那个时候，我妆台的柜子里有无穷无尽的宣纸和字帖，整饬地发着澄黄的光，把整个屋子都染透了。我就坐在那扇窗的里边，对着外边的园子画了十几年的写生。北方的院子不像这里，它们就是到了冬天都还是那么整齐，一丝不苟地躺在那里，有没有风、有没有雨都一样。这时候，我的画和我的院子一样乏味，苍白的一张，只在角落里有墨色的太阳和荒落的石头。”

相思沉默了片刻，道：“病中有些消遣，总是好的。”

“是的，相比而言，学书对于我来说是一件有意思的事。我总能从字帖中的文字里读出一段鲜为人知的故事。我幻想着那些叫作颜真卿、柳公权的人也曾像我一样被囚禁在屋子里，伸出干瘦的手永远地磨着墨。然后大抵是摸到了仙人垂下来的一根丝线，就从房顶的蚁洞中爬了出去，被真的太阳一炫目，就把囚禁的地方忘了。只是有时在梦中回去片刻，醒来了又觉得莫名地可怕……

“坐在床上，拥着被，对着窗编撰这些故事，让我度过了很长的寂寞时光。我的少女时代大半都是这样慵懒地度过了。”

她淡淡地微笑着，屋里沉郁的黑暗渐渐模糊了时间，过去的记忆也像滚盘的绀珠，从她越发连贯的话语中串缀起来：“后来，我在一堆字帖中找到了我的宝物——半卷残了的《甘泽谣》。也许是下人用来包书的。我从来不曾接触过这样的书，但是我在心中早就想到人世间的某一处地方会藏着一卷发黄的纸，上边有许许多多的故事，也总有一天会让我找到，因为其中有一些是我在前生写好了，给今生的我看的。那时我就知道，今生自己会寂寞地在窗内看太阳，所以写好了好多的传奇，让我用所有的时间去读。

“我一遍又一遍地读着那半部‘风尘三侠’的传奇。故事早就烂熟了，但是我每一次都给它一种新的开头、新的结局。

“几个月后，我希望能看到别的故事。父亲是不会让我碰这样荒唐的书的。”她低下头，消瘦的下颌藏在日光的阴影里，温柔中却也有几许自信与固执，“但是我觉得那些故事就是我为自己写下的，我应该读它们。后来，我果然读到了《太平广记》，那是我哥哥送给我的。我哥哥叫逸之。”

“杨逸之？”虽然早有准备，听到这个名字时，相思的指甲还是禁不住在桌面上折了一下。

“是他，他是我哥哥。”她感到了相思的惊讶，微微一笑，笑容中有几分矜持的傲意，“相信他现在的声名不在华音阁阁主卓王孙之下，是吗？”

“是的，”相思暗中用力握了握发涩的指尖，“他是当今武林盟主。”

杨静似乎叹息了一声，轻轻地道：“我的哥哥是一个古怪的少年，体质很弱，个性却很强。他肤色很浅，眼睛里有一种特殊的深蓝色。如果不是下颌的线条很坚毅，他就会像一个美丽的少女。父亲很希望哥哥能报效朝廷，从哥哥能握笔那一天起，就必须跟着老师练习两个时辰的书法，其他的时间总是在念书。所以，我很少见到哥哥。他似乎也不知道，在小园的另一侧，一栋暗红的小楼中，他有一个只能在窗内看阳光的妹妹。

“直到很久以后，父亲决定让哥哥习武。倒不是有多么高的期望，只是希望他的身体能好起来。于是哥哥身边多了一个从西域回来的武师。武师是个中年人，脸上都是沙子和烈日的痕迹，哥哥每天练完武，都会从我的窗外走过。我终于见到了他，我的亲哥哥。”

她第一次见到杨逸之，是黄昏的时候。他从她的窗边走过。

那时候，她倚着窗，手中握着半卷发黄的《甘泽谣》，宽宽的袖褪到手腕上，透明的皮肤下隐隐地印着微青的窗的雕花。

他的神色很疲惫，纸一样的脸色，走路微跛，似乎受了伤。她看到斜阳被他眉宇间深深的褶皱折出一种别致的光。

他到了她的窗下，她叫他：“哥哥。”

他抬了抬头，线条坚毅的嘴角似乎动了一下，然后他埋头离开了，连脚步都不曾慢过一点。

就这样，似乎是很多次，他默默地从她窗前走过。她持着一本《甘泽谣》，叫他一声哥哥。似乎这些都成了习惯。

两个寂寞的人在那个时候最重要的习惯。

有一天，她照常微笑着叫他，他抬头看了她一眼："你的书不全。"

"是的，没有开头，也没有结尾。这个故事是我自己编全的。"

"你就只看一部书？"

"不，如果有，所有的传奇我都看。"

他点点头，离开了。这场对话来得很自然，仿佛他们是一对熟悉的兄妹。第二天，他带了一本书来，是一册《太平广记》。

"哥哥怎么拿到的？"

他微笑了一下，这种罕见的表情似乎彻底改变了他的容貌。谁也不曾想到，他是个如此温和的少年。

他微笑道："是从父亲书房里偷来的，填回去了一本《册府元龟》。"

"麻糖，麻糖——哟喂——"

窗外传来货郎的叫卖声、拨浪鼓的咚咚声，似乎浮着麻糖浓郁而粘着不断的香甜。

杨静坐直了身，静静地听着，直到声音过尽。

"哥哥是一个很聪明的人，如果不是父亲，我们都会是顽皮的孩子……"她叹息着道，"可是哥哥比我幸运，因为他遇到了一个行囊中装满了传奇的师父。"

哥哥那时候并没有对习武抱多大的希望，但他仍然练习得很认真，因为他就是一个事事认真的人。他想要做什么，是没有人知道的，他的师父也不知道。谁会想到，一个官宦家的文弱少年，每天用功得全身布满伤痕，不是为了武功，而只是要听师父零零散散地夸耀着自己当年的风云往事。

渐渐地，连他的师父也觉得不好意思起来，因为他知道，虽然我哥哥天赋奇高，学习也极为努力，但是启蒙太晚，体质太差，是不可能出什么成就的。本来以为只是走马牵鹰的公子的一种消遣，他没有想到哥哥却如此认真。

他不再给哥哥出多难的功课，多半时间让哥哥背背拳书，自己在一旁喝酒，醉了，就讲他当年在大漠中邂逅的一场场因缘——流沙、古城、海蜃、仙女。

哥哥默默地听着，拳书仍然会背得很熟。

一次大醉后，他的师父痛哭起来，递给哥哥一个珍藏了多年的更漏，是水晶的。更漏美丽得像一个独立于长河落日下的仙女，晶莹的瓶里装着大漠的沙子。

第二天，这个师父就被父亲赶走了。家法甚严的杨家是不能容忍这样的醉鬼的。这个师父什么也没有说，用半张老羊皮裹起了他的拳书，头也不回地走了。不知为什么，他没有向哥哥要回那个他珍如性命的更漏。

后来，哥哥把它送给了我。

这以后，哥哥做完每天的功课后，会在日落前来到我的窗下看我，天黑时回去。他给我讲沙漠上的故事，我给他讲古书里的传奇。我把更漏放在床头，更漏落下的沙沙声不让我们在故事中忘记了时间。

相思下意识地瞥了一眼那个晶莹的更漏。

好多年了，房屋都已经和原来隔却了千千万万里的距离，它居然还宿命般地站在同一个位置上。

“哥哥有时候会教我书法。他打开我的妆台，找出一本本残旧的书帖。有一天，他在宣纸的下边发现了一把银梳——半月的柄、尖利的齿，是好多年以前流行的样式了。它就一直摆在妆台里，谁也未曾留意，但它才是妆台真正的主人。

“我总是在想，为什么我的一切总像是借了别的某个女人的，或许是前朝某个不相识的思妇怨女，或许就是我的前世。”

她沉吟良久，轻轻叹息了一声，似乎陷入了更深的回忆：“哥哥有时候会用那柄梳子给我梳头，一丝一缕，还是那么认真。

“那天我们忘记了时间，院门锁了，哥哥回不去了。于是哥哥那夜和我躺在一起，讲仙女和星河。哥哥和我以前都不曾说过那么多的话，以后也没有过了。我想，沙漠中亿万年来发生过的传奇都被我们讲尽了，没有讲的也想尽了，直到天亮。

“雄鸡打鸣的声音是那么悠长，仿佛窗外就是万年前的洪荒，再也不见人烟。”她悄然摇了摇头，“可是哥哥留宿的事被父亲发现了，那一年哥哥十四岁，我十三岁。那时我还不明白父亲为什么会如此震怒。哥哥并没有辩解一个字，父亲似乎肯定他做出了有败人伦的行径。

“我说过了，我家家法甚严，从小我就害怕从堂前走过，因为父亲似乎总在责打哥哥。母亲哀哀的啜泣和父亲的怒吼让我心惊胆战，哥哥却总是一声不吭，这让我更加害怕，害怕他会死。

“而这一次，我知道，父亲是真的想杀死哥哥。

“于是，哥哥在一天晚上逃走……不，是出走了。他最后来见的人，是我。”

他敲了敲她的窗。

那时她就坐在窗边，却没有去支它起来。月光清清白白，透过窗纸，在她身上镂下点点浮雕的纹路。她手中反复摩挲着那个水晶更漏，它纤细的腰肢在月光下水一样妩媚地流动着。

他问：“静儿，你愿意和我一起走吗？去看沙漠。”

看沙漠，看长河落日，看黄沙远上白云间。

那是她的梦，她少女时代唯一美丽的梦。

她笑了，笑得自己从梦中醒了过来。她轻轻道：“不，我不去。”

“为什么？”

“因为，如果我去了长河落日的地方，就会想念这道门、这扇窗，比现在想念沙漠还想。”

她从窗格子里看着月光——也许那里没有广寒，其实也只是沙漠。

在家的人，断肠是为了对天涯的相思。在天涯的人，断肠却是为了对家的相思。

所以，她不如留下，正如他不如离开。

“也许你是对的。静儿，我走了，你照顾好父亲和母亲。”

她坐在月光里，更漏握在手中像握了一把雨。她突然把脸贴到冷硬的窗格上，她要看着他走。毕竟，他让她做了一场有落日、有黄沙的梦。

他走在路上，一身白衣，像是从月亮里边借来的，月光却被衬得发青，晓风像一群蝴蝶一样藏进了他的袖中。他背着一个行囊，没有带剑，也没有带书。长发在夜风中扬起，散发着杨家人特有的一种幽蓝的光。

他就这样走了，去了沙漠。

她再也没有见过他，他的一生再也不是她能想象。就这样，他走进了另一个世界，那里，可能邂逅万千因缘，流沙、古城、海蜃、仙女。

“……没有想到的是，我是一个注定要邂逅传奇的人。或许是我父母的一生太过平凡，所以，他们的一双儿女注定要还缘分这一世的传奇。”她的指甲泛着幽淡的光，倦怠地在被子上划出一道道深深的痕迹。

相思等了等，问道：“你愿意讲你的传奇？”

她轻声道：“我要讲的是传奇，但除了我，没有人会认为这是传奇的，所以……”她顿了顿，重重道，“它是我一个人的。”

她的手在被子的褶皱间握了握，似乎要从中抓住点什么。暗淡的光线中，她的神色却渐渐鲜明起来：“哥哥走了之后，我大病一场。我想我会死，但是第三年夏天的时候，我居然还活着。病中的事都记不得了，只知道那年的知了特别多，我仿佛能看见它们密密麻麻地躲在窗外葱茏斑驳的树叶下。母亲说我的康复是仗了东岳大帝的神力，她曾许愿如果我能活下来，就让我徒步去泰山还愿。于是，我去了。”

她摇了摇头，贞静的笑容和轻袅的声音似乎都来自那扇窗的外边：“那一年我十五岁。我去还一个愿，一个注定要交换我剩下年月的愿。”

我的脚第一次触到这么软的泥土。待到刺眼的感觉消失了之后，我才意识到那衣褶上折住了的点点的金色就是阳光，平板地从树影中漏下来。奇怪的是，它们和窗外的阳光没有什么区别，还是那么极近又极远，像哥哥讲起的海市蜃楼，也像小时候用黑墨滴在毛毛的宣纸上的湿淋淋的太阳，恍惚得有些刺眼。

母亲叮嘱了什么，已经不记得了，只觉得石阶好像是无穷无尽的，赫然立在我的眼前。到了碧霞元君祠，红红的一座小庙，稀疏地浮着几点香火，旁边一个木牌，篆了“经石峪”三个字。哥哥在学书的时候，先生曾经提过，那里有晋人的题字，无名的书者在泰山之谷留下了传世的经文，经为《金刚经》，字如金刚，就躺在漫谷而过的流水下面，骨气精神一如往昔。

我看着分岔的山路，一边是从红庙里延伸而来的暗淡石阶，两边的森森古柏向中间辐聚成华盖，投下满目的庄严来；一边是高高低低的草，极淡极淡，顶着金黄的日色，像细碎的铜子，可以走近了捡起来。

我迟疑了一会儿——其实两边的风景也许并没有什么区别——却终于被晶亮的光打动了童心，于是舍弃了大道，向分岔的地方去了。一路上，缥碧的水漫过狭长的浅池，池中分散着白色的石礅，懒洋洋的，在深山的树影里发着白铁一样生硬的光。踏在石上，仿佛能感到热力。越往前走，石礅的距离就越远，再难跨越过去。我有些后悔了，远望经石峪，像一张铺开了的古帖，芊绵的老树都染尽了古黄的光，澄澄地诱惑着我。我僵在水中，茫然地四下张望着。

说到这里，仿佛微风吹皱了春水，她的脸上漾出甜蜜的笑来：“你相信吗，初见他的时候，我只觉得一道清明的白光静静地刺伤了我的双眼。那一刻，峡谷中的一切都寂灭了，只有那道白光在高蓝的空气中一闪即逝，如同寒潭渡鹤后一根飘坠的羽。

“我知道，上面真真实实地反射着的，正是太阳的光芒。

“他青色的剑、白色的衣在水上轻灵地游弋着，薄薄的水面下衬着书者古时候的字迹……”

她喃喃地重复了一次：“他初见我的时候，正在太阳底下，以水为纸，以剑为笔，摹写《金刚经》卷。”

好久好久，我都不能记清他的目光、他的容貌，因为那白光已经足够灼伤一个在窗内看了十五年太阳的人的眼睛。

我握着手，站在石礅上看他，想起了我哥哥，不是书法，而是那袭衣、那道光。其实，多年以后，我再也没有见他穿过白衣，就那一次。

我知道我邂逅传奇了，也许是身不由己，也许是得意忘形，于是我照着传奇的规则扮演下去。

我猜他也许是误入了此地的读书人，而我父亲已经派人封锁了我可能经过的路，如果被我家的武师发现，他可能惹上官司。我想到，误入某地的少年也许能邂逅一段奇缘，但是结局通常是悲伤的。所以，我应该叫他尽快离开。

第一次和陌生人说话，我略略提高了声音："什么人这么大的胆子，你不走的话，我家的武师会把你捉走的。"

他收剑回头，我立刻转开了脸。他不知道是什么时候来到我面前的，我听到他在问我："小姐，那些是你家的人？"

我只是想逃走，却觉得自己好像站得太久了，就像一个被塑在了石上的人像。周围清清冷冷的水波熠熠生辉。他又微笑道："很抱歉，是他们动手太早，我还没有来得及问。如果知道是小姐的家人，我下手便不会这么过分了。"

他的语调既疏散又礼节周全，我的心却冷了下来。我抬起头，目光却只敢停在他的下颌处。天的蓝和水的绿仿佛串了色，混乱地衬出他醒目的轮廓，多少显得有些诡异。我想起了那些书中记载的山魈鬼魅的传说，颤抖着问："你把他们怎么了……"

我没有等到他回答，只觉得四周越来越静，越来越冷，脚下的石礅也开始一点点沉下去。我猛地转身逃走了。

我逃得飞快，做梦也没有想到自己能平安地跳过那么多石礅，等我抬头时，眼前是一片密林。虽然我耳中没有一丝声音，但我感到他正用一种我无法想象的速度在追我，就在我要冲进密林的一刹那，他在我耳边说："站住。"

声音不高，却闷闷地在我心中重击了一响。我余光一瞥，他白色的袖就在我身边飘荡着，像钻进了风做的鸽子。

那一刻，他对我说：“你不能进去。”

我只迟疑了一瞬，便向林中撞去。他的衣袖绕到了我的眼前，雪色的光遮住了我的眼睛：“不要看。”

我拼命挣扎着，仿佛要把自己撕碎一样，他只好放开手。惯性让我倒在地上，我看到了碧绿的草上暗红的血。

斑驳的阳光透过树叶，冷冰冰地淌开了，仿佛一道微红的裹尸布。十八具尸体像蜡像一样冻结在我的意识里，寂静地定格了。好久之后，我才失去了知觉。

她叹了口气，眉宇中有种恐惧消散后的疲惫。

相思的插言有点不合时宜：“那时先生的剑法还只有三四成的功力，所以伤人时看上去残忍了一些。如今，是不会见血的。”

杨静点了点头，似乎没有在听。她只是说下去：“我醒来的时候，他已经走了，尸体也已经掩埋。地上一行行草，从我脚下一直延伸到树林外，恍惚一看，还以为在我脚腕上系了一条黑色的缎带——他是留着字离开的。”一缕温婉的笑纹又一次从她嘴角一纵即逝。

这是相思所熟悉的。那一刹那，她回到过去里。当笑容暗淡后，她会摇着头，让自己醒来。

他大概说，误杀了我的家人，十分抱歉，日后必定偿还。我揉着脚站起来，缓缓用鞋尖抹平了字迹。笔笔画画，就像儿时描红一样。后来，我回到了碧霞元君祠，一路行来，风风雨雨，不乏佳境，却也平常得很。到了东岳大帝殿，我还了愿，却觉得心中越发地空。我在神像前静静地跪了一会儿，决定回去了。

真巧，这时外边下起了雨。我等了很久，雨却没有停的迹象。天色沉沉地压了下来，在神殿里留宿一夜，冻得我几乎死去。

早晨，我有些失望。我决定下山了，奇遇毕竟只是一瞬间的事。

直到中午我才动身。十八盘的石阶很陡，又加了些积水，走起来让我心惊胆寒。石阶两旁巍峨地堆着“五岳独尊”的刻石，雨水从前朝显贵们的字迹中匆匆流逝，把那些英雄气都流尽了，滋养着岩脚初生的青苔。青苔下边也有些文字的痕迹，也不知是哪朝哪代的落拓文人们不甘寂寞的留名。我一排排念过去，郑名佩、高卓然……平凡得不能再平凡的名字，都在苔迹下无人问津地不朽着。

最边远的地方，有着工楷的两个字——马念。我突然渴望看清最后的那个字，是“祖”“父”还是“孙”字？我伸出指尖沿着岩脚一路摸索过去，越来越困难。

真的没想到，我冒了生命危险，居然只为了看一个杳然无考的陌生人的名字。那个叫马念的人，九泉有知，也会发笑吧？

“马念？”相思问道。

是的，她的笑容有点苦涩：“就叫马念，没有第三个字。

“就在手指拨开青苔的时候，我感到自己失去了平衡，向不知道的地方坠去。

“我再也没有了知觉，是他救了我。

“他一直跟着我，也许是为了等一个还债的机会。”

不知道什么时候，我醒来了。他在火堆的那边看我，我也在这边看着他。没有了熠熠的阳光，我终于可以直视他。

我们之间透明的烟雾像是一块水晶，疏懒地流动。青色的火花不时跳起来，做出热闹而冷清的点缀。他的目光仿佛是从时空的另一端看过来的一般。似乎我们是在一本发黄的残卷里默默相对，彼此看出了前生的因果来。

我很害怕，害怕他身上那种杳漠遥远的熟悉。

我脱口问道：“你是谁？”

他用手中的剑轻轻拨了一下火堆，嘴角带着不经意的笑意，没有回话的意思。我低下头，火堆里半焦的木偶残肢零零碎碎，似乎就躺在绯红的血泊里，油彩不时爆出幽幽的火舌，艳丽得有些凄楚。其中一块俨然可以看出正是我昨天顶礼膜拜的东岳大帝的金身。

我的脸色变了，我问：“你怎么可以……你到底是什么人？”我惊惧地看着他不经意的眼神，我想，也许真如传奇中所言，会有山魈鬼魅化为少年之形，候在路中，摄人魂魄。而且，就连东岳大帝也镇他不住。

说到这里，杨静的脸上又有了专注而清婉的笑意：“他问我：‘小姐，你害怕了？’然后他说，当年丹霞禅师烧佛取暖，反证大道，为了救小姐这样的人，东岳大帝舍弃木胎，又有何妨呢？

“我看他说话不同常理，于是固执地问：‘你是谁？’

“他将剑从火堆中挑开，懒懒地伸伸腰：‘凡人。’

“‘你到底姓甚名谁？’我的声音高了起来。

“他看着我，无可奈何地一笑：‘姓羊，名权，有幸邂逅了女仙萼绿华。’我瞥见他手中正在翻着我的那册《太平广记》。”

“‘萼绿华者，女仙也，年可二十许，上下青衣，颜色绝整，本姓杨。’不是吗？”他念着书上的句子，目光穿过火跳跃的姿态，懒懒地、深深地递了过来。

我转开了脸，问他是怎么知道我姓杨的。他将书平平一推，稳稳地落在我面前：“我要出去找点东西，你全身都湿了，不妨烤烤衣服。”

这时，殿外的暴雨和着山谷的回响，卷去了又抛回来，我问他：“你现在出去？”

他微笑着说，羊权见了萼绿华，已经长生不老了，一点雨又算什么。

他出去了，留下了他的剑、他的衣。我想叫住他，但喉咙痒痒的，没有叫出口。

确信他走远了之后，我坐了起来，看着他的剑和衣。

那是普通的剑，凡人的衣。一年后，他再见我的时候，带着那柄名动天下的紫天霜钰，穿着华音阁阁主朱紫藻绣的华服。但他始终不知道，我传奇中的主角永远是当初的一柄青剑、一袭白衣，因为那些第一次真真实实地将太阳光反射到了窗后边的眼睛里。

我没有勇气披上他的衣，只是用手紧紧握住一只轻飘飘的衣袖，让雨水在身上慢慢干了。

早晨，他带了野物回来，我们却没有什么话好说，默默地吃了。他起身说："走吧。"

"去哪儿？"我惊讶地问。

"雨停了，送你下山。"他一把推开窗，清晨乳白色的雾气被放了进来。

我茫然地往窗外望去。下山的石阶如一道匹练，悬挂在水汽中，云霞蒸蔚的曙色让它恍惚起来，仿佛只是一幅写意的山水，却不是我来时的路。我似乎已经忘记来路很久了，就像传奇中恍然一悟的人一样——仙缘已经结束了，自己的那份世事也早已沧海桑田，于是只能犹豫着，在天人之间做无所着落的看客。

我的目光游移着，似乎要找到一个可供栖息的地方。我看到了屋檐上一个古铜色的风铃。它寂寞地待嫁风中。朝霞和露水给它披上华美的袍，它就这样不知道在这里等了多少年。一袭嫁衣地等，等花开花落，云卷云舒，燕去燕往，人来人归。

我当时心中想：原来它也是只能坐在窗内看太阳的。

他看到了我的神色，于是道："小姐如果喜欢，我送给你。"

我说："不必了，它是神殿的东西，我怎么有福分带走。"

他说："人间所有的东西都是在等缘的，这个风铃在这里等了几百年，就是要让小姐看见，让我在这个时候将它送给小姐。"他说着，轻轻从窗口跃出，如同穿花的蛱蝶，了无痕迹。他伸手把风铃摘给了我。

我将它捧在手心。

我觉得它就像一颗铜做的心，有着静默的光，在这里风风雨雨地等。好多世之后，它知道，它等的人永远不会来了，所以就成了风铃。

如今，它却被我握在手中。

我却不相信它是在等我的。我知道，不是世间的事在等着缘分，而是缘分在等着我们。我想，这风，这雨，这风铃，是缘分早就搭好了的戏台，我无意中来到了戏台后，拣起了仙女华丽的戏服，情不自禁扮演了这段传奇。

没有我，戏还是会开演的，因为道具可以朽了、烂了，戏子可以老了、死了，观众也可以换了、散了，戏台还是会一直都在的。

我知道，一百年、一千年以后，我的眼睛都化成了土，还会有另外一个少年，在这里将这个风铃送给别个少女。少女也许还会想：不知这曾经是谁守候的心。

如果那时我埋头看看自己，就会知道，那时的戏服和彩妆都太夺目，大家看到的不是演员，而是传奇，是仙女。

杨静可以死，可以不在，可以换成别人，但是缘在，仙女就在，萼绿华就在。

没有我，一千年后，谁和谁又在这里相遇?

他把我送到山下有人接应的地方就走了。我说要报答他救命的恩德，他说无所谓恩，那只是补偿，现在，他的债还完了。

他说会看着我回去。但当我跑到屋里，要再看他一眼的时候，他已经不在那里了。

父亲很生气，说布下天罗地网也要把这样放肆的人找出来。我觉得有点滑稽。他不会再来了，谁也找不到的，传奇的结果大抵如此。我又成了一个在窗边看太阳的女孩。现在，多了一颗铜色的心陪我。它还是住在窗上，永远唱着单一的曲子，是一颗守着太阳的风铃。

那年，我十五岁，已经知道了太阳真正的颜色。

她低下头，窗外的日色被风吹得薄薄的，房梁灰败的阴影和她纤长的眉纠缠在一起。她深深吸了口气，似乎生怕别人打断她：“那一年中，我也曾经凭着有限的线索去寻找他的下落。父亲和别人谈起他，说从武功上来看，他是华音阁的人，而且是罕见的高手。也许很多人都会惊讶，但是对于我来讲，这些东西都淡得没有颜色，似乎没在我心中留下什么痕迹。”

“华音阁近来易主，人事诸多变动，于是那个少年就更加杳然无考。”她将脸埋进了手中的被子里，静静的，不是在哭，而像是在小心翼翼地打开什么。

那一年，她的心就这样被剖了出来，挂在了窗棂上，连雪落都像能把它叩响。她知道，他会出现的，父亲的天罗地网又怎么拦得住。

好久好久，这座楼阁晦暗的屋顶在闷热的空气里被压得极低，似乎连长年的蛛丝与尘土都扑到了眼前，不知从何而来的更漏声兀自在屋子里曼声洒落。

相思渐渐受不了这份寂寞与烦闷，只有问道：“他来了吗？”

“来了，那是一年以后的事。他说他是来看我的，我知道不是，他总是骗我。”

她认真地重复了一次：“他总是骗我，其实我一直都明白。”

他是要继任华音阁阁主了，按照规矩，要到这里来接受一个叫步剑尘的前辈的考验。本来，这不过是礼节性的试探，但他们一直不合，所以也许也有点危险。

他知道我担心他，于是笑道：“看见萼绿华就已经长生不老了，还有什么好担心的？”

我苦笑，我想说，我不是萼绿华，我只是个穿了仙女衣裳的凡人，真正的凡人。

但那天，我觉得我没有什么要对他讲，只彼此静静地相对，听窗内的更漏、窗外的雨。

我想，也许是这一场重逢在我的回忆中预演了太多次，把所有要说的、要听的都演过了，演够了，演倦了，当它真的来临时，却只剩下了无语。

我看着他，他百无聊赖地翻转着我床头的更漏，修长的手指下衬着淡青的衣袖。绘满文藻的丝绣轻轻褶皱着，贴着他的手，柔滑得似乎什么也沾不上。烛光浮雕般照出他脸上的倦意，我这时才看清，原来他的脸上有一个笑靥，浅浅的，却使他的笑容整个虚假起来。

他似乎一直微笑着，我知道他想走，又不知道怎么开口。我也想他走了，因为我怕这个陌生的人会突然走过来，抱着我，不由分说地撕碎我的传奇。

终于，他起身告辞了。我没有留他，我心里想，我原来已经不爱这个男人了，虽然我还是会思念那个青剑白衣的少年。

他来到窗边，轻轻推开窗，风铃终于呻吟了一声。雨和风穿过他的衣衫，扑到了我怀里，又散在眼前，开了一蓬湿湿的花。那淡紫的窗帘惊飞起来，和他的衣袖缠绵在一起，往四周流泻而下，飘着，飘着，一直飘到了我的眼睛里来。

遥远的风铃嘶哑着声音唤着我的名字。我十指紧抠着椅背，犹豫着该不该哭——或者，应该冲过去抓他的手，用我的指甲死死抓住，让他也痛，让他也流泪，这样他的债才还完了。

我突然跳了起来，冲了过去。

她没有再说下去，缓缓拉住了暗红的被子，塞在下颌瘦削的阴影里，接着低头，似乎在嗅这丝帛沉淀下的温暖。

那个时候，紫窗帘突然鼓得足足的，像一张蚕丝织成的柔软的网，猛地将她整个罩在了里边，一如当年泰山石阶上那氤氲的雾气。

她看见他的眼睛，如同两颗遥远的星星，骄傲而温柔地停驻在她的天空里。她隐隐感到他正在从她发梢、腮畔将那层网捉去，像捉走早春第一枝梨花上栖息的蝶。

亘古不变的铃声从天上倾泻下来，从天河的桥上，从牛郎和织女相挽的手镯里。

相思将目光从她身上移开，暗中咬了咬唇。她涩声问：“那天，他留了下来？”然后就明白自己是问了个傻问题，或者干脆就是在自言自语。

“是的，我想，他一定知道我不会让他走，但是他终于要我先开口了。”她苦笑了一下，“我不可能埋怨他什么的。”

“那一个月，我们相会了很多次，每一次，他都从挂着风铃的窗口进来。深夜风铃的每一声响，都替我勾勒出他的轮廓……”

有时候，他会帮她梳头，昏黄的铜镜映得两个人都像古人。一缕缕青丝挽在他手臂上，仿佛一些美丽整饬却又无关紧要的流苏。他右手的食指和中指流利地把玩着那把尖利的银梳。他总说不明白她为什么用这样的梳子，一不小心就会受伤。她夺过来，道："如果我要出嫁，你会不会用它来帮我梳头？"

他笑着道："会的，如果那时我在你身边的话。"

谎话，她心中默默地道，心中却是喜悦的。

就连如今想起来，也是一样。

有的时候，他会有些烦躁地坐起来，打量着她单薄的身躯，欲言又止地道："静儿……"他的目光犹豫着，突然转身拿过她床头的更漏，"知道吗，就是它，让我感到你房中总是在下雨。"

她驯顺地睁开眼，直直地注视着他手中的水晶瓶子："我哥哥说，里边还没有漏下来的沙子是将来，是看不清的；落进瓶子里的就是过去了，才是你的。你喜欢哪一种？"

他微微一笑，将更漏翻转过来，过去和未来顿时混淆不清了："傻丫头，过去也不是你的，也许就只有现在这粒——看，从通道中滑过的这粒，才是看得清楚的。"他把更漏扔回原处，拥过她的身子，亲吻她的肩。她轻轻握着他的手，手心有点发凉，害怕他的手会像那一粒沙一样，从她生命中晶莹的长廊里滑走，或成为遥不可知的未来，或堕入杳不可追的过去。

她想，生死契阔，古人犹能与子成说，然后的事就是执子之手，与子偕老。而他们之间，却连一个约定也没有。

就是一些千疮百孔的谎言，把他们那样两个世界的人连在了一起。

而就是这样，她还是爱他。

于是，她指着乱了分秒的更漏，说："时间到了，你该走了。"

他一边拉着衣服，一边用修长的手指逗弄着她微弯的睫毛："静儿，我今天走了之后，再也不会回来，你怎么办？"

"我……"她本能地眨了一下眼，"如果是这样，我会笑着看你走，然后……"黑暗中，她的手指动了动，最后定格成一个半握的拳。

“然后，把你忘了。”

说完这句话，她手一松，撑着床，背上空空荡荡的，不知往哪儿靠似的。

“这样很好。”他倏地从她身边将衣袖抽去，套上，然后俯下身子，目光潇洒而温柔，“缘分不能用尽了，静儿，相濡以沫，不如相忘于江湖。”

“是啊，”她的口吻有几分嘲讽，“我会笑着忘了你的。”

她静静地保持着这个姿态，突然肩头一抽，泪水默默地顺着脸颊从下巴滴进胸口。

他又坐下了，勾手抱着她的肩，目光中有些胜利后的自得：“傻丫头，我骗你的，何必要哭呢？”

“我知道你是骗我的，一开始就知道。”她终于死死地将他勒住，放纵着声音在他怀中痛哭起来，中间喃喃地夹杂着一些字句，已经听不清楚了。

杨静终于从丝帛中抬起头，漠然地用下颌指了指窗户：“又要下雨了，把窗户打开。”

相思走了过去，伸手一推，一种雨前特有的腐败之气夹杂着清新的风迎面扑来，顿时灌了满怀。沉闷的云脚扫着院子里湿湿的土，瞬息被染上黝黑的颜色。青苔在院中七零八落的石像上生长着，茂盛而颓翳。

南方的院落总是如此，就算在夏天，也是凌乱颓败的，却又蕴藏着一种莫名的生机。

风铃细碎的响声中，她似乎叹了口气：“其实，我是喜欢风的，但我不能在太阳底下闻风的味道。总是如此，像一尊深屋里的瓷瓶。他也说我越来越憔悴了，要我好好休息，说再这样下去，抱着我的时候都害怕弄碎了我。可是他知道的，在等他的时候我是没有办法好好休息的。我只有在他来的前一刻，用脂粉来掩饰我越来越苍白的颜色。”

她轻轻摇着头，耳上兰色的坠子惶惶颤抖着，好久，相思总感到那像是一滴眼泪。

兰色的、胭脂的眼泪。

那一年，她妆台上有了很多胭脂的盒子。它们长久地发出涩涩的香味，和谎言一样亲切地掩盖着她的憔悴。

虽然她也知道，她所吸引他的，恰好只是那份脂粉不施的、仙女的灵气。

不知为什么，那一年，她总觉得莫名地恐惧。她梦见有一天，他把她带到一条小路上，青草的颜色浅浅亮亮，有点刺眼。他走得飞快，她渐渐跟不上了，只能死死抓住他的袖。

路的尽头，是比她还要高的落叶，整整齐齐地码在那里，像一堵墙。高墙浓浓的阴影下边，摆放着一只棕色木条钉成的箱子。有一颗生锈的钉，狰狞地突出来。她想，为什么不把它钉得好一点呢？

他的笑容有点神秘：“你看，这是什么？”

她问：“是什么？”

是墓，是杨静的墓。

她在梦中并不觉得恐怖，只是有些惊讶：“不，杨静还没有死啊。”

他冷笑着道：“死了。”

不对，她摇了摇头，似乎想起了什么：“不，我就是杨静，杨静没有死。”

“死了，”他有点不耐烦，“你是萼绿华。”

“不！”她惊恐地后退，又固执地道，“我是杨静，我不是萼绿华。”

他快要发火了：“这是杨静的墓，很多人都曾经梦到过这个墓。”

她拼命抓住他的手，喃喃道：“是的，我就曾经梦到过这个墓……”她看了看他，“这么说杨静是死了，我是萼绿华。”

于是，梦中的她笑了，相信了他的话，牵着他的手，去做萼绿华了。梦外的她还在嘶哑着声音，摇头哭泣着。

她说，杨静还没有死。

于是她醒来了。

她静静地坐在床上，觉得自己的生命不会长久了。自己的身体正在慢慢丧失厚度，越来越薄，最后变成一个纸人。大红的长袖被风吹成了金色，苍老而透明地飘浮着，最后和她一起被夹在古老的书页里，成为《太平广记》中女仙寂寂的插画。

终于有一天，他翻开了书，把她叫醒了。她努力向他笑着，他却皱着眉，在空中捞起她纸一样的手，看了看，说："原来你是画，不是仙女——你不是萼绿华。"然后他扔下她转身走了，她拼命地想叫住他，但出口的已不是人声，是风铃叮叮当当的碎响，在风中凄厉回荡……

她醒了，还是一个梦。

她看着窗外纸一样的月亮，月色青得像一个荒落的湖。她想，他也把自己当作了传奇的主角。只是，他们的传奇不一样。她的，是一个坐在窗内看太阳的女孩对窗外的寻觅；他的，却是一个厌倦了太阳的男子对窗内的向往。

她知道他会走的，在她所不知道的时候。

就在他知道窗内的世界也只是平常之后，就在她为他而变得单薄之后。

如果只是如此，她也许也会心甘情愿地做一幅插画。但是，实际上，在等他的时候，她变薄了，她就明白自己应该离开他。但见他的时候，她又有了某种虚妄的厚度，于是她又留下了，留下来被他的笑、他的亲吻慢慢碾薄。

就这样循环往复，把她的人都撕碎了。

杨静顿了顿，缓缓松开握紧的手："我困了，那一夜在他肩上的痛哭让他知道了，其实我和他身边那些傻丫头是一样的。我明白，我必须让他走，这样，我还知道他是什么时候走的。"她的语气极平淡，却又透出惨淡，像箱底的旧衫子，花淡得压不住底色了，可还是花。

那一天，是我们相约见面的日子，我和母亲一起去吴越王府拜见新任王妃。

王妃是一个端丽的人，户部员外郎崔艟的女儿。她脸上淡淡地敷着粉，端坐在椅子上，每当有人进来，就微微点点下巴，嘴角往上翘翘，做出笑的样子，也就见了礼。

"代我问杨老夫人安康。"王妃微笑着送母亲出门。此时，夕阳的光正好从镂空的窗格子里透过来，投上她的脸，拖出一个金黄色的菱形，从眉间直到嘴角。一种掩饰不住的疲惫，就这样慵懒地散发出来。

我猜，她透过这种金黄看我们的时候，一定也是这样金粉飞扬的颜色。

王妃最后对我笑了笑，眼睛里流出一种温柔来："杨小姐很像我年轻的时候，眼睛很像，真的。"

其实她不过和我同岁，但我知道她说的是真的。像我们这样的女孩，一旦嫁了人，青春就永远被锁在华丽的镂空妆匣里了。此后，你就只能坐在那些菱形的孔后边看外边的世界，一切都被金色的灰土染得富贵而苍老。

我对王妃笑了笑，我喜欢这时候的她，她的眼里透过了黄蒙蒙的尘，有一种水一样的温柔。

暮风吹过，杨静沉默下来，不再说话。

相思隔着阴沉的暮色，看着那个女子已经毫无神采的眼睛。她想，我也喜欢这个时候的她，她的眼里透过了黄蒙蒙的尘，也一定有一种水一样的温柔。

那天，杨静来到后院，天已经完全黑了。后院里有一棵桂树，开满了花。她抬头看着繁密的树冠，浓烈的香气让她有点晕眩，树上挂着大学士严嵩的题匾——广寒仙品。

嫦娥应悔偷灵药，碧海青天夜夜心。

当嫦娥端坐在遥远的广寒宫，看到人间万家灯火的时候，人间就已经比天空更遥远了。

所以美丽的不是天空，而是远方。

她想，嫦娥是不应该后悔的，因为传奇中就是要有守候的思妇，就是要有寻觅的游子，这是永远都要有的。没有传奇，就没有嫦娥。厮守的眷侣是在传奇之后，而不是传奇之中。

她明白，她还是可以深深爱着她的少年的，尽管那个传奇也许不在了，淹没在时光匆匆中，流水落花一般。

不在了，她反而会爱得更加深沉。

她没有想到，当她在桂树下遥想嫦娥的传奇的时候，她也成了一个年轻的武将遥远的传奇。吴越王府英俊的武将孟天成日后常常向人问起，那天伫立桂树下，宛如惊鸿一瞥的美人……

“那一天夜里，我和母亲留宿王府。我在床上坐到二更，终于来到高墙下。我明白自己是想逃，逃回到自己的那扇小窗下，站在风铃下等他。但是我明白，我不会真的那么做。我只能在湿湿的土地上，倚着墙影，走到天明。

“我是把一生的路都在那一夜走了。

“清晨，我回到家里，远远看见敞开的窗，就像黑夜的一只眼睛，凄艳地看着我，风铃就是它无人过问的眼泪。”

她要他走，于是她做了一个赌注，然后她赢了。

朝霞染过的墙上，她看到了他的字迹：静女其姝，伺我于成隅，候而不见，搔首踟蹰。

看来他只写完这四句，就掷笔而去了。她的手无力地撑着冰凉的窗棂，茫然地触摸着他留下的尘迹。窗外打更的梆子高一声、低一声，悠长的调子仿佛从古代传过来，把她的一切都流走了。她抬头看着静默的风铃，它又披了朝霞的嫁衣，憔悴而努力地笑着，心形的影子从风中漏下来，冷冷地撞碎在她苍白的指节上。

她笑了笑：“他果然一去不返了，于是我只有等。那个夏天，我最怕的是我会不知不觉地死了，死了就埋在风铃下边，也许有一天，他会带着他的萼绿华，指着那个薄薄的木箱说：‘看，那是杨静的墓。’

“我不后悔，因为我知道，只有他走了，或者我死了，我们的传奇才会永恒。”

后来，爹爹发现了我的秘密。我神情恍惚，语无伦次。杨家一向清白传家，出了这种有辱家风的事，还不如我不曾出生过。

想起我小时候一直惧怕着的家法，其实没有什么可怕。更可怕的事情一旦发生了，家法就成了闹剧。我想，如果我死在父亲的棍下，他也许会伤心，会后悔，但那也只是一两天的事，之后我也解脱了，他也解脱了。

父亲追问着他的名字，这时我才惊异地发现，其实我不知道他的真名是什么。我曾经为了查看一个陌生人的名字而差点儿坠入山谷，也曾经苦苦追问他是谁，但最后，我居然还是不知道，糊涂着过了这么多日子。

从那柄长剑上，父亲打听出了它的主人。我在病床上听母亲一边流泪一边讲卓王孙是什么样的人。我知道，这才是真的他。而他对我说的，没有一句是真的。但我总觉得那个白衣青剑的少年无论如何总是递给了我一袭衣袖，让我把握，而这个出入风云的传奇男子才让我不可捉摸。

我在病床上，全身的痛像潮水一样在我血液中流着，我知道我还活着。奇怪的是，我竟然不想要他在我的身边。而是想如去年那样，他走了，在门外守着我，留给我他白色的袖，让我用一生的力气去抓……

她舒了口气，换了一种语调："隐约之中，父母开始为我张罗婚事。我默默地答应了，我知道我早就死了，剩下的是一张纸，或者被自己夹入古书，或者被人们关进妆匣，又有什么区别。"

"只是，谁又会要我呢？"她的笑有点凄凉，"我失贞的事无法隐瞒，以前满门的媒人，现在一个也不见了。我被我的世界遗忘了，遗忘在角落里。哥哥说过，看传奇的人是傻的，写传奇的人更傻，费尽心力，也不过给世人一段谈资、一段可看。我却是一个用生命写传奇的人，我的读者只有他一个，他都忘了，别人当然也就不会记得。

"也许，我的故事还是有价值的，是闺阁中的训诫。兵部尚书的女儿杨静的风月故事，也许会流传好多年，有很多版本，直到被嚼成了再也不能成篇的渣，吐掉了。或者被一个落魄文人编写成不朽的故事，让后代的小儿女们捧在手上读半辈子。那也已经和我的传奇无关。"

相思默然。她知道，直到如今，这段传奇还是她妆匣中最宝贵的珠玉，虽然她已经知道把生生世世的赌注赌在它们身上实在是件很傻的事。

她这一次的停顿很久，相思又一次不得不问：“后来呢？”

“后来，出乎我的意料，天成居然说要娶我，说是和我在那夜的晚宴后相见的，说他要迎娶他的月宫仙子。”

她有些无可奈何，但又是真心地笑了：“一切就这样决定了。帖子就发了出去，爹爹还是不愿委屈我，所有的礼节都和多年前他心中所想的一样。”

如果没有这些事，她将永远是窗户里边的闺秀、孟天成眼中的仙子。

“没有水了吗？”她突然问道。

相思低头看了看手中的盏，有些尴尬：“是的，很久以前就没有了。”

“我不习惯做主人，未免怠慢了客人。”她温柔地微笑着。

“不，不，我只想听你讲下去。”相思将盏放回桌上。

她微笑道：“我会一直讲下去的……父亲为我筹备婚事，也防备着他会来找我。我虽然已经从传奇中醒了，但是我还是希望他能像以前那样，出现在我的窗前。

“他果然来了。”

那一夜，我听到院子里有刀剑的声音。我已知道他的剑法是天下无双的，却还是不忍听金属划破空气的声音。我怕他会去找我父亲，于是跑到楼下。

我听见了他的声音。

于是我扶着柱子哭了。

我听到他说：“杨继盛，我不想杀你家的人，你又何苦呢？”

“为了捉你。”父亲平静地道。

他嘴角挑起一丝冷笑：“我今天来，是为了带走你的女儿。”

她停顿了一下，轻声道：“知道他说什么吗？他说：‘我娶她，按你的规矩，明媒正娶。’”

微笑在她脸上绽放，然后是久久的沉默。

她脸上的笑容也许还和当年一模一样吧！相思默默地想。

好多年了，都还是一样。

当时，杨继盛怒道："我的女儿就是死了，也不嫁给你这样的人！"

剑光从所有人的脸上掠过，最后停止在杨继盛的咽喉："你不要逼我，也不要逼她。"

青苍的华采在他的衣袖上流淌出一道诡异的波纹，她从柱子后边看着他，好像他们之间隔着一层雾、一扇窗、一堵墙。

"动手。"杨继盛冷冷地喝道。

她想，父亲是不会让步的，因为杨家的男人都很倔强。

她站了出来，轻轻道："住手。"

"你……"他收了剑，没有说下去。

她看看他，然后把脸转开："父亲没有逼我，我是愿意嫁人的。"她渐渐觉得好笑，怎么这一切都像是排练好了一样，她笑着对他说，"卓公子，我是杨继盛的女儿，不是萼绿华。"

"我知道！"他猛地打断她，"你要是萼绿华，我还和你父亲谈什么婚论什么嫁。"

片刻，他已恢复了以往的平静与从容，缓缓道："静儿，你如果愿意嫁人就嫁给我。"

她痴痴地看着他的眼睛——里边亮亮的，是他这一生中少有的真。她知道，这种机会再也不会有了，也许多年以后，他还会对另一个女子说这样的话，也许。

但对她，就这么一次。

她伸出手去，却仿佛被夜空中的露水滑了一下，只留下了一道凄凉的弧。

她说："不……你不能娶我的，我不会嫁你。"

她知道，她是他传奇的主角。娶了，传奇就死了，死在平凡的龙烛凤影和以后的耳鬓厮磨之中了。

他无所谓，游子的传奇很多，但思妇一生就这么一段。他静静地看着她："带你回华音阁。"

她明白，他是让她永远生活在传奇之中。她凄凄地笑了，她比谁都清楚，生活在其中的传奇就再也不是传奇了，只是传奇死灭后一抹干枯而猩红的血痕。

她说："走吧，我笑着看你走。"

他明白了，其实来之前就明白，这才是更好的结局，也是他和她想要的结局。于是他点了点头，转过了身。身后，她嘶哑地喊了一声："七天之后，我出嫁，你答应了，要来给我梳头。"

他回过头，看见了满面泪痕下，她一生中最灿烂的笑。

好多年以后，她还在反反复复回忆着那一瞬间，回忆着他眼睛中晶晶亮亮的光，他的每一处停顿、每一点气息，还有当时第一片落叶划过的方向，自己第一滴眼泪流淌的轨迹……

这些，是她当时不曾留意的，但现在，已是她拥有的全部。

她不后悔，虽然她知道，那是她唯一的机会。但是，机会就是机会，一旦去实现，就是另外一回事。

他迟早会在她所不知道的时候离开，她的心就会化作风铃。于是，她宁愿筑起一扇窗，让自己生生世世守候的心死在窗内，也让他一生一次寻觅的心死在窗外。

不死的，是传奇本身。

一只暮禽忘了时间，自得地啄着花蕊，突然长啼一声，飞去了，过了墙头再也不见。被搅乱的空气缓慢地沉到墙里来，仿佛外边就是沙漠。

残阳已快要落尽了，落寞的霞光等候着萧疏的星辰。雨似乎还没有下起来，空气闷得让人直想站起来到处走动。杨静默默地坐在暮阳里，脸上苍黄的颜色像残了的胭脂。过了好久，她微笑道："那时候我就想好了，我要毁了自己的脸，然后，我不想看到自己，也就必定要弄瞎自己的眼睛。其实没有必要的……"她苦笑了一下，"但是我是一个固执的人，我不想像瓷瓶一样放在大堂上，我的美丽、我的年华、我的传奇，注定了只为他一个人绽放。所以，我更喜欢这样的结局。"

“你是自己弄瞎双眼的？”相思猜到了这一点，但还是忍不住问。

“是的，用药。”她轻松地道，“其实，瞎不瞎对我来说是无所谓的，我一生中要看的东西，几天就可以看完的。”

她顿了顿，微笑着说下去：“那几天，我几乎是在镜子前面度过的，一次一次预演着我的笑、我的颦、我的低头、我的忧伤。一切都应该是完美的，他应该看见最美的杨静。”

她没有穿上嫁衣，而是一袭明媚的绿裳——湖水一样的绿，浮萍一样的绿，绿得青青的。她就这样带着触目的颜色站在闺房中，那里已经被红色绸裹成铺天盖地的喜气，铜色的风铃也染红了，像一盏过了气的灯笼，低低地照着，照得人想哭。

他淡淡笑道：“静儿，你真美，明天做新娘时一定会更美。”

她也笑了笑：“会的。”她解开了衣带，一层又一层，直到赤裸着站在红色的灯晕里，脚下是她翠绿的衣裳。她紧紧抱着自己的肩，仿佛抱着一件价值连城的美玉。

她轻轻道：“每一次，每一次你都怕我体质太弱，不能尽兴。今天，我……全部都给你。”

在这一刻之前，她怎么也想不到，自己竟能说出这样的话。那时，她的声音颤抖得再也不像自己，但说完了，她感到一阵轻松，因为她知道，在他面前的，再不是那薄如书签的古美人，而是真正的杨静，真正的女人。

他静静地看着她，仿佛要用这最后的时间把她看懂。突然，他将她从那堆翠绿的浮萍中抱起来，像折断一枝玉色的花。他将她按在床上，紧紧握着她的手，直到她痛得战栗。

不知为什么，她突然反抗起来，死死地咬住了他的手臂。他没有进一步动作，也没有放了她，而是将身体的重量都压在她的身上。她感到一种窒息的热，唯有左颊冷冷地贴在床角，隐隐地痛。

就这样僵持着，无边无际的黑暗中，她却有了一种地老天荒的错觉。她听到他在耳边重重地说：“我要让你永远也忘不了我。”

泪水似乎是倒着灌进喉咙的，她觉得嘴里有些咸，不知不觉就啜泣起来，渐渐地松了口：“不是说好了相忘于江湖吗？你总在骗我。”

她的唇上有淡淡的血痕，很快又渡到了他的唇上、脸上。

她不知道，这样算不算相濡以沫。

“那一天……”她平静地向相思讲着，“你相信吗？有一滴眼泪，离开了眼眶好久，才落到我腮上，好冷。我从来没有想到眼泪会这么冷，像是被冻结在了某个地方，不经意中又漂了回来。”

是的，是曾经有过这样一滴眼泪，滑过她的脸颊，很快又在她颊上的红晕中被蒸发得了无痕迹。

只有那一刹那冰凉的感觉，永坠入她的记忆之瓶中去了。

她轻轻道：“每一次，他总是习惯性地把床头的更漏翻过去，而那天我阻止了他。我对他说，我们只有两个时辰，破晓的时候，花轿会在楼下等我。

“正如他所说，更漏的声音和下雨一样，纷纷扬扬，太快太快。我静静地听，听那些落在我心里的雨。我从他胸前支起身子：‘催妆了，来帮我梳头吧。’”

卓王孙将她抱到妆台前，轻轻放下。梳子尖利的齿通过他的手指和她的头发纠缠在一起。她静静地体味着，要把一切都揉成沙子，一颗一颗存在水晶瓶里。

她看着镜子，知道药力正在发作，她的视线已经有些模糊，但是她还是从他的眼里看到了一丝伤感。

虽然只有淡淡的一丝，但是真实存在过的。

她快乐地想，原来你也伤心了，原来你也是凡人啊。

卓王孙微笑着指着镜子说：“静女其姝，有了今天，想必羊权会长生不老的。”

她玩笑着道：“如果杨静从今天起就看不到萼绿华了，是不是就会老了？”

“不会的，萼绿华怎么会老。”

他也回忆起那个站在水中央的女孩，回忆起她寂寞和惊惧的眸子，回忆起她那双纤弱的手——在青色的雨中艰难地去抚摩那些湮灭的字迹，在淡淡的朝霞下认真地将铜铃握在手中，在苍茫的月夜里紧紧地抓住自己的衣袖，像是抓着一段传奇。

他明白，他的这段传奇也结束了。就像所有寻觅的人一样，他有意或无意地走入了一条小径，邂逅了一段旖旎的风光，事后却忘了是在哪座山、哪条路。总是一种不可追的遗憾。

对于寻觅的人来说，美丽的邂逅永远会有的，山山水水，永无尽头，但是一模一样的是不可能了。就这点遗憾，也会在寻觅的少年心中烙下一抹疏淡的印象，远远回想起，也是天长地久的悲哀。

他心中有点涩然，欠身去抱住她，她轻轻地将他推开了。她将梳子贴在脸上，目光茫然地看着镜子。镜子中光芒流转，仿佛映出更漏昏黄的金色。

渐渐模糊。

沙子从水晶的光影里纷纷扬扬地落下，在我的眼里散开去，四壁暗红的烛影也被融化成一片苍黄而凄艳的金色。

也许，沙漠也不过如此……

我手中握着尖利的梳子，清凉的银光中，发油的暖香是那么熟悉，让我想起了懒洋洋的少女时代。我的手缓缓用力，让梳子尖利的齿楔入我的脸，用力一划，皮肤撕裂的声音轻轻响起，就像被风吹了太久的丝帛，不恐怖，反而有些悦耳。

我感到血腥的气息在我周围弥散开去，他在向我走过来。我一挥手，更漏落在了地上，那场在我床头绵绵地下了半生的雨，终于停了。

于是，时间也就一起停了。

沙子在我们之间流淌成一条小河，那些亘古以来就被遗忘了的天河的沙子。

隔着这条河，她平静地对他说："时间到了，你也该走了。"

"你以为我会在这个时候走？"

“是的。”她深深地吸了口气，“这个时候，我是新娘，是别人的。”

他没有说话。从身后，可以看到她的手在轻轻颤抖，苍白的指节缓缓抚过自己的脸颊。

她的表情也许是在微笑：“走吧，我答应过你，笑着看你走，我现在是从镜中笑着看你的，你走吧。”

她有些悲哀，要是自己这个时候真的能在镜中看他，倒是一件很好的事。

她心中喃喃道：谎话，谎话，最后还要骗他一场……她微笑着道：“相濡以沫，不如相忘于江湖，这句话是你说的。”

“是的，我说了。”他轻轻地问，“你做得到吗？”

她的心在轻轻抽搐，缓缓道：“你若能，我就能。”

“我能。”

她笑了：“我也能。”

他的声音变得冷漠：“好的。希望你幸福，只有平凡的幸福才是可以把握的，这句话是你说的。”

“是的，你会去把握吗？”

“你能我也能。”他爽然微笑，又在报复她了。

她的话哽在喉头，她听到风铃响了，他打开了窗。

“等等！”

他伫立在夜风中，青色的袍袖像钻进了风做的白鸽。

她没有回头，伤口开始灼热，烫得她的手都扶不住，她问：“为什么你不看我最后一眼呢？”

他冷冷道：“你不想我这么做，是吗？”

是的，她悲哀地靠在椅背上：“因为你已经没有了这个资格。我是新娘，是别人的。”

“你说过了。”他沉默了一会儿，“我走了，别忘了我们的约定。”

“会的，我会把你的一切都忘了的。”她有气无力地说，“你呢？”

“你能我也能。”

这是她听到他说的最后一句话。她知道他走了，从那个挂着风铃的窗口轻轻跃出，如同一只穿花的蛱蝶，片尘不留。她依然笑着，在黑暗中默默地笑着。白露还在，初晓的霞光还来得及为守候了一夜的风铃披上华美的裳。

风铃投下的阴霾里，她的笑安详而古老，仿佛是从远古的湘水中打捞起来的思妇的倒影，无比凄怆。不知过了多久，她的身体缓缓地沉下去，跪在地板上。她伸出手，一手去摸那个破碎的水晶更漏，一手茫然地向下抓起那些在指缝中流走的沙。

那些，是尚未到来的时光的预言，人的手，是抓不住的。

她顿了顿，终于放弃了，将那只手收了回来，一起紧紧握住劫难后的水晶瓶——那里边盛着的是过去的分分秒秒的见证。

也许是水晶的碎屑划伤了她的手，也许是她的眼泪终于流了下来，一滴，一滴，一滴，迟迟的夜漏又开始响了。

她微微笑了。

骗子啊，相濡以沫，不如相忘于江湖。她将瓶子紧紧握在胸前——不，她不能忘却，这是她永远要回忆的。

这一点点凄艳的回忆，这唯一的凄艳传奇，就是她最初的也是最后的爱。

“是我要他走的，因为我怕他会在我所不知道的时候离开。”她微笑着对相思说。

“走了，我的故事就永恒了。”

她长长地呼了口气，说：“打开窗，也许今天会有雨，蜀中的天气就是这样的。”

相思打开了窗。

窗外是密密的云脚，都浸饱了雨汽，地上也云蒸雾腾地配合着，植物在郁热中腐败膨胀，却也透着新生的清凉。

窗户吱吱呀呀地在风中摇晃着，宛如一曲悲怆的歌谣，唱出蜀中特有的闲散来。房檐下，风铃的颜色已然暗淡，只是叮叮当当地响个不停。

相思扶着窗台上遍布腐痕的木栏，心想，这就是杨静为自己筑起的那扇窗。

九月·飞蓬·杨静·守望传奇

这篇是散文集《华音十二月花》中的一篇。《华音十二月花》，是以开放于十二月的十二种花，书写《华音流韶》中的十二个女子。这一篇是九月，关于杨静，关于飞蓬。放在这里，代替《蜀道闻铃》的后记。

春去烟华不再来，自合秋水锁秦台，

无边梦雨深深扣，终向窗铃叹未开。

——《杨静本事诗》

这世间有许许多多的传奇，或凄艳，或哀婉，或豪侠，或优雅。

无疑，它们都是美丽的。美丽，却经不起一场等候。传奇，亦经不起一句“然后”的追问。

少年侠客行走江湖，练成了绝世的剑法，邂逅了绝世的美人，这是传奇。

——然后呢?

古人云人生之最乐为：腰缠十万贯，骑鹤下扬州。扬州繁华，腰中多金，何况还有仙驾羽鹤，超出尘外，还有什么能比这个还要逍遥快乐呢？人生如斯，难道不是传奇？

——然后呢?

公主被恶毒的巫婆用毒苹果毒死，盛在水晶棺中，整个世界都在哀哭。直到她遇到年少的王子时，毒苹果才从喉咙中咳出。王子与公主打败了老巫婆，从此过上了快乐幸福的生活。这亦是最广为流传的传奇。

——然后呢?

然后，黄金赌输了，年少消磨已尽，仙鹤飞去不再来，往日潇洒的处士，此时已变成愤世嫉俗的酒囊饭袋。

然后，少侠变成了大侠，大侠变成了霸主，霸主每天都躲在自己的堡里面，等着新的少侠来挑战他，等着被更绝世的剑法打败。

然后，公主老了，他们的爱情已然式微，王子会爱上别的年轻女孩，从而将公主抛诸脑后，没人再记起这段童话般的爱情。

迟早会有这么一天的，因为当传奇成为传奇时，也就是传奇终结时。这注定了传奇只有一刹那的光，却是那么亮，那么璀璨，足以让所有的人为之疯狂，趋之若鹜。

对美人来讲，传奇是最鲜红的胭脂；对侠客来说，传奇是最锋利的剑。

但只有一个女子，却将传奇看得那么透彻。她知道，传奇终究只是传奇，如果她用一生来成就传奇，那传奇就会变得庸俗腐朽，让人厌倦。所以，她只拿出十六岁最辉煌的岁月，燃烧出一段传奇的火，然后戛然而止。

因为真正的传奇，只有那一瞬——将一生的幸福，拒绝在门外的那一瞬。

然后，她就听着窗外的风铃，用剩余的岁月，慢慢守候着这份传奇。风铃是一颗铜铸的心，被风叮叮当当敲响，她的心却永远沉寂着。

她在侯门之内，在传奇之中，在书卷之里，在妆奁之间。我却只愿她是一只飞蓬，在风中飘摇着，任命运的吹拂，做纵横的来去。

人生为何定要成为传奇呢？像飞蓬一样飘摇，像飞蓬一样热情，不好过寂寞的传奇？

我希望那年的十六岁，她能够洒一滴热泪，冲出紧闭的窗，好好爱一次。此后苦也罢，乐也罢，做自由自在的飞蓬，不须再奢望传奇。

从此，不要传奇，也不再守望。

图书在版编目（CIP）数据

海之妖 : 典藏版 / 步非烟著. -- 青岛 : 青岛出版社，2017.11
ISBN 978-7-5552-4400-4
Ⅰ. ①海… Ⅱ. ①步… Ⅲ. ①长篇小说－中国－当代
Ⅳ. ①I247.5

中国版本图书馆CIP数据核字(2016)第186033号

书　　名　海之妖 : 典藏版
著　　者　步非烟
出版发行　青岛出版社
社　　址　青岛市海尔路182号（266061）
本社网址　http://www.qdpub.com
邮购电话　010-85787680-8015　13335059110
　　　　　0532-85814750（传真）　0532-68068026
责任编辑　郭林祥
责任校对　耿道川
特约编辑　王晓萌
装帧设计　苏　涛
印　　刷　三河市南阳印刷有限公司
出版日期　2017年11月第1版　2017年11月第1次印刷
开　　本　16开（700mm×980mm）
印　　张　18
字　　数　217千
书　　号　ISBN 978-7-5552-4400-4
定　　价　39.80元

编校印装质量、盗版监督服务电话　4006532017　0532-68068638
建议陈列类别：畅销・古代言情